빛과

결

빛
과

결

송은유
소설집

문학들

| 차례 |

은하

나는 호랑이가 물어갈 년이었을까.

준하의 전화를 끊고 난 뒤 스친 생각이다. 오랜만에 들은 동생의 목소리는 서늘하고 날카로웠다. 매섭고 작은 눈으로 나를 노려보던 주먹만 한 얼굴이 휙 떠올랐다. 돌연한 분노와 느닷없는 신경질까지 그의 성미는 여전했다. 준하가 직장을 구해 집을 떠난 후 우리는 자연스럽게 멀어졌다. 명절은 물론, 집안의 크고 작은 일에서도 얼굴을 볼 일은 없었다. 그런 까닭에 익숙하던 그의 존재는 내 일상에서 조금씩 희미해졌다. 어쩌면 무의식적으로 지우려 했을 것이다. 가끔 가족관계증명서를 마주할 때면, 내 이름 아래 적한 '홍준하'란 활자가 낯설게 느껴졌다. 그럴 때면 내 자신이 외딸처럼 느껴지기도 했다. 그렇게 칠 년이 흘렀고, 그동안 우리 사이의 틈은 더 깊어졌는지도 모른다. 하지만 지금은 사정이 달랐다.

"엄마한테 대체 뭘 그렇게 잘못했어? 누나 이름을 천 번은 부르대."

준하는 대뜸 핀잔 섞인 목소리로 다그치듯 말했다.

"날 불러? 넌 이제 온 거야?"

"안 올 거야? 지금 의식을 잃었네."

물어보는 듯하면서도 따지듯 몰아붙였다.

"좀 전에 나왔어. 사정이 좀 있어서…"

나는 박 선생과의 약속을 굳이 말하고 싶지 않았다. 잠시 침묵이 흐른 뒤, "임종은 지켜야지." 준하가 쐐기를 박듯 말했다. "누가 뭐래." 내가 쏘아붙였고 그는 또다시 입을 닫았다. 준하의 침묵은 그동안의 단절만큼이나 무거웠다. 나역시 더는 할 말이 없었다. 통화를 끝내려 휴대폰을 내려보는 순간, 내 손은 종료 버튼의 붉은 원 위에서 멈췄다. 기기를 타고 들려오는 구둣발 소리는 멀지도 가깝지도 않았지만 묘하게 마음을 흔들었다. 그 순간, 햇살을 타고 헛발질하던 젖먹이의 기척이 파고들었다. 아득한 봄날의 기억이의식 저편에서 한 올 한 올, 투명한 빛결을 따라 풀려나왔다. 나는 어느새 그 봄날의 한가운데로 들어섰다.

엄마는 늘 노란 방을 걸어 나갔다. 문이 닫히면 바람 소리와 뭇새들의 지저귐이 햇살에 실려 창호문으로 스며들었다. 바깥 풍경을 오래전부터 알고 있는 듯, 아기의 머릿속에 산과 벌판, 흐릿하면서도 광막한 허공이 선명하게 그려졌다. 그 풍경 너머, 엄마는 언제쯤 나를 찾을까. 아기는 엄마가 남긴 풍경과 마지막 손길을 기억하며, 한나절을 꼬박 홀로 견뎠다. 엄마는 방을 나서기 전, '실컷 먹어라, 어서 먹어, 그렇지, 자…' 하며 아기의 자그만 입술에 젖을 물려주곤 했다. 아기가 헤 입을 벌린 채 눈을 감으면 방에 눕히고 난 뒤, 이불을 병풍처럼 세워 몸을 감쌌다.

돌아보았을까? 두려움과 불안에 젖은 아기의 눈망울을 마주했을까? 아니다. 그때 엄마는 아기를 눕히고 작은 가슴을 토닥여 노란 방에 재워두었다. 하지만 아기는 바깥 풍경을 헤아리다 울음을 터뜨렸고, 딸꾹질 끝에 먹은 젖을 토했다. 목을 타고 흐른 젖은 금세 식어 한기를 불러왔고, 기저귀는 뜨끈하게 젖어갔다. 햇살은 멎은 듯 고요했다. 바람 소리와 새소리가 멀어지면, 아기는 모든 감각을 내려놓은 채 잠이 들었다. 그즈음, 꿈과 현실의 경계 너머로 정갈한 차림의 여인이 호젓하고 품위 있는 자태로 방문을 열고 빈 마당을 내려다보았다. 먼지 한 점 없이 말끔한 마당 끝에서 옥양목 고의적삼을 입은 사내가 구부정한 몸으로 달려 나와 솟을대문을 열었다. 대문 너머엔 작은 마당이, 그 마당 끝에 또 하나의 조그만 대문이 있었는데 그는 마당을 가로질러 대문의 빗장을 풀고 하나씩 열어나갔다. 그런 풍경은 몇 차례 반복되었고, 뻐꾹새만 크게 울지 않았다면 그 환상은 계속되었을 것이다. 환상이 사라진 뒤에도 아기는 대문을 넘고 또 넘어 엄마가 나타나리라 믿었다. 다급한 손길로 차디찬 기저귀를 갈아주고 요람 같은 품에 안아주리라…. 힘없는 발을 한 번, 두 번, 세 번– 연속해서 움직여 두꺼운 이불을 차 내렸다.

박 선생은 재즈 바 *Break the silence* 안쪽, 가장 어둡고 조용한 자리에 앉아 있었다. 나는 반들거리는 검은 타일 위를 천천히 걸었다. 발 아래 비친 내 모습은 갈라져 어둡게 흔들렸다. 바 좌측 벽에 붙은 유리 박스 안, 주인으로 보이는 남성이 바 깊숙이 들어서자, 이쪽을 향해 얕게 웃으며 고개를 까딱였다. 입꼬리는 분명 올라가 있었지만, 그 웃음은 망가진 음계처럼 어딘가 작위적으로 느껴졌다. 잔잔히 흐르던 재즈는 끈적한 선율로 변해 몸에 착 감겨들었다. 박 선생과 나는 블랑코 데킬라와 라임, 과카몰리를 얹은 나초를 주문했다. 박 선생은 블랑코를 따르기 전, 스트레이트 잔 가장자리에 소금을 찍었다. 그가 한 잔, 내가 한 잔. 투명한 블랑코는 혓바닥을 알싸하게 찌르며 짭짤한 맛과 허

브향으로 입안을 적셨다. 서먹한 자리였지만 그의 표정은 자연스러웠다. 박 선생은 나초를 한입 깨물며 지난 회식에서 화제가 되었던 독한 술 이름이 뭐였느냐고 속삭이듯 물었다. 나는 곧 그날의 회식 장면이 떠오르긴 했으나 정작 술 이름은 생각나지 않았다. 우리는 마오타이주, 도원삼영주, 바이주, 소흥주, 여아홍까지 술 이름을 늘어놓다 흐름을 놓치고 다른 이야기로 넘어갔다. 박 선생이 실없이 웃으며 얼굴을 내 쪽으로 바짝 들이밀더니, 목소리를 낮춰 까다로운 업무 이야기를 꺼내기 시작했다. 화제는 곧 동료들과 연구원들의 뒷담화로 흘렀고, 처장단의 갑질 얘기를 나누다 우리는 웃음을 터뜨렸다. 술안주로는 역시 인주만 한 게 없다며 우리는 나란히 고개를 끄덕였다. 박 선생은 사무실에서와는 전혀 달랐다. 다정했고, 따뜻했으며, 무엇보다 잘 웃었다. 느릿하고 감미로운 선율이 재즈 바 내부를 가득 채워주었다. 우리는 잠시 음악에 잠겼다가 거의 동시에 일어나 화장실로 향했다. 먼저 돌아온 그는 상기된 얼굴로 앉아 있었다. 조명이 닿는 눈두덩과 광대뼈, 콧잔등 아래로 얕은 음영이 부드럽게 드리워진 탓인지 꽤 이지적으로 보였다. 내가 자리에 앉자, 상기된 얼굴로 내 빈 잔을 가리켰다. 나는 조용히 잔을 들었다. 그는 무심한 듯, 실수인 듯, 잔과 함께 내 손을 감싸쥐었다. 잔을 사이에 두고 맞닿은 그의 손에서 뜨거운 체온이 전해졌다. 그는 잠시 나를 바라보았다. 눈빛과 손끝에서 번진 온기가 뜻밖에 포근해서, 문득 그에게 몸을 기대고 싶어졌다. 블랑코가 얼른 채워지기를 바라며 나는 그의 눈길을 피해 반듯이 허리를 세웠다. 설명할 수 없는 예감 때문이었다. 나는 말없이 잔을 털어 넣었다. 그도 단숨에 잔을 비웠다. 취기가 오르면서 준하와의 통화로 뒤엉켰던 마음이 차츰 풀려나갔다.

"국장님 이번 하반기에 명퇴하신다면서요?"

술이 확 깼다. 나른한 운동장에 느닷없는 우박이 쏟아진 듯, 국장님의 명예퇴직 소식은 뜻밖이었다. 교목처럼 든든하던 그가 떠난다는 말에 나는 말문이 막혔다.

"네? 갑자기 명퇴라뇨… 뭐 그럴 만한 사정이 있겠죠."

아무런 언질도 없었는데 명예퇴직이라니. 노래가 끝난 무대에 홀로 남겨진 듯, 사방에서 조명이 흘러들었지만 외딴섬에 덩그러니 떠 있는 기분이었다.

"오늘 처장단하고 송별식 한다던데…"

박 선생이 싱글거리며 몸을 앞으로 기울였다. 술잔을 들고 나를 힐끔 쳐다봤다.

"그래요. 마셔요. 갈 사람은 가고…"

나는 잔을 비웠다. 영상은 바뀌어 현란하고 역동적으로 돌아갔다. 흑인 뮤지션은 거침없이 노래했고, 나는 왠지 노란 방이 떠올랐다. 믿기 어려울지 모르겠지만, 오늘처럼 햇살이 순한 날이면 그 기억은 유독 선명하다. 바 통로로 내려서 나는 그날의 어머니처럼 사붓사붓 걸었다. 하지만, 발은 내 의지와 달리 자꾸만 흔들렸다. 평소답지 않게 검은 바닥이 내 발끝을 붙잡는 듯했다. 어디선가 아기의 울음소리가, 으앙- 하고 환청처럼 들려왔다.

"괜찮아요? 은하 씨."

박 선생은 테이블에 흐트러진 술잔과 접시를 중앙으로 모았다.

나는 뮤직박스로 곧장 걸어갔다. 주인은 무심한 듯 턱을 치켜들고, 흘러나오는 리듬에 맞춰 기계처럼 고개를 까딱거리고 있었다. 낮게 깔린 베이스가 발목을 느슨하게 감아올랐다. 벽에 걸린 페도라 아래 멈추자, 그는 눈을 비스듬히 찌그러뜨리며 무슨 일이냐는 듯 물었다. 나는 모자와 내 머리를 차례로 가리켰다. 그는 잠시 나를 바라보다가 천천히 고개를 끄덕였다. 그 짧은 순간, 귓속을 베어내듯 '안 올거야? 지켜야지.' 준하의 날카로운 목소리가 파고들었다.

페도라는 손이 움직일 때마다 가는 먼지를 내뿜었다. 은빛의 미세한 입자가 허공에 반짝이며 피부에 스미듯 닿고, 곧 흔적도 없이 사라졌다. 나는 모자를 깊숙이 눌러쓰고 몸을 돌렸다.

"근데요. 요즘 팝핀 댄스곡 이런 게 다시 유행을 하나봐…"

테이블 쪽으로 돌아와 통로에 서서, 나는 혼잣말처럼 중얼거렸다. 그때, 내가 신청한 노래가 흘러나왔다. 박 선생은 맥없이 내부를 휘-, 한 번 훑어볼 뿐이었다. 박진감 넘친 멜로디가 발밑을 울리자, 가슴이 뛰었다.

"박샘, 이 노래 들으면 이상하게 발이 먼저 움직여요. 모자가 좀 우습죠."

페도라를 매만지며 발목 근육을 풀었다. 나는 숨을 들이마신 다음 리듬에 몸을 맡겼다. 문워크에서는 늘 노란 방이 되살아났다. 나는 오랜 기억에 잠겨, 로봇처럼 몸을 꺾었다. 기저귀에 쓸린 사타구니의 통증, 이불에 눌려 숨 막히던 몸부림, 한기에 떨던 순간들이 하나씩 풀려나 부드럽고 맑은 어딘가로 흘러갔다.

"오-, 은하 씨… 이런 춤을 추다니, 아니… 제가 제대로 본 거 맞죠?"

박 선생이 어설프게 일어나 지나치게 성실한 자세로 기립박수를 쳤다. 노래가 끝나 페도라를 벗어 가슴에 대고 고개를 숙였다. 그러곤 당기지도 않은 데킬라를 얼른 털어 넣었다.

"그만 갈까요, 은하 씨, 괜히 제가 시간을 잡은 것 같아서…"

"아니요. 아직요."

나는 다시 영상으로 시선을 던졌다. 화면 속 댄서의 절도 있는 동작을 완벽하게 재현하기란 거의 불가능해 보였다. 박 선생은 팔짱을 끼고 의자 깊숙이 몸을 파묻었다. 댄서가 팔을 들고 제자리를 돌았다. 나도 팔을 들고 빙그르르 돌았다. '박 선생도 술만 마실 게 아니라 춤을 추면 좋을 텐데. 왜 앉아만 있을까. 혹시 예전의 나처럼 시간을 견디고 있는 건 아닐까.' 신경이 쓰였다. 나는 머리를 잡념을 몰아내려 세차게 머리를 흔들었다. 갑자기 박 선생이 팔을 붙들었다. 그의 손은 뜨거웠다. 느긋하던 그의 눈동자가 흔들렸다. 그가 내민 휴대폰을 받아 통화 버튼을 누르자, 바로 준하의 목소리가 쏟아졌다.

"엄마가 사경을 헤매는데 지금 어디야?"

걸음을 뗄 때마다 도로변의 불빛은 아른거렸다. 박 선생이 또다시 팔을 붙들었다.

"이것 놔요, 좀. 답답해…"

내가 발끈하자, 박 선생은 조용히 손을 놓았다. 그 바람에 숄더백이 땅바닥에 떨어졌다. 그는 백을 집어 다시 어깨에 두르고 길을 걸었다. 나는 발을 멈추고 미친 사람처럼 노래했다. "쉬 워즈 몰 라익 어 뷰리 퀸 프럼 어 무비 씬—" 조금 전의 흥이 그대로 올라왔다. 골반을 튕기듯 올렸다가 내린 뒤, 다음 동작을 이었다. 길을 가던 사람들이 뒤를 돌아보며 경계하는 눈빛으로 쳐다보더니 삼삼오오 다가들었다. 박 선생도 발길을 멈췄다. 사람들은 대체 왜 걷기만 하는 걸까. 자꾸 어딜 가는 걸까. 나는 점프와 턴을 연결하고 팔을 들었다. "쉬 쎄 아엠 더 원-"색색의 불빛들은 연속 출렁였다. 나를 에워싼 모든 이들이 꿈처럼 각자 문워크를 따라 했다. 언니도 지금쯤 춤을 추겠지…. "후 윌 댄스 온 더 플로어 인 더 라운-d-"언니의 모습이 불빛 속에 출렁거렸다. 나는 백을 붙잡은 채 꼼짝도 하지 않은 박 선생 앞으로 다가가 그의 넥타이를 잡아당겼다. 그러자 사람들을 둘러보며 나를 따라 앞으로 나왔다. 순순히 백을 놓고 셔츠 소매를 접어 올렸다. 내가 보란 듯 셔츠의 자락을 뒤로 확, 젖히자 그가 따라 했다. 사람들은 와르르 웃음을 터뜨렸지만 그는 개의치 않고 진지하게 춤을 추었다. 구경꾼들 사이에서는 사분의 이박자 손뼉이 단일한 리듬으로 울려 퍼졌다. 현실의 경계가 흐려지고, 나는 몽환과 경이 그 어딘가에 몸을 실었다. 그건 노란 방 깊숙이 스며든 햇살 속에서, 오직 견디며 쓸쓸함과 맞섰던 순간과도 흡사했다. 회색빛 건물도, 도로도 부드럽게 뭉개져 흐릿해졌다. 어둠과 밝음이 하나로 어우러진 세계. 분명 그랬다. 노란 방에서 미미하게 깔짝이던 발길질- 아마 그것이 최초의 춤이 아니었을까. 곰곰이 떠올려 볼 때가 있다. 환호하는 사람들 너머, 멀리 병원의 전광판 불빛이 아련히 흔들렸다.

처음 어머니의 소식을 전한 건 이모였다. 그날은 아침부터 거센 바람이 불었다. 나는 연구보조원에게서 받은 연구비 지출요구서를 검토 중이었다. 여느 때와 마찬가지로 서류는 엉망이었다. 지출요구서와 비교 견적서, 카드사용 전표상의 금액이 맞지 않았다. 전혀 다른 매출전표가 달려온 서류가 여러 건 눈에 띄었다. 업무상 감수해야 할 일이었지만, 이런 고질적인 문제는 좀처럼 개선되지 않았다. 보완할 서류를 메모하고 미비한 서류를 다시 요청하는 일은 늘 신경이 곤두서고 피로했다. 대부분의 연구자들은 자신의 실수를 좀처럼 인정하지 않고, 항의하듯 반박했다.

늘 그렇듯 습관처럼 서류를 훑던 중, 음산한 바람 소리에 귀가 열렸다. 사무실 외벽을 타고 지나는 휘잉-, 소리에 이상하게도 마음이 숙연해졌다. '바람이 분다'라는 짧은 문장이 머릿속을 스쳤다. 서류의 활자들이 바람결에 쓸려나가는 기분이 밀려들면서 뭔가 좋지 못한 일이 일어날 것 같은 불길한 예감이 파고들었다. '바람이 분다, 바람이 분다…' 전화벨이 울려 나는 정신을 가다듬었다. 옆에서 휴대폰에 몰두한 연구보조원을 의식하며 책상 위 유선전화를 들었다가 내려놓았다. 그러곤 휴대폰을 열었다. 이모는 다짜고짜 "어쩌까… 놀라지 마라." 떨리는 목소리로 말을 더듬었다. 그 순간, 쇠망치에 뒤통수를 한 방 얻어맞은 것처럼, 온몸에 오소소 소름이 돋았다.

어머니는 일인실의 작은방에 누워 계셨다. 오랫동안 식

사를 제대로 못한 듯, 뺨과 손등엔 뼈마디가 도드라져 앙상했고, 얼굴빛은 누렇게 떠 있었다. 못 본 사이 수척해진 얼굴에는 잔주름이 늘었고, 염색하지 않은 머리카락은 희고 푸석했다.

"딸년이라는 게 돼가지고…"

어머니는 핏기 없는 입술을 떨었다.

"천리만리도 아닌데, 죽게 되니까 오네, 저것이."

화를 내다 만 어머니는 일그러졌던 얼굴을 서서히 풀었다.

"엄마 화낸 거 보니 곧 나으시겠네."

금세 쏘아붙일 줄 알았는데 어머니는 입을 꾹 다문 채 눈을 감았다. 며칠째 이어진 검진에 지친 탓인지, 그저 앓는 소리만 할 뿐이었다. 이모가 내 엉덩이를 슬쩍 찌르더니 일어나 병실을 나섰다. 따로 할 말이 있으니 따라오라는 신호였다.

"위암 말기란다. 한두 달 전부터 소화가 안 된다고 통 먹지를 못하더니만…"

어머니보다 세 해 늦게 태어난, 일흔다섯의 이모는 다가올 이별이 두려운 듯 마음을 가누지 못했다. 내 손을 꼭 쥐고서 눈물을 흘렸다. 무엇이 잘못된 걸까, 어디서부터 어긋난 걸까. 놀라움과 두려움에 휩싸인 채 어머니를 잃을지도 모른다는 예감이 현실이 되었다는 걸 좀처럼 인정하고 싶지 않았다. 하지만 늘 곱던 이모가 며칠째, 맨얼굴로 집에서 입던 옷을 갈아입지도 않고 초췌해진 모습으로 우는 걸 보니 사실을 받아들일 수밖에 없었다.

어머니의 외침이 병실 문틈 사이로 희미하게 새어 나왔다. 이모는 놀란 얼굴로 벌떡 일어나 병실로 달려갔다.

어머니는 발을 동동 구르며 등을 긁느라 안간힘을 썼다. 발을 비비적댈수록 담요는 점점 침대 밖으로 밀려났다. 청결해 보이는 하늘색 담요가 지저분한 병실 바닥에 닿을 듯했다. 나는 초조했다. 이모가 재빨리 담요를 끌어 올려 반듯하게 펴고는 어머니의 등을 대신 긁어주었다. 어머니가 굳은 얼굴을 누그러뜨리며 얕은 숨을 내쉬었다. 담요에 엉겨 붙은 흰 머리카락이 나는 어째서인지 불결하게만 느껴졌다. 그게 눈을 찌른 건지, 마음을 찌른 건지 알 수 없지만, 나는 도무지 흉물스럽게 느껴져 참을 수가 없었다. 그것을 쓰레기통에 버리고 나니 한결 깨끗하게 느껴졌다. 마치 불치병이라도 씻긴 듯했다. 어머니는 앓는 소리를 내며 이따금 팔을 들었다가 매트리스 위로 툭 떨구곤 했다. 수액은 일정한 간격으로 어머니의 정맥 속으로 점점이 사라졌다. 나는 링거대를 어머니 머리맡에 똑바로 세워 두었다.

사타구니가 뜨끈했다. 아차 싶었다. 병실 안쪽에 좁지만 화장실이 있어 다행이었다. 변기 앞에서 팬티를 적신 생리혈을 닦고 화장지를 두툼하게 깔았다. 어머니의 신음이 화장실 안까지 스며들었다. 통증이 덮치자 어머니는 몸을 떨며 주먹으로 벽을 내리쳤다. 질근 눈을 감고 담요를 걷어찼다. 나는 급히 호출벨을 눌렀다. 다급한 마음에 병실을 나가 보았지만 간호사들은 보이지 않았다. 한참 뒤에야 들어선 간호사는 어머니의 상의를 젖혔다. 진통 패치를 떼어내고 배꼽 주변부를 살펴 새 패치를 붙였다. 링거 호스에 주사제도 추가로 주입했다. 어머니는 여전히 거칠게 숨을 몰아쉬었다. 나는 옆에 서 있을 뿐 달리 할 수 있는 일이 없었다. 아래에서 뜨거운 피가 주룩 흘렀다. 본능적으로 아랫배에 힘을 주었다. 약 기운이 퍼지는지 어머니는 땀에 젖은 채 눈을 감고 입술을 달싹였다.

"은하… 은. 하. 야-"

희미한 목소리에 간절함이 묻어났다.

"또 갈 거야? 또…"

어머니의 힘없는 목소리와 풀린 발음 때문에 겨우 알아들었다. 나는 야윈 어머니의 발을 매만졌다. 각질이 일어난 흰 발이 까칠하게 손바닥에 와 머물렀다. 어머니는 초점 없는 눈을 가늘게 뜨고 있을 뿐 더는 입을 열지 않았다.

밤새 간호에 지친 이모는 지갑을 찾아 들고 병실을 나갔다. 어머니가 통증이 진정되는지 화장실을 가자고 말했다. 누운 채로 해결하시라 설득해도 고개를 저었다. 나는 그 고집을 잘 안다. 한 번 마음먹은 일은 어떻게든 해결해야만

직성이 풀리는 사람이란 것을. 그런 어머니를 두고 이모는 종종 자존심 빼면 뭐가 남느냐며 놀리곤 했었다.

어머니는 나의 부축에도 온몸을 떨었다. 총기가 사라진 그 얼굴을 차마 바로 볼 수 없었다. 자존심으로 버텨온 어머니의 시간은 떠나버렸다. 가냘픈 옆구리에 팔을 감는 건 힘든 일이었다. 어머니의 떨림이 고스란히 내게로 스며들었다. 어머니는 조심스럽게 바닥에 발을 내려 일어나려 안간힘을 썼다. 얼굴은 고통에 치여 하얬다. 숨을 헐떡이며 내 팔을 움켜쥐었지만, 이내 균형을 잃어버렸다. 어머니에게서 풍기는 큼큼한 냄새에 코가 간질거리더니 재채기가 터져 나왔다. 그 순간 팔이 풀렸고, 어머니는 바닥에 주저앉았다. 다시 일어나려고 어머니는 내게 손을 뻗었다.

"발에 힘을 줘 봐요, 엄마. 발에! 자요."

어머니의 턱을 따라 땀인지 눈물인지 모를 투명한 방울이 흘렀다. 손을 꼭 쥔 채 어머니는 사투 끝에 겨우 몸을 일으켰다. 냉기가 감도는 병실에서 우리는 온몸이 땀에 젖었다. 사타구니에 번진 생리혈이 차갑게 스칠 때마다 몸이 저절로 움찔거렸다. 이모도 준하도 없는 게 다행인지 불행인지 애매했다. 어머니는 원하던 대로 변기까지 갈 수 있을지 모르나, 나는 젖은 옷이 드러날까, 마음이 복잡했다. 어머니는 다시 침대에 누웠다. 울음을 삼킨 채, 기저귀에 볼일을 보았다. 나는 곧장 화장실로 가 젖은 피부와 속옷을 닦았다. 화장지를 접어 덧대고 돌아와 어머니의 기저귀를 갈았다. 환자복을 내리는 순간, 숨이 막히는 냄새가 코를 찔렀다. 기저귀를 갈다 손등에 변이 닿았다. 정신이 멍해지고 속이 메스꺼웠다.

"가만히 좀 있어요, 좀…"

어머니의 회음부를 닦다 불현듯 아기였던 내가 떠올랐다. 엄마는 내 작은 두 발을 한 손으로 들어 올리고, 엉덩이에 묻은 변을 살살 닦아주었다. 부드러운 손길과 평온한 마음이란 걸 아기는 느낄 수 있었다. 차디찬 초봄, 보송한 기저귀를 갈아주던 그 온기가 천천히 되살아났다. 어머니는 아기였던 나처럼 누워, 짧은 숨을 내쉬었다. 새 기저귀를 찬 어머니의 표정은 겁 없는 아기처럼 순했다. 이제 스스로 걷지 못하는 어머니는 의식을 놓은 채, 간간이 밀려드는 통증으로 신음을 토하며 발을 비벼댈 뿐이다. 나는 얇은 담요를 펴 어머니의 몸을 덮어주었다.

어머니를 마지막으로 찾아간 건 지난 초겨울쯤이었다.

간밤에 잘못 먹은 음식 탓인지, 하루 종일 속이 더부룩했다. 아침엔 아메리카노로 속을 달래며 업무에 매달렸다. 오후엔 실장 결재를 받으려 서류를 훑어보았다. 점심은 동료들이 시킨 자장면으로 때웠고, 지출원인행위서에 도장을 찍어 결재판 속에 넣었다.

팀장에게 결재를 받은 뒤, 실장실로 향했다. 사무실 출입문이 거칠게 열렸다. 건장한 체격의 연구원이 성큼성큼 워크테이블 앞으로 다가왔다. 테이블 위에 가져온 서류를 탁, 던지며 나를 쏘아보았다. 테이블 위로 서류들은 어지럽게 흩어졌다. 무슨 일로 오셨느냐 물을 새도 없이 상황은 이미 어긋나 있었다. 간신히 가라앉았던 속이 다시 울렁거렸다. 나는 목젖에 힘을 주었다. 대뜸 그가 나를 쏘아보더니 다짜고짜 왜 인상을 쓰느냐며 벌컥 언성을 높였다. 인상을 쓴 게 아닌데 그렇게 보이느냐고 되묻자, 본인이 찾아온 용건은 뒤로하고 막말을 퍼부었다. '당신'이 '너'로, '너'가 '야'로 바뀌기까지 몇 초도 걸리지 않았다. 박 선생을 비롯해 팀장과 동료 직원들은 하나같이 숨죽이고 흘끔거리기만 할 뿐이었다. 조용한 사무실로 그의 화난 목소리가 창창하게 울렸다.

"야, 너… 가만두지 않겠어."

고막이 찢긴다기보다 온몸이 갈가리 찢기는 듯한 괴성이었다. 그는 흩어진 서류를 그러쥐고 총장실로 가겠다며 마지막 쐐기를 박은 뒤, 문을 걷어차고 나갔다. 직원들은 종종 이런 상식 밖의 난폭한 교수를 '괴수'라 말했고, 거칠고 야비한 연구자를 두고는 '괴물'이라 불렀다. 그가 나간 뒤, 나는 옆자리 동료에게 서류를 맡기고 사무실을 빠져나왔다. 회색빛 거리를 바람에 휩쓸리듯 걸었다. '야, 너… 가만두지 않겠어, 총장실에 보고하겠어.' 그의 목소리가 거센 바람에 섞여 뺨을 스쳐갔다.

걷다 보니 어느새 어머니 집 앞이었다. 거실 한가운데서 어머니는 라디오를 들으며 양파를 손질하고 계셨다.

"나 직장 때려치울까?"

어머니는 입술을 오종종 내민 채, 나를 보다가 고개를 숙였다.

"잘해 봐야 좋은 소리도 못 듣고, 맨날 욕만 먹고… 언제 잘릴 지도 몰라."

어머니는 못 들은 듯 기계처럼 과도로 양파 껍질만 벗겼다. 휑한 정수리엔 흰 머리카락이 반이었다.

"사표 써 버릴까 봐, 진짜. 내 말 듣고 있어?"

내가 성질을 내자, 어머니는 매운 내 속에서 마지막 양파를 집어 들었다. 그리고 매섭게 나를 쏘아봤다. 눈빛이 사나웠다. 나는 시선을 피해 새하얀 양파로 눈길을 돌리고 기분에 취해 계속 주절거렸다.

"아무거나 해도 지금보다 낫지, 진짜. 엄마 내 말 안 들려요?"

그제야 어머니가 입을 열었다.

"남들은 취직 못 해서 난린데, 너는 어떻게 그렇게 소갈머리가 없냐. 대학에 근무한 게 복인 줄 알아야지. 언제 철들래. 쯧."

어머니는 짧게 한숨을 내쉬며 혀를 찼다.

"그냥그냥 살아지는 줄 아냐? 피눈물로 버티는 게 세상 살이여. 이거나 치워."

양푼을 들고 주방으로 가버렸다. 양파 껍질을 쓸어 담는 내내 부글부글 속이 끓고 목이 메어 왔다. 불그스름한 껍질이 파스락거리며 자꾸 미끄러졌고, 매캐한 냄새와 먼지에 숨이 막혔다. 팬티 속에서 또 뜨끈한 느낌이 타고 올랐다. 예정에 없던 만남이어서 패드를 미리 준비하지 않았다.

욕실의 서랍을 뒤졌지만 허사였다. 평소라면 눈길조차 주지 않던 어머니가 몸을 돌려, 그렇게 칠칠맞지 못해 쓰겠냐며 타박했다. 어머니는 몰랐다. 당신을 마주할 때마다, 예정일도 아닌데 불쑥 생리가 찾아드는 사실을. 나 역시 그 까닭을 알지 못했다. 나는 화장지를 겹겹이 접어 팬티 속에 깔았다.

계절을 타는지 라디오에서 흘러나오는 옛 가요에 심취한 얼굴로 어머니는 양파를 썰었다. 왼쪽 무릎을 세워 가슴을 괴고 앉아, 양파를 단단히 붙잡고는 칼을 수직으로 올려 세우고 단숨에 내리찍었다. 양파가 썰릴 때마다 내 몸 어딘가가 칼날에 베인 듯 쓰벅거렸다. 어머니는 칼질을 멈추지 않았다. 나는 매운 내가 진동하는 집을 나섰다. 서늘한 밤 공기를 맞으며 걸었다. 춤이 아니었다면 길을 잃었을지도 몰랐다. 언니와 함께 춤을 출 수 있다면 좋으련만, 언니는 어디로 떠나버린 걸까.

  고등학교 시절, 어머니가 일을 나서면 나는 늘 댄스곡을 틀었다. 강한 비트에 몸을 실으면, 응축된 에너지가 솟아올랐다. 준하는 춤에 관심이 없었다. 내가 춤에 빠져들수록 그는 점점 멀어졌다.

  카세트를 틀기 전, 양말을 신고 바닥에 베이비오일을 발랐다. 문워크를 하려면 발이 생각대로 미끄러져야 했다. 나는 그 좁은 부엌방을 무대 삼아 혼자 춤을 췄다. 문제집을 풀던 준하는 가끔 한심하다는 눈초리로 흘겨보다가 휙 돌아서 방문을 닫아버리곤 했다. 하지만 옆집 언니는 달랐다. 창문 너머에서 싱글거리며 박수를 보냈다. 그 손뼉이 내게는 또 하나의 원동력이 되어주었다. 하지만, 언니는 자주 집을 비웠고, 나는 거의 매일 그녀를 기다렸다.

  옆집 언니! 사실 이름도 몰랐다. 정교하고 세련된 메이크업, 감각적이고 숙녀다운 옷차림으로 보아 나보다 나이가 많겠구나, 짐작할 뿐이었다. 언니는 대개 늦은 밤이나 새벽녘에 돌아왔다. 이따금 수돗가에 쭈그려 앉아 토하곤 했다. "언니, 괜찮아?"하고 묻기라도 하면, 아무렇지도 않은 듯 몸을 일으켜 춤을 췄다. 달빛 아래 언니의 자태는 매혹적이었다. 희디흰 달빛 속에서 살랑거리는 검은 슬립이 표현할 수 없을 만큼 신비로웠다.

차가운 바람에 겨울 냄새가 스멀거리자 유독 언니가 보고 싶었다. 어머니가 집에 오려면 족히 세 시간은 더 지나야 했다. 배달을 마친 뒤에는 다음 날 쓸 상품들을 정리하고, 판촉까지 마쳐야 돌아올 수 있었으니까. 그래서 준하와 나는 둘이 저녁을 먹거나, 때로는 굶었다. 매일 똑같은 김이나 멸치 반찬을 먹는 건 끔찍했다. 준하도 말은 없었지만, 나와 다르지 않았을 것이다. 준하가 밥을 거르는 건 어머니로선 있을 수 없는 일이었다. 그래서 저녁을 챙겨주지 않았다는 이유로 나를 꾸짖곤 했다. 그렇다 해도 입맛을 버릴 만큼 비위 상한 밥을 굳이 먹이고 싶진 않았다. 냄새만 맡아도 속이 울렁거리는 걸 먹으니, 차라리 굶는 편이 나았다. 나는 배가 고프면 춤을 추면 되었고, 준하는 공부를 하면 그만이었다.

어머니는 옆집 언니와 친하게 지내는 걸 노골적으로 싫어했다. "눈은 시커멓게 처바르고 속옷 같은 천 쪼가리 입은 거 안 보이냐. 차라리 벗고 다니지. 맨날 술이나 먹고 들어온 거 봐. 대체 어쩌려고 어울려?" 화를 내면서 언니네 쪽으로 난 창문틀에 대못을 박았다. 그날 밤 어머니가 잠든 사이에 장도리를 찾아 못을 빼버렸다. 엄마를 보지 않고 살지언정 언니를 막는 건 고통이었다. 언니와 춤을 추고 댄스 음악을 듣는 건 가슴 뛰는 일이었다. 짙고 까만 속눈썹은 또 얼마나 아름다운지, 군살이라곤 하나 없는 허리를 흔들

때 탐스러운 머리가 출렁이면 내 가슴도 출렁였다.

나는 그날 밤 내내 언니를 기다리며 창가를 서성였다. 나는 원래 기다리는 사람이니 상관없었다. 카세트를 켜고 책상 위의 챙모자를 집었다. 오른쪽으로 몸을 틀고 강한 비트에 맞춰 재빨리 모자를 올려 썼다. 순간 동작에 따라 춤전체의 분위기가 좌우되니, 그 찰나의 순간에 신경을 쓴다. 그러곤 손가락을 펴서 이마 가까이 대고, 몸의 중심을 따라 허리 쪽으로 내리면 됐다. 한 점 티끌도 없이 정화되어 가는 나, 춤이 주는 강력한 매력, 나는 그 안에서 연속 노래를 재생했고 춤을 추었다.

방문에 기대 지켜보던 준하는 그만하고 밥이나 먹자고 졸랐다. "누나는 틀렸어."라고 핀잔했다. "머랭 두고 봐, 그딴 말 하지 마라, 너." 준하는 한심한 듯 나를 째려봤다. 나는 준하를 향해 손가락으로 총 모양을 만들어 총알을 날렸다. 제자리에서 뛰다가 노래가 끊겨 처음으로 돌렸다. 다시 모자를 쓰고, 손을 내리고, 짝퐁 폴로 셔츠를 휙 뒤로 날린 다음 허리에 왼손을 올리고 오른손을 내려 같은 쪽 골반 위에 놓고 상하로 움직였다. 골반을 서툴게 올렸다 내렸다 반복했다. "누나는 미쳤어. 진짜, 짜증 나거든." 준하가 벌컥 화를 냈다. "너도 해 볼래? 일루 와." 준하는 호주머니에 손을 찔러 넣고 경멸 어린 눈빛으로 째려보았다. "이렇게 해 보라고 짜샤." 나는 그의 눈빛을 외면한 채, 이마의 땀을 훔치며 팔을 잡아당겼다. "이것 놔."하고 준하는 홱 몸을 돌려 문을 쾅 소리 나게 닫았다. 차라리 홀가분했다. 몸은 땀으로 젖었고 발바닥은 뜨거웠다. 그때 언니가 왔다면 좋았으련만 밤하늘 엔 달빛만 가득했다. 나는 혼자라도 괜찮았다. 백스텝을 밟 으며 어깨를 흔들었다. 박진감 넘치는 리듬에 맞춰 중심을 잡고, 두 팔을 벌린 채 빙글–제자리를 돌고 또 돌았다.

별안간 방문이 벌컥 열리더니 누군가 나를 향해 성큼 들 어섰다. 곱슬곱슬한 머리칼이 헝클어진 채 눈동자에선 이 상한 빛이 어른거렸다. 그녀는 오른손에 나무 빗자루를 들 고 뚫어질 듯 나를 쏘아보았다.

"이년, 백두산 호랭이가 물어갈 년."

귀청이 찢어질 듯 악을 쓰며 내 긴 머리채를 확 움켜쥐 고 사납게 흔들었다. 대번에 별이 보이고 정신이 아득해졌 다. 어머니는 무릎을 걷어차고 온몸을 매질했다. 빗자루가 맨살에 닿을 때마다 싸한 감각이 전신에 퍼지면서 이상하 리만치 시원했다.

"쟈를 쫄딱 굶겨놓고 뭔 막춤질이야. 춤은 배워서 뭐할 래, 어? 기껏 키워놓니까 천박하게 굴어. 뭐가 될라고 이 래?"

어머니는 카랑카랑한 목소리로 소리를 질렀다.

"저 문을 왜 열어 이년아!"

숨쉴 새도 없이 빗자루를 휘둘렀다. 어깨에서 무릎, 배와 등, 얼굴까지 가리지 않고 내리꽂았다. 옆집 언니가 없어서 다행인지 불행인지— 혼미한 중에도 그런 생각이 스쳤다. 어머니는 연신 헉헉거렸다. 뭉텅뭉텅 빠진 머리카락은 방바닥 곳곳에 흩어졌다. 잠시 숨을 고른 어머니는 다시 매질을 이어갔다. 인정사정없이 내리치는 빗자루가 미친 듯 날뛰었다. 그러던 어느 순간, '빠직' 소리를 내며 두 동강 났다. 그제야 어머니는 부러진 토막을 구석에 내던졌다. 그러곤 방을 나가 꽝 하고 문을 닫았다. 나는 토막 난 빗자루 옆에 쓰러져 창 너머의 하늘을 바라보았다. 바라보았던가, 바라보지 않았던가.

달—, 휘영청 밝은 그 아름다움 앞에서 나는 부끄러워 눈물이 났다. 기품 있고 매혹적인 달이 천천히 지붕 위를 지나는 동안, 까인 무릎과 팔꿈치의 진물과 핏물도 서서히 말라갔다. 상처의 쏙쏙거리는 통증은 가라앉지 않았고, 차츰 한기가 몸을 휘감았다. 소란이 사라진 집은 더없이 적막하고 고고했다. 망가진 인형 같은 내 모습을 보니 걷잡을 수 없는 서러움이 밀려왔다. 나는 웅크린 채, 말 같지 않은 말들을 토해내기 시작했다. 몸속 어딘가에서 뜨겁고 절박한 한숨 같은 것들이 치고 올라왔다.

나는 주술에 걸린 듯 입을 멈추지 않았다. 그건 변명도 농담도 아니었다. 애원에 가까운 옹알이었다. 닫아걸었던 마음의 빗장을 열고, 신들린 듯 중얼거렸다. 다 말해야 한 다고…. "돌아와, 돌아와" 절박한 외침의 언덕을 넘으면, 맨 아래 단 하나의 존재– 포근하고 따뜻해서 더 말이 필요 없 는 한 사람, 엄마가 팔을 벌리고 있을지도 모르니까. 나는 애타게 달을 쏘아보며 훌쩍였다.

어느 틈엔가 준하가 물수건을 들고 다가왔다. 그는 눈물 과 콧물을 훔치던 나를 못 본 척했다. 잠시 생채기 난 몸을 훑어본 뒤 굳은 핏자국과 진물을 닦아주었다. 달빛처럼 조 용히 앉아 상처를 닦던 그는 이따금 울상이 되어 얼굴을 찡 그리며 손을 떨었다.

"담에는 같이 춤추자 응? 난… 대학도 싫고, 공부도 싫 고, 그냥 다 싫어. 춤만 출 거야. 돈 모아서 댑다 큰 오디오 살 거야. 방 안을 음악으로 꽉 채울 거거든. 팝핀도 하고, 탭댄스도 하고, 힙합도 하고… 이중, 삼중, 만중으로 그냥 확 채워버릴 거야. 멋지지 않아? 난 조용한 게 싫어. 텅 빈 것도 싫어. 그런 건 다 죽은 것 같잖아."

준하가 고개를 끄덕이며 내 손목을 잠시 잡았다. 그 손 길은 오래도록 내 기억 속에 남아 있었다. 지금도 가끔, 그 날의 축축한 손길이 선명하게 떠오른다. 그 여름밤, 달빛은 미치도록 환했다. 맑고 투명한 빛 때문이었을까. 호젓한 기 분이 끝없이 밀려왔다. 그것은 긴밀하고도 중대한 일을 비 밀리에 마친 뒤에야 비로소 찾아오는, 말로 다 옮기기 어려운 감정과도 같았다. 달빛을 스친 바람이 부드럽게 우리 곁으로 스며들었다. 무릎을 세우자 마른 피딱지가 벌어지며 통증과 함께 핏방울이 다시 솟았다.

언니네는 여전히 고요했다. 숨 막히는 정적이 슬라브 옥상 난간을 통째로 삼켜버린 듯했고, 달은 아낌없이 빛을 풀어놓았다. 어머니의 코 고는 소리가 달빛 속으로 고고하게 번져갔다. 나는 그 모든 풍경 속에서 다리를 끌고 화장실로 향했다. 불규칙한 어머니의 코 고는 소리가 일순간 끊겼을 때, 팬티 밑바닥으로 뜨끈한 열감이 느껴졌다. 뭉근하고 따뜻한 그 감각은 불쾌하면서도 낯설었다. 나는 머리카락을 귓등으로 넘기며, 황급히 변기 앞에 섰다. 팬티를 내리자, 밑바닥에 갈색 얼룩이 아기 손바닥만 하게 번져 있었다. 아기가 끄적거린 그림처럼 형체를 알아보기 어려웠다. 날개를 웅크린 박쥐 같은 갈색 자국에서 음습한 기운과 퀴퀴한 냄새가 났다. 나는 팬티를 벗어 그림을 중심에 두고, 한 손에 들어올 만큼 조그맣게 접었다. 다리를 끌며 방으로 돌아와, 이불 밑에 넣었다. 홑이불 아래, 초경 팬티는 날개 접은 박쥐처럼 숨을 죽였다. 달빛을 향해 눈을 감자, 마음이 한결 가벼워졌다. 곧 잠에 빠져들었고, 동굴 끝에서 박쥐 떼가 어둠을 가르며 날아올랐다. 높은 곳으로 더 먼 곳으로 멀어졌다. 나는 그 날갯짓을 오래도록 지켜보다가, 몰랑몰랑 더 깊은 잠 속으로 미끄러졌다.

언젠가 어머니가 아버지와 결혼한 직후 입덧을 했다고 말했다. 아버지는 공장에서 밤늦게 돌아와, 잠이 아니라 깊은 어둠 속으로 스며들듯 몸을 뉘곤 했다. 그건 오랜 노역으로 생긴 피로 때문이었다. 사철 아버지는 기침을 달고 살았다. 병원에서 진폐증 진단을 받고 오래도록 약을 써도 차도는 없었다. 어머니는 일손을 놓고 정성껏 간호했지만, 아버지는 끝내 병을 이기지 못하고 세상을 떠나셨다. 그 후, 어머니는 건강식품 회사에 취직을 했다. 그 무렵, 어머니는 집착에 가까울 만큼 불안해 보였다. 일을 나설 때마다 준하를 걱정하며 몇 번이고 돌아보았다. 낡아빠진 소형차에 제품을 싣고 다니며 관공서와 인근 아파트에 음료를 배달했다. 배달 중에는 전화를 걸어 준하의 동태를 물었고, 일을 마친 뒤엔 판촉물을 돌렸다. 하루 일과를 마친 어머니의 얼굴은 지친 표정으로 굳어갔다. 날씨가 끄물거리면 일찌감치 밥상을 거두고 누워 멀거니 천장을 바라보다 시글시글 잠들었다. 어떤 날에는 "아이, 아이. 몸이 땅바닥으로 꺼질라는가. 이리와 다리 좀 밟아라." 다급하게 부르면 나는 그때마다 어머니에게로 달려갔다.

어머니는 이불을 걷고 두 다리를 내어주었다. 두부처럼 부드러운 허벅지는 조금만 힘을 주어도 부서질 것만 같았다. 그런 만큼 발에 힘을 빼고 살살 밟아야 했다. 발을 뗄 때마다 어머니의 얼굴은 찡그려졌다가 이내 밝은 표정으로 돌아가곤 했다. 나는 호흡을 조절할 수 없어 어느 박자에 맞춰 숨을 쉬어야 할지 몰라 순간순간 당황했다. 긴장과 긴장 사이에는 오직 떨림뿐이었다. 순간순간 다리와 발은 자꾸 중심을 잃고 부들부들 떨렸다. '아이, 콱콱 좀 밟으라니까. 팍팍하고 아려서 죽겠다. 은하야 그냥 다리 위로 뽈딱 올라가그라. 얼른.' 고단해 지친 어머니의 목소리는 너덜거리는 문풍지처럼 쉰 소리를 냈다. 그런 세월이 쌓여, 흰 머리칼과 주름에 삶의 이력이 새겨졌으리라. 나는 발바닥에 밴 땀을 어머니의 줄무늬 치마에 닦고, 넓적다리 위로 올라섰다. 그것은 절박하던 어머니의 요청보다도 내 마음이 허락하지 않은 일이었다. 어머니 위에 내 몸을 온전히 실었다고 생각하니, 가슴 깊은 곳이 쿵쿵 울려 바닥으로 내려섰다. 하마터면 풀죽듯 누워 있는 어머니가 장판 무늬처럼 겹쳐 보여, 그 위를 밟고 지나갈 뻔했다. 나는 누구인가. 정신을 차리고 보니 발이 떨리고 종아리가 뻐근했다. 마음은 억눌러도 무시무시하게 일렁였다. 동시에 언니와 춤출 시간이 새고 있다는 초조함에 사로잡혀 '이제, 됐다'는 말을 기다렸다. 그러나 그 기대는 애당초 가당치 않았다. 다리에 힘을 주어 억지로 리듬을 살렸다. 숨이 막혀 노래라도 불러야 할 것 같았다.

노래를 불렀나 싶었는데 어느새 강한 비트의 '비릿'을 부르고 있었다. '…유 베러 런, 유 베러 두 왓츄 캔…' 발은 그 리듬에 맞춰 널뛰듯 폴짝거렸다. 아차 하는 마음보다 먼저, 허벅지 뼈가 발바닥에 또렷이 닿았다.

"아이고야, 이년을 콱 그냥, 살이 찢어지라고, 에그 쯧쯧 쯧…"

어머니는 미간에 깊은 골을 만들며 왈칵 성을 냈다.

나는 마음을 가다듬고 팔분의 육박자에 맞춰 '자장자장 우리 아기 잘도 잔다, 우리 아기…'를 슬몃슬몃 밟으며, 어 머니가 빨리 잠들기를 바랐다. 다리가 뻣뻣해질수록 어머 니의 근육은 풀리고 진정된다는 사실을 알기에 무디어 가 는 다리를 멈출 수 없었다. 어머니는 이따금 리듬에 맞춰 낮게 신음을 토하다가, 인상을 찌푸렸다 풀기를 반복했다. 마침내 여름 무처럼 매끈한 다리가 가을 수세미처럼 굳어 갈 즈음, 어머니는 뿔을 감춘 소라처럼 이불 속으로 몸을 숨겼다.

다음 날 밤, 어머니는 잠자리에 들기 전 나를 불렀다. 나 는 무릎을 꿇고 앉아 몸을 웅크렸다. 아물지 않은 상처에 매 질의 통증이 남아 아직 매질의 억센 감각이 살아 있었다. 어 머니는 허리를 꼿꼿이 세우고 앉아 새벽 두 시가 넘도록 꾸 짖었다. 듣고만 있는데도 입이 마르고 다리가 저렸다. 눈은 점점 사팔뜨기처럼 변해갔고, 대부분의 말을 건성으로 흘 렸다. 물 한 모금 마시지도 않고 자세를 그대로 유지한 어머니는 어느 순간 목소리를 낮췄다. 하지만, '경박하고 허영기 많아 요란하게 꾸미고 밤마다 돌아다니는 상스러운 계집이 뭐가 좋다고 어울리냐, 신세 망친다.'는 말만은 귀에 박혔다. 단박에 울화가 치밀어 나는 떨리는 입술을 깨물고 방바닥을 노려보았다. 그렇게 세 시간 가까이 닦달하던 어머니가 찬물을 벌컥 들이켰다. 그러곤 부르르 일어나 망치와 대못을 찾아 부엌방으로 건너갔다. 막아서면 곧바로 매질을 당할 것 같은 기운에 억눌려 나는 잠자코 지켜볼 수밖에 없었다. 힘이 억센 어머니는 못을 깊이도 박았다. 언뜻 슬립을 입고 나온 언니가 급히 몸을 감췄다. 어머니를 보며 무슨 생각을 했을까. 나는 언니의 뒷모습에서 놀람을 읽었다. 못질을 끝낸 어머니는 창을 밀어 보더니, 이젠 됐다 싶은지 흡족한 얼굴로 방을 나갔다. 나는 분통이 나고 답답해 온몸이 화끈거렸다. 바람 한 점 통하지 않는 창에 기대어 있자니 언니가 빠끔히 모습을 드러냈다. 그러곤 두 손을 모아 입에 대고 무슨 말을 했다. 언니는 무성 영화의 주인공처럼 뭔가 간절하고 절실한 표정이었다.

마침내 어머니가 거실 불을 끄고 잠자리에 들었다. 다시 매를 맞더라도 지금 못을 빼야 한다는 생각이 들어 못을 뽑고 나니 창틀은 연장 자국과 상처로 흉했다. 나는 그 위에 옥편을 올려두었다. 그 뒤로는 내 의지대로 창을 열고 닫았다. 어머니도 준하도 몰랐다. 우연이었을까. 그 일을 겪은 뒤로 언니와의 만남은 점점 뜸해졌다. 언니네에서 인기척이 있었지만, 언니는 집 밖을 나오지 않았다. 난간 가득 달빛이 대낮처럼 환하던 밤, 계단을 오르는 하이힐 소리에 나는 용기를 내어 언니를 불렀다. 분명, 또각거리는 분홍색 하이힐 소리였다. 연이어 삐걱, 현관문이 열렸다 닫히는 쇳소리도 들려왔다. 나는 슬립 입은 언니가 방긋 웃으며 나를 부를 거라 상상했다. 그러나 더는 어떤 기척도 없었다. 이 모든 게 어머니의 못질 때문이 아니면 무엇이겠는가. 나는 다시 춤을 추고 싶은 충동에 사로잡혔다. 카세트를 창틀에 올려두고 춤출 때마다 틀던 노래를 틀었다.

"언니, 언니, 집에 있잖아. 얼른 좀 나와 봐."

나는 춤을 추며 노래보다 크게 외쳤다. 낯선 기류에 몸을 멈추고 돌아섰다. 문지방에 준하가 서서 나를 노려보고 있었다. 눈빛은 날카롭고 사나워, 나를 꿰뚫는 듯했다.

"내신 안 좋으면 책임질래? 내가 돌겠다. 정말. 엄마한테 그렇게 맞았으면 정신 좀 차려라."

빽 소리를 지르며 연필을 던지고 카세트를 확 꺼버렸다.

"시끄럿, 꺼져. 뭔 간섭질이야."

나는 구르는 연필을 집어 준하의 뒤통수에 내던졌다. 연필이 바닥으로 떨어져 댕강 부러졌다. 준하는 조르르 연필 토막을 으스러뜨릴 듯 짓밟았다. 성질을 못 이겨 발을 쿵쿵 구르다, 퍽하고 엉덩방아를 찧었다.

"에이, 미친년…"

벌떡 일어나 욕설을 퍼붓고 집이 쓰러져라, 문짝을 걷어 찼다. 허술한 합판 문은 찍 소리를 내며 움푹 패었다. 그날 이후 우리는 서로를 무시했다. 말 한마디 섞지 않았고, 눈이 마주치면 곧 시선을 돌렸다. 돌이켜 보면 준하와의 관계가 틀어진 것도 모두 어머니 때문이 아니었을까. 창에 못만 박지 않았더라면 우리는 그저 평범한 오누이로 지냈을 것이다.

박 선생과는 병원 로비에서 헤어졌다. 그가 떠난 뒤, 나는 입원실이 늘어선 긴 복도를 따라 어머니 병실로 향했다. 문을 열자 준하가 고개를 들었다. 그는 소변 봉지를 갈던 중이었다. 봉지에는 탁한 소변이 반쯤 차 있었다. 손끝에서 미끄러진 봉지가 바닥에 떨어지며, 소변이 주르륵 쏟아졌다.

"엄마가 애타게 찾는데, 진짜 왜 그래? 평생 왜 이래…"

그는 바닥을 훔치며 냉랭하게 잘라 말했다.

"내가 뭘 어쨌다고 또 이혼 얘기야? 그리고 나 직장인이야. 왜 자꾸 지랄이냐고."

준하와 다투었던 감정이 불쑥 치밀어 올랐다. 술을 마셨다는 걸 알았더라면 그는 더 언성을 높였을 것이다. 나는 최대한 준하와 멀찍이 떨어져 간이침대에 걸터앉았다. 어머니의 눈가는 말라붙은 눈물 자국으로 얼룩져 있었다. 가녀린

숨결에서는 해묵은 먼지 냄새가 미미하게 풍겨왔다. '사람이 먼지야. 먼지…' 입버릇처럼 말하던 생생한 음성, 한 번만이라도 더 들을 수 있을까. 나는 가만히 어머니의 얇은 가슴을 어루만졌다. 그러자 신기하게도 어머니가 눈을 떴다. 가늘고 흐릿한 눈길로 허공을 바라보았다. "저기…" 들릴 듯 말 듯 한마디 하고 팔을 들었다, 툭 떨어뜨렸다.

"어디요. 왜, 그러세요?" 준하가 바짝 다가서 허리를 굽혔다.

"이쁜 새, 저기 노란 새…"

"새가 어디? …있어요, 누나 왔잖아. 은하 찾았잖아."

어머니는 준하의 말을 듣지 못했다. 멀어진 눈빛으로 숨을 고르던 얼굴이 서서히 해맑고 환희에 찬 표정으로 변해 갔다.

"엄마! 나야, 은하. 나 좀 봐요. 엄마… 엄마…"

나는 애타게 불렀지만, 어머니는 대답도 눈길도 주지 않았다.

"노란 새… 저기…"

어머니는 아무도 보지 못한 노란 새만 바라보는 듯했다.

"어서… 가자…"

밥 먹으라고 준하를 부를 때처럼, 믿기지 않을 만큼 또렷한 음성이었다. 그러곤 노란 새를 따라 걷는 듯 자꾸 발을 움찔거리다 끝내 의식을 놓았다. 어머니는 더 이상 말이 없었다. 이제 우리가 닿을 수 없는 저편에 들었다는 직감이 스쳤다. 준하는 체념 섞인 한숨을 내쉬고 병실을 나갔다. 칙칙한 조명이 아래, 담요 밖으로 드러난 어머니의 발이 희미했다. 핏기 없이 창백해, 손을 대면 곧 부서질 듯 투명했다. 나는 단물 빠진 수수깡처럼 앙상한 팔을 가만히 쓸었다. 어머니의 살을 마지막으로 만져 본 게, 얼마만인가.

자정 무렵, 회진을 돌던 간호사가 어머니의 손가락에 센서를 꽂아 심장 모니터와 연결했다. 틈틈이 혈압을 쟀지만 어머니가 아직 숨을 쉬는지조차 분간하기 어려웠다. 바람에 스치기만 해도 뿌연 먼지처럼 흩어져버릴 것만 같았다. 새벽녘에는 거의 십 분 간격으로 오가며 소변량과 모니터를 살피고 기록했다. 그러나 시간이 흘러도 소변 한 방울 나오지 않았다. 그 와중에도 졸음이 밀려왔다. 정적이 흐르는 가운데, 간호사가 다가올 때마다 무거운 눈꺼풀을 간신히 들어 올려 그녀의 움직임을 좇았다. 말없이 체크만 하던 간호사는 여명이 밝아올 무렵 굳은 얼굴로 입을 열었다.

"산소포화도가 치명적으로 떨어졌습니다… 다 되신 것 같습니다."

광대뼈가 도드라진 어머니는 모든 걸 다 포기한 듯 입을 반쯤 벌리고 있었다. 이미 다른 세계에 닿은 듯 눈을 감은 얼굴은 오히려 평온해 보였다. '가자, 저기. 아이고-' 어머니의 단말마도 사라졌다. 심전도 기기 속 그래프는 더 이상

진폭 없이 낮게 흘렀다. 간호사는 어머니 몸에서 카테터를 떼어냈다. '아-이-, 아이고.' 시공을 초월한 고통의 순간들을 모두 놓아버린 어머니는 몹시 작아 보였다. 슬그머니 벌어진 콧구멍에서 시커먼 박쥐 떼가 들끓듯 빠져나와 음산하게 날갯짓했다. 그 무리는 산을 넘어 사위어가는 어둠 끝으로 멀어져갔다.

　창밖에는 새벽달이 아스라이 빛나고 있었다. 어머니가 누웠던 침대는 피로 얼룩진 흰 면포에 덮여 스산한 기운을 풍겼다. 박쥐가 엎드린 듯한 갈색 얼룩은 끔찍하고 흉했다. 운구차는 장례식장을 향해 멀어져 갔다. 준하가 어머니 곁을 지키고 있을 터였다. 나는 어머니의 옷가지와 세면도구, 남은 음료와 과일 캔 따위를 차례로 정리했다. 마지막으로 침대의 면포를 걷었다. 한 번, 두 번, 세 번. 박쥐의 형상이 완전히 가려지는 순간, 허벅지 안쪽이 불현듯 뜨끈했다. 손을 쓸 새도 없이 생리혈이 다리를 타고 내려, 발을 적시며 바닥으로 번졌다. 어머니를 만날 때마다 불시에 생리가 터지곤 했지만, 이렇게 푹푹 쏟아진 건 처음이었다. 나는 얼어붙은 마음을 다잡으며 급히 욕실로 들어가 바지를 내렸다. 패드는 이미 한계를 넘어 흥건하게 젖어 있었다. 대강 엉덩이를 닦고 변기에 앉자, 피가 주르륵 쏟아져 양변기를 순식간에 붉게 채웠다.

우렁우렁 어머니 목소리가 여기저기서 울려왔다. '이년, 백두산 호랭이가 물어갈 년.' 구석에 세워둔 빗자루가 꼿꼿이 일어섰다. '국장님이 명퇴한대요.' 쟁쟁한 박 선생의 목소리가 환청처럼 겹쳐 들렸다. 나는 도망치듯 화장실을 빠져나왔다. 병실의 벽과 에어컨의 송풍구에서 익숙한 노래가 흘러나왔다. 발은 이미 리듬에 맞춰 침대를 향해 나아갔다. 나는 접어둔 면포를 털어 잽싸게 머리 위로 올려 썼다. 이내 시큼하고 퀴퀴한 냄새가 코를 찔렀다. 쿵쿵 짝짝, 쿵쿵 짝짝– 스텝을 밟았다. 몸을 흔들수록 면포는 흘러내려 발끝에 걸렸다. 멈출 수 없었다. 뒤로, 더 뒤로 미끄러졌다가 앞으로, 더 앞으로 나아가 창에 닿았다. 자동차의 후미등이 흐려지더니 곧 점 하나 없이 사라졌다. 눈앞에는 온통 희붐한 여명만 어릉거렸다. 춤추는 내 몸은 점점 광기에 휩싸였다. 방은 붉게 물들었고, 몸은 리듬에 결박되었다. 순간순간, 노란 방의 잔상이 머리를 스쳤다. 어디선가 흰옷을 입은 사내가 구부정한 몸으로 흙 마당을 달려 솟을대문을 열었다. 대문 밖으로 또 다른 마당이 이어졌고, 그 끝마다 솟을대문이 굳게 닫혀 있었다. 그는 단단히 걸린 빗장을 풀어 문을 차례로 열어젖혔다. 다음, 또 그 다음. 사내는 연이어 문을 열었다. 나는 그 문턱을 하나씩 넘고 또 넘었다. 성실하게 문워크를 이어갔다.

마주
앉아

동심 씨가 아침부터 삼봉을 치자고 했다.

또 화투를 치자고?

이틀 전, 나는 태어나서 처음으로 화투를 쳤다. 밤 아홉 시 뉴스를 보던 중 동심 씨가 푸른 천을 펼쳤다. 그 위에 화투를 줄줄이 놓고 말했다.

"이게 일월 솔광인디."

목이 긴 새를 짚을 때 나는 물었다.

"지금 치자고?"

텔레비전 화면에서는 흐린 바다가 끝도 없이 넘실거렸다.

"세 판만 치자. 일루 와야."

동심 씨가 턱으로 맞은편을 가리켰다.

"문패 봤쟈? 그걸 달아 그런가 아까 패를 떴드니 아주 좋다야. 자, 봐 봐 송학은 소식이여, 공산광은 달밤. 이게 다 광이고 이건 오 끗."

앉은 자리에서 두어 번 들썩이니 화투판이었다. 푸른 라사지 천 위에 알록달록한 그림들을 하나하나 짚으며 일러 주었다.

"시카, 빠이, 대포, 송동월, 일이삼, 용코, 구사, 칠띠 이게 다 약이여."

서너 장씩 붙여놓고는 잠시 고개를 갸웃했다.

"또 뭐가 빠진 거 같은디…"

그러곤 두 손으로 휙 섞어버렸다. 약 패는 익히기도 전에 헝클어졌다. 급할 것도 없는데 성급한 손놀림이 내심 서운했다. 눈치 빠른 동심 씨가 다시 서너 장씩 붙이며 말했다.

"자, 한 번 더 봐."

나는 찬찬히 훑어보았다. 그중, 둥근달이 들어간 시카와 송동월이 가장 그럴듯했다. 동심 씨는 상기된 얼굴로 침이 튀는 줄도 모르고 물었다.

"잘 봤지. 알겠냐?"

그 눈빛에는 '이 정도는 알아야지.' 하는 기색이 뚜렷했다.

"전에 아빠랑 할 때도 봤거든." 머리가 띵해 아는 체를 했다.

"눈을 감고 쳐도 시카, 송동월은 문제없겠네."

자신 있게 말하자, 동심 씨는 곧 화투를 섞어 모아 잡았다.

"알았어. 따악 세 판만 쳐준다."

나는 몇 장의 화투를 떠 바닥에 놓고 내 몫으로 받은 패를 집었다. 순전 호기심이었다.

"그래, 좋다 좋아. 역시 내 딸이 최고지. 화투같이 재밌는 건 어디도 없어야. 난 죽어서도 삼봉은 치고 싶다. 치매 예방에도 좋다더라야."

오랜만에 동심 씨 얼굴에 화색이 돌았다.

"요새 고스톱인가 뭔가 치고 박고 그거 참말로 촐싹 팔랭이가 따로 없드라."

동심 씨는 뻥튀기를 베어 물며 맘 놓고 고스톱을 깔보았다. 여덟 장의 패를 부채꼴로 펼쳐 들고는 패가 마음에 들지 않는지 입에 든 뻥튀기를 머금은 채 아무 말이 없었다. 나는 정작 패를 어떻게 쥐어야 할지 몰랐다. 부채꼴을 만들어보려다 우수수 떨어뜨렸다. 아무리 모양을 잡아도 깔끔한 부채꼴이 되지 않았다. 동심 씨는 바닥의 패와 비슷한 짝을 맞춰 가져갔다. 짝짓기 놀이라고 생각하니 복잡한 수학 문제에 비할 바 아니었다. 동심 씨가 뻥튀기를 콱 베어 물자 부서진 가루가 목덜미와 얼굴로 날아와 붙었다.

첫판은 어리둥절하게 끝났다. 두 번째, 세 번째 판도 별반 다르지 않았다. 화투를 제멋대로 쥘 수밖에 없어 기분은

썩 좋진 않지만, 두어 시간을 치고 나니 조금씩 감이 잡혔다.

"돈 내기를 해야 더 빨리 배울 거여. 현찰 박치기 하자이."

동심 씨는 화장실을 다녀오다 안방에 들러 돈주머니를 가져왔다. 판돈으로 천 원짜리 지폐 일곱 장을 내밀고, 자기 앞에도 지폐 몇 장과 동전을 놓았다.

화투가 중독성이 있는 것인가. 동심 씨가 그만하자고 일어나지 않았다면 밤을 새울 뻔했다. 다리가 저리고 온몸이 뻐근한데도 *한 번만 더 조금만 더.* 하면서 다리를 주물렀다. 동심 씨가 어질러진 화투를 정리하는 동안 나는 남은 오천삼백 원을 챙겼다. 삼봉의 첫날밤은 그렇게 지나갔다.

어제도 동심 씨는 화투를 치자고 했다.

도서관에 가져갈 문제집을 챙길 때, 동심 씨는 마루 끝에서 서성였다. 마당은 한여름의 뜨거움에 흰빛 열기로 일렁였다. 나는 방바닥에 흩어진 옷 속에서 가장 얇은 셔츠를 골라 입었다. 그때 화투를 든 동심 씨가 꿰뚫는 눈빛을 하고 다가왔다. 깊은 눈은 막다른 골목에 갇힌 빛처럼 생기라곤 없었다. 동심 씨는 곧 내 손목을 잡아끌었다. 나는 어리둥절한 채 버석한 그 손에 이끌려 방을 나섰다.

"딱 점심 먹을 때까지만 하자, 엄마. 이번엔 정말 잘 봐야 돼."

나는 늘 나보다 앞서는 김예솔을 떠올리며 자리에 앉았다. 지난 일주일 동안 새벽 두 시까지 자습서와 문제집을 달달 외운 탓에 종잇장은 힘을 잃고 하늘하늘해졌다. 그렇다고 해서 시험에 대한 부담이 덜어지진 않았다. 그럼에도 손목을 타고 오는 동심 씨의 은은한 체온만은 차마 외면할 수 없었다.

아빠가 집을 나간 뒤, 내 생활 전선에도 변화를 주었다. 그림 도구들을 치우고 주요 과목 문제집을 구입했다. 문제집은 표지의 색상이 최대한 화려하고 얇은 쪽을 택했다. 처음엔 문제집을 펼칠 때마다 흰 바탕에 빽빽한 글씨가 눈앞에서 빙빙 겉돌았다. 봄날 허공에 나풀거리는 나비나 벌처럼 좀처럼 잡히지 않았다. 그럴수록 나는 보고 또 보고, 끝없이 반복하며 매달렸다. 그 결과 하위권에 머물던 성적은 조금씩 올라 지금은 특목반 진입을 앞두고 있다. 이 모든 것이 투혼의 결실이었다.

공교롭게도 내가 마음을 다잡은 뒤에도 동심 씨는 성적이 오르든 말든 관심이 없었다. 최근 학기말 성적표를 보고도 침대에 기대 하품을 하며 젖은 눈가만 훔쳤다. 나는 가냘픈 동심 씨의 팔을 잡고 애교를 떨었다.

"담엔 더 잘 볼게. 이번 달 시험에 3등 하면 노트북 사줄 거지, 응?"

"쓸데없는 말 좀 그만해라이. 가, 자."

동심 씨는 말을 자르듯 뱉고 그대로 누워버렸다. 기분이 상해 방을 나서기 전, 나는 모른 척 침대 하단을 툭 찼다. 사실 맥북 같은 건 관심도 없었다. 그저 동심 씨가 작은 기대나 희망이라도 품어주길 바랐을 뿐이었다. 잠을 줄여가며 공부했던 시간마저 한순간에 무시당하니 허무했다. 방으로 돌아와 성적표를 책상 앞에 붙이고, 무의식중에 책상 위를 내려쳤다. 강하게 친 것도 아닌데, 기다렸다는 듯 비딱하게 열린 서랍이 툭 바닥으로 떨어졌다. 아빠가 돌아오지 않은 뒤로 동심 씨에게는 화투가 전부가 된 걸까. 이제 동심 씨는 수시로 나를 무시했고 그럴 때마다 가슴 한구석이 따갑게 욱신거렸다.

나는 삼백 원을 따고도 기분이 나아지지 않았다. 화투를 한데 섞어 가지런히 모아 쥐었다.

"나도 이제 맘을 바꿨어야. 삼봉도 그래서 친 거여. 시험이 대수냐."

동심 씨의 말은 쥘 수 없는 빗물처럼 마루 끝까지 번져갔다. 동심 씨는 곧 화투 여덟 장을 바닥에 깔았다. 그러고는 여덟 장씩 나누고 난 뒤 남은 건 중앙에 놓았다. 나는 시험에 대한 걱정 때문에 집중하기 힘들었다. 바닥에 깔린 패와 짝 패가 없어 어쩔 수 없이 하나를 버리고 중앙의 뒤패를 깠다. 똥피를 버렸다면 똥피 두 장을 먹을 수 있었는데 안타까웠다.

"꽃잎은 하염없이 바람에 지고…"

동심 씨는 몸을 좌우로 흔들며 낯선 노래를 흥얼거리기 시작했다. 노래에 정신이 팔린 줄 알았는데 삼광을 먹어 국진 십 옆에 붙여놓았다.

"아, 정말 중요한 시험인데!"

나는 노랫소리를 지워버리고 싶은 충동에 바락 소리를 쳤다.

"뭔 공부를 한다고 그러까! 필요 없어야. 밤낮 책상에만 쪼그리고 있지 마라. 보라야, 니 대체 뭐가 될라고 그래. 좋은 대학 가면 뭐한다냐? 그냥 놀아. 그림이나 계속 그리든 가."

화난 내 감정에는 일말의 관심도 없는 듯 동심 씨는 심드렁하게 중얼거렸다. 목소리는 마음을 굳힌 듯 잔잔했다.

그러고 보니 옷장 옆에 치워두었던 이젤이 얼마 전부터 책상 옆에 와 있었다.

"엄만 속이 있어 없어?"

동심 씨는 들은 체도 하지 않고 비광으로 공산광을 잡았다. 또 망했다.

"아빠 행방불명된 거 봐라. 사표 내고 당구장 차린다 할 때 내가 생각을 잘못했제. 하고 싶은 거 하면서 살아야제, 다 필요 없어야."

동심 씨는 훌쩍거리기 시작했다. 공산광의 흰 달 위로

굵은 눈물이 뚝뚝 떨어졌다.

"니랑 나랑 백 년도 못 살 건디, 보라야. 생각 좀 해 봐라."

동심 씨는 눈물 젖은 화투를 다시 집어 들었다. 이전의 동심 씨가 아니었다. 몇 해 전만 해도 시도 때도 없이 노크도 하지 않고 방문을 벌컥 열곤 했다. 방에 들어와 책상 옆에 붙어 섰다. 다짜고짜 교과서는 어디 있냐며 시비를 텄다. 교과서야 학교 사물함에 잘 꽂혀 있었다. 방과 후에는 들여다볼 일은 거의 없어 빈 가방을 메고 다녔다. 책상 위에는 보습학원에서 나눠준 문제지나 엉망으로 치른 영어 시험지 같은 게 가방과 뒤섞여 있기 다반사였다. 책상 유리판에 동심 씨가 비치면 나는 얼른 시험지를 당겨 인상 쓴 얼굴을 가렸다. 하필 빗금만 잔뜩 그어진 시험지를 낚아챘다.

"빨간 소낙비가 왜 이리 많이 왔어? 대체 어쩔라고 이래."

동심 씨는 얼굴이 벌게져 시험지를 허공에 대고 찔렀다. 나는 나풀거리는 시험지를 확 채잡았다. 그 순간, 시험지가 촤, 소리를 내며 찢어졌다. 동심 씨는 놀라 조각난 시험지를 든 채 소리 질렀다.

"오메, 니 뭐하는 짓이냐. 테이프 어딨냐. 유리테이프 안 주고 뭐해."

나는 먼 산을 바라보다 동심 씨가 덜렁거리는 서랍을 여는 사이 조각난 시험지 두 조각을 쓸어 쥐고 꼬깃꼬깃 하나로 뭉쳐 등 뒤로 던져버렸다. 어차피 오답 체크를 할 생각은 없었다. 동심 씨는 기가 막힌다는 표정으로 벌린 입을 다물지 못했다.

"아, 신경 꺼. 내가 알아서 한다고. 나가 좀. 나가."

나는 일어나 동심 씨를 방 밖으로 밀어낸 뒤 문을 잠갔다. 밀려난 동심 씨는 방문 앞에 서서 날카롭게 소리쳤다.

"방 좀 치우고 살아라이. 그게 방이냐, 창고냐."

동심 씨는 모르는 소리였다. 나는 바쁠 때 조금이라도 더 빨리 찾으려고 바닥에 물건들을 펴놓는 것이다. 언젠가 서랍 깊숙이 넣어둔 반티를 찾다가 지각을 했다. 수업 시작 전에 교실에 도착하려고 뛰다 넘어져 무릎이 까졌다. 그날 밤 상처에 약을 바르며 정리정돈이 내 삶을 얼마나 힘들게 하는지 상처보다 더 쓰리게 깨달았다. 하지만 단 하나, 돈만큼은 언제나 안전하고 반듯하게 서랍 안에 보관한다.

조급함이 파고들어 도무지 집중할 수 없었다. 도서관 좋은 자리는 이미 물 건너갔고, 본전은 갈수록 줄어들었다. 삼봉 고수를 이길 생각은 애초에 없었다. 그저 동심 씨가 힘을 내길 바라는 마음뿐이었다. 그런데 판돈을 모두 잃고 보니 오기가 치밀었다. 어떻게든 잃은 본전을 찾고 싶었다. 정오가 되자, 충동과 이성이 정면으로 부딪혔다. 나는 밥을 남기고 독한 마음으로 가방을 멨다. 평온한 얼굴로 상을 치우던 동심 씨가 내 팔을 잡았다.

"한판만 더 하자."

애처로운 눈빛으로 동심 씨가 낮게 말했다.

"살살할게. 진짜로."

순간, 본전이 스쳤다.

"그래, 알겠어."

나는 그 자리에 눌러앉았다. 그렇게 한나절을 보냈다.

동심 씨와 나는 하루 종일 화투에 매달리다 저녁을 먹고 각자의 방으로 흩어졌다. 전등을 끄자 안방에서도 딸칵, 스위치 소리가 이어졌고 집은 짙은 어둠에 잠겼다. 땀이 마른 몸은 끈적거렸고, 등은 바늘 끝이 찌르듯 쑤셨다. 뜨겁게 달궈진 밤공기가 폐 깊숙이 파고들어 숨을 몰아쉬게 했다. 열대야가 시작되면서 몸은 늘어지고 지쳐갔다.

까무룩 의식이 흐려지는 순간에도 화투판이 떠올랐다. 이만삼천팔백 원. 판돈으로 받은 칠천 원 중 남은 오천삼백 원과 용돈 만팔천오백 원을 몽땅 잃다니. 뺨이 달아오르고 가슴이 뛰었다. 팔다리를 뻗은 채 어두운 천장을 바라보며 돈 계산을 했다. 이 돈이면 학교 앞 한스델리에서 빠네크림 파스타를 두 번 먹을 수 있고, 천이백 원만 보태면 고르곤 졸라 피자도 두 번은 먹을 수 있었다. 속이 쓰려 잠이 달아났다.

눈을 감으나 뜨나 동심 씨가 맴돌았다. 상체를 기울이고

"이렇게 먹고, 이렇게 까고." 혼잣말을 하면서 보란 듯 패를 '탁' 치던 손길. 흑싸리와 홍싸리는 마술에 걸린 듯 동심 씨의 손에서만 놀았다. 제멋대로 말라붙은 가지와 촌스러운 점박 그림은 동심 씨에게만 복종했다. 나는 동심 씨보다도 그 그림들에 패배당한 기분이었다. 심장에서 열꽃이 피듯 온몸이 뜨거워졌다.

"빨리 자야 써."

자는 줄 알았는데 풀죽은 동심 씨의 목소리가 방문을 넘어왔다. 이윽고 긴 하품, "하아-암-." 느슨한 울림이 어둠을 채웠다.

ASMR을 켜려다 말았다. 양이나 세어 보자 하자, 풀이 무성한 언덕에서 양 한 마리가 걸어 나왔다. 숭숭 난 흰 털 엉덩이에 흑싸리가 붙어 선들거렸다. 나는 흑싸리를 떨쳐 내려 눈을 질끈 감고 머리를 흔들다가, 잃은 돈이 떠올랐다. 두 팔로 침대를 세차게 내리쳤다. 그 순간, 돈이 사라진 자리마다 아카시아 잎이 돋아났다. 줄기를 따라 연초록 잎새가 하나, 하나, 둘, 셋, 다섯, 여덟…, 나울나울 피어났다. 쉰다섯, 여든아홉, 백마흔넷…. 피보나치 수열을 따라 잎새가 늘어났다. 나는 멍하니 세다 말고, 곧 귀찮아져 울창한 풍경만을 아득히 응시했다. 어느새 풋내가 코끝에 스며들었고, 넓은 잎새는 살랑살랑 흔들렸다. 긴장이 풀리며 졸음이 몰려왔다. 하지만, 끈적한 몸은 견딜 수 없었다. 더는 참을 수 없었다.

샤워를 마친 뒤, 욕실 앞에서 몸을 닦았다. 그때 동심 씨의 목소리가 들려왔다.

"어? 뭐?"

나는 슬렁슬렁 대꾸하면서도 귀를 바짝 세웠다.

"거기가 어디 가니 안 오까. 내가 욕심이 많았어. 그때 하잔 대로 할 것인디, 내 발등을 내가 찍었네. 패 뜰 때 좋겠다고 탁탁 접어주던 당신이 이제야 다 이해가 가요."

나한테 하는 말인 줄 알았는데, 혼잣말이었다. 젖은 머리칼에서 떨어진 물방울이 발등을 적셨다.

"기별이라도 하든가. 어디가 그리 좋은지 몰라도 난 애가 타서 재가 돼부렀소. 맘 잡고 와서 당구장을 하든가 어쩌든가 맘대로 하시요. 내가 원망스러 못 살겠네. 왜 미처 갖고 막았을까. 내 발등에 피가 터져도 아무짝에도 쓸모가 없네…"

동심 씨의 독백은 늘어지며 조용해졌다. 삼봉의 둘째 날이 저물었다.

삼봉?

눈은 제대로 떠지지 않고 기분도 별로였다. 삼봉의 셋째 날인가 싶었다. 도서관도 시험도 멀어졌다. 내일부터 몰아치면 된다. *그래, 또 한 판 붙자. 이판사판 맞장 뜨는 거*

지. 낙장불입이라고 했지. 나는 속으로 다짐하며 패를 움켜쥐고 모기 물린 발등을 긁었다.

"먼저 할래?"

동심 씨가 흐물흐물 말을 흘리며 하품을 토했다. 나도 덩달아 하품을 했다. 젖은 눈을 닦으며 신중하자고, 짝이나 맞출 일이 아니라고, 봐달라고 쩨쩨하게 굴지 않겠다고 다짐했다. 첫판부터 먹을 것 없는 패에 정신이 팔려 있는데 동심 씨가 "아나."하고 오렌지 주스를 내밀었다. 나는 건성으로 받아두고 버물리가 어디 있느냐고 물었다. 동심 씨는 못 들은 척 "하이그."하고 짜증을 냈다. 그러곤 패를 훑어보다가 뭐가 못마땅한지 선풍기 스위치를 툭툭 눌렀다. 선풍기가 확 소리를 키웠다.

"아, 뭐하냐."

"잠깐마안. 약 좀 발라야겠다."

나는 화투패를 한쪽으로 엎어놓고 벌겋게 부은 피부에 약을 듬뿍 발랐다. 낼 게 하나도 없는데, 어떡하지. 약이 스민 피부가 쓰라렸다. 조바심을 누르고 패를 부채꼴로 펼쳐 신중히 살펴보았다.

"이제야 좀 되네."

"아, 뭐 한다냐."

"아, 쫌, 지금 하잖아. 엄마는 첨부터 잘했어?"

발등이 시원했다. 동심 씨가 들고 있는 구사, 칠띠 패가 거슬렸지만, 난초 열 곳은 던질 수밖에 없었다.

며칠 전만 해도 *제발 좀 들어가자. 밥도 먹어야지.* '이태
수 나동심' 문패 아래 동상처럼 굳어 앉은 동심 씨를 억지
로 일으켰다. 동심 씨는 언제부턴가 공인중개사 문을 열지
않았다. 전화가 끊긴 날에는 밥조차 입에 대지 않고 며칠을
버티기도 했다. 찾는 이가 없으면 몸까지 돌보지 않았다.
나는 학교에서 돌아올 때마다 동심 씨가 그대로 앉아 있는
건 아닐까, 걱정했다. 삼봉을 치기 전엔 주로 햇볕에 파묻
히듯 같은 자리에 앉아 있었다. 엊그제도 내가 손목을 잡아
끌자, 슬리퍼 사이로 드러난 발가락을 움찔거리며 휘청 일
어섰다. 비쩍 마른 몸은 바람 한 번만 불어도 금세 어딘가
로 날아가버릴 듯 위태로웠다. 동심 씨는 방에 들어서자마
자 내 손을 뿌리치듯 아무 데나 누워 곧 잠들었다.

동네 사람들이 골목을 지나다 이따금 *기운 좀 내요.* 한
마디씩 건네곤 했다. 동심 씨는 대꾸도 없이 멍하니 눈만
깜박였다. 위로가 닿지 않는 듯했다.

비가 내린 날이었다. 옆집 아주머니가 우산을 쓰고 마당
을 건너왔다. 나는 우산 아래서 따뜻한 옥수수 그릇을 받았
다. 동심 씨가 옥수수를 좋아하는 걸 알기에 가져온 것이었
다. 젖은 옷깃을 털며 아주머니가 말했다.

"비가 참 허버지게도 오네."

마루 끝에 앉은 동심 씨는 옥수수를 불안스레 쥐고 비바람의 찬 기운을 덤덤히 맞았다. 옥수수가 손끝에서 흔들렸고, 가느다란 바람결이 동심 씨의 야윈 가슴을 스쳐갔다. 아주머니는 안타까운 눈길로 나에게 옥수수를 쥐여주고는 동심 씨의 시선을 따라 흐린 허공을 바라보았다. 나는 옥수수를 베어 물었다. 자잘한 알갱이가 씹을 때마다 입안에서 이리저리 흩어졌다. 식탁에는 미용실 이모가 놓고 간 복숭아가 있었다. 상한 듯 시큼한 냄새가 났다. *밥 대신 복숭아만 먹고 살았으면 좋겠다던* 말도 미용실 이모는 아는 듯했다. 집 안은 빗소리로 가득찼다.

"먹어야 살지." 아주머니의 짧은 말이 빗소리에 흩어졌다.

처음 삼봉을 치던 날이었다. 급식이 입에 맞지 않아 점심을 거른 탓에 배가 고팠다. 하굣길의 햇살은 숨이 턱 막힐 만큼 뜨거웠다. 매콤한 라면 위에 치즈와 계란을 올려 먹을 생각을 하니 더위쯤이야 아무렇지 않았다. 치즈를 얹어 면을 돌돌 말아 먹는 상상만으로도 입안에 군침이 고였다. 나는 집까지 뛰듯 걸었다.

무슨 일이 있었던 건지 대문 앞이 휑했다. 동심 씨는 보이지 않고 처음 보는 문패가 눈에 띄었다. '나동심' 어머니의 존함이 큼직하게 새겨져 있었다. 나는 한걸음에 마루로 올라섰다. 열린 안방에는 가방과 스웨터, 수건, 쟁반 같은 살림살이가 한데 쌓여 있었다. 그 앞에 앉아 동심 씨는 바

삐 손을 놀리다 힐끗 나를 바라보았다. 그러고는 붓 하나를 집어 주었다. 머리를 묶어서일까, 달라 보이는 동심 씨의 얼굴이 드러난 마루처럼 낯설면서도 반가웠다.

"니는 왜 안 먹냐?"

동심 씨가 옥수수를 눈짓했다. 갓 찐 옥수수가 김을 내고 있었다.

"글고, 이거 좀 털어 와라."

스웨터를 접은 뒤 푸른 천을 내밀었다. 아빠와 동심 씨가 치킨 내기를 할 때 보던 천이었다. *내내 보이지 않던 걸 어디서 찾아낸 걸까*. 나는 냄비에 물을 올리고 그걸 가지고 마당을 내려섰다. 아빠처럼 옆구리에 끼고 노을이 번진 마당을 천천히 돌았다. 빨랫줄에 곱게 펴고 한 번, 두 번, 세 번, 네 번. 눈을 감고 천을 두드렸다. 먼지가 일었는지, 손이 먹먹했는지 분간이 가지 않았다. 다만 동심 씨가 털라 해서 털었을 뿐이다. '먼지도 안 나고 화투가 튀지도 않고 좋네! 좋아. 이 좋은 걸 당신 뭐할라 그요?' 천을 끼고 온 날 밤, 동심 씨는 살갑게 말을 붙였다. 아빠가 당구 얘기를 하며 활짝 펼쳐 보이던 순간, 나는 치즈와 면을 젓가락에 감아올리며 그 푸른빛에 단숨에 빠져들었다. 하늘보다, 바다보다 더 푸른 라사지 천. 얼굴을 묻으니 초겨울 바람 같은 아빠의 냄새가 번져왔다.

푸른 천 위로 동심 씨가 힘차게 화투를 내리쳤다. 눈 깜짝할 사이에 패를 치고는 재촉하듯 흘끗거렸다. 손놀림이 쏜살처럼 빨랐다. 나는 먹을 것도 버릴 것도 없었다. 동심 씨는 화장실조차 가지 않았다. 잠시라도 자리를 비우면 패를 바꿔치기라도 할까 봐, 그 자리에 딱 붙어 있었다.

"보고 있으면 패가 바뀐다냐. 꼭 고모랑 닮았어."

나는 패만 뚫어져라 쳐다볼 뿐 동심 씨 말을 듣지 않았다. 언젠가 동심 씨는 고모가 젊었을 때 미쳤다느니, 달팽이처럼 느려터졌다느니, 게을러서 가난하게 살았다고 했는데 잊어버린 걸까.

"아, 금싸래기 들었냐. 이러고 치면 치매 예방이고 뭐고 다 헛것이어야."

노골적으로 비아냥거렸다.

"에이, 화투가 무슨 운동이가니, 글고 내가 고몰 닮았다고?"

"아직 몰랐냐. 가서 거울 좀 보고 온나."

"엄마가 가야지 맨날 앉아만 있음 다리 근육 없어진대, 운동 좀 하든가."

"운동할 데가 있는 줄 아네. 뛰면 가슴이 터질 것 같고 산에 가면 가슴이 찢어져야."

목이 탔는지 동심 씨는 망고주스를 벌컥 들이켰다.

"대문 밖만 나가도 길이 엉망이잖냐. 공단 쪽 봐 봐라. 원룸 짓고 아파텔 짓고, 빈 땅 하나 없지. 글고 미세먼지 땜에 코를 내놓고 다니것든. 저것도 낼모레면 완공된다든디 일감이나 좀 있을란지 모르것네."

며칠 전까지만 해도 대문 밖에 앉아 시간을 죽이던 걸 까맣게 잊은 듯했다. 담장 너머 어둠에 잠긴 건물은 어느새 5층 높이로 올라 있었다.

"날 새울래? 영락 고모 맞당께."

화투가 정신 건강에 좋다던 동심 씨는 이번에도 고모를 들먹였다.

"왐마, 나 삼봉 완파 못 했거든! 글고 고모가 뭐 어쨌다 그래. 고모같이 좋은 사람이 어딨다고."

나는 이를 악물고 비 껍질을 던졌다. 앗, 비약이 살아 있었다.

"오, 마이 미스 마이 미스." 손을 뻗는 순간, 화투짝이 날아와 비 껍질을 줍는 내 손등을 찍고는 천 밖으로 튕겨 나갔다.

"낙장불입이라 했제. 잘한다 했드만, 그르케 하는 거 아니제. 한 번 봐준다이. 얼른 쳐라."

동심 씨가 인심 쓰듯 물러주었다. 나는 비 껍질을 부채꼴 속에 쑤셔 넣고 난초 오 끗을 버렸다.

"앗싸, 이르케 먹고, 이르케 까고!"

동심 씨가 박자를 타며 홍싸리를 먹고, 뒤패로 흑싸리를 잡아 구사를 했다.

"어디 가면 이 재미가 있다냐." 신이 나 외치며 넉 장을 쓸어가 난초 오 끗 옆에 착 붙여놓았다. 이번에도 팔백 점 차로 끝났다.

"밥이나 먹자." 동심 씨는 자리에서 일어나 슬그머니 돈을 챙겼다. 나는 다급히 동심 씨의 치맛자락을 그러쥐며 애원했다.

"몇 판만 더 해. 진짜 이번엔 빨리빨리 칠게." 남은 돈이 이천 원뿐이었다. 동심 씨가 나를 내려다봤다.

"배도 안 고프냐."

"몰라, 더 치자고."

나는 치맛자락을 더 세게 움켜쥐었다. 동심 씨는 홱 치맛자락을 뿌리치더니 주방으로 총총 걸어갔다. 곧 파김치와 달걀부침을 얹고 참기름을 두른 비빔밥을 내왔다. 나는 라면을 끓일까 하다 시간이 아까워 그만두었다. 동심 씨가 한 입, 내가 한 입 우리는 말없이 밥을 비웠다. 빈 그릇에 숟가락을 포개 두고, 다시 화투판에 마주 앉았다.

"바람에 꽃이 지니 세월 덧없어…" 동심 씨가 또 노래를 흥얼거렸다.

"우씨, 먹을 게 없잖아."

머릿속에서 흘러내린 땀이 입안으로 스며들었다. 짜디짠 맛에 진저리가 났다. 나는 동심 씨처럼 비광으로 공산광을 잡았다. 광은 줄곧 동심 씨 차지였는데, 모처럼 두 장을 한꺼번에 먹으니 속이 다 시원했다. 동심 씨가 쓸어놓은 띠 다섯 개도 부럽지 않았다.

"한갓되이 풀잎만 맺으려는고…" 동심 씨는 화투는 건성이었고 노래에 푹 빠져 있었다. 뒤패가 맞아줘야 하는데 예감이 또 불길했다. 선풍기가 들들 소리를 내며 텁텁한 바람을 내뿜었다. 숨이 턱 막혀 나는 선풍기를 꺼버렸다.

"워매워매 사람 상하것다."

노래를 멈춘 동심 씨가 투덜대며 강풍 버튼을 다시 눌렀다. 후텁지근한 바람을 맞으며 동심 씨는 냉큼 화투를 쳤다.

"뭘 그렇게 볼까!"

나는 화투를 바닥에 툭 던지고 벌떡 일어났다. 동심 씨가 내 패를 힐끔거리며 노래를 처음부터 다시 부르기 시작했다. 나는 냉장고로 달려가 조각 얼음을 입안 가득 쑤셔 넣었다. 그제야 겨우 숨이 트였다.

"나도 보여줬잖아. 엄마도 보여줘야지, 안 그러면 불공평하지."

나는 얼음을 와그작 씹으며 가슴께에 들고 있던 동심 씨의 부채꼴 패를 확 낚아채 앞으로 펼쳐 보였다.

"어헛 남의 거 보면 안 되지, 반칙하면 안 돼야."

동심 씨가 얼른 패를 제자리로 모아 잡았다.

"나 돈 다 잃었단 말이야."

처음에는 세상에서 내가 최고라더니 돈내기라서 그런가. 이젠 남이라고? 나는 다리를 뻗고 엉엉 울었다. 그러다 벌떡 일어섰다.

"아나." 동심 씨가 자기가 가진 동전을 다 집어 내 앞으로 내던졌다.

"필요 없어. 이번 판은 무효야. 나만 패 보여줬잖아. 다시 해."

나는 동심 씨가 쥐고 있던 패와 먹어 둔 패를 한데 모아 섞어버렸다. 동심 씨가 당황한 듯 소리쳤다.

"어어, 칠띠에 구사에… 어라?"

"무효라고, 이 판은 다시 해야 된다고."

"어어라, 참 기가 막히네. 아나."

동심 씨가 다시 동전을 내밀었지만, 나는 그을린 그 손을 뿌리치듯 막았다. 동전이 짜랑짜랑 소리를 내며 마루 끝까지 굴러갔다. 동심 씨는 흩어진 동전을 따라 마루 끝까지 기어갔다. 나는 더는 참을 수 없어 화장실로 달려갔다. 거울에 비친 얼굴을 아무리 봐도 나는 고모처럼 눈이 작지도, 입술이 하얗지도 않았다. 코는 말할 것도 없고, 그렇다면 이 뽀얀 피부가 닮았다는 건가. 두 달만 지나면 고모가 온다. 그때 동심 씨 앞에 얼굴을 나란히 대어 보면 알 수 있겠지.

아빠가 돌아오지 않아도 명절이면 고모는 늘 우리와 함께했다. 대문 쪽에서 기척만 나도 동심 씨는 맨발로 달려나갔다. "아이쿠 고모…" 두 팔로 고모를 끌어안으며 눈물부터 쏟았다. 고모는 깊은 한숨을 내쉬며, 동심 씨의 등을 말없이 토닥였다. 나는 고모를 부르며 달려가다 멈춰 서서 목젖이 아려와 하늘만 올려다보았다. 저녁을 먹은 뒤, 동심 씨와 고모는 낮은 목소리로 이야기를 나누었다.

"당구장 한다 할 때, 가슴이 철렁하드라고요."

"누가 아니란가."

작년에 했던 이야기를 단어 하나 바꾸지 않았다. 올해도 다르지 않을 것이다. 진주알 같은 염주도 고모의 손에서 아주 천천히 돌아갔다.

"기타만 치게 나뒀어도 인생이 달라졌을지 몰라. 아버지가 태수를 담임 댁에 보냈거든. 공부 좀 시켜 보려고. 학교 선생 됐을 땐 얼마나 좋아하시던지…"

고모는 늘 이 대목에서 한숨을 쉬고 염주를 돌렸다. 동심 씨는 빠끔히 열린 옷장 속을 찬찬히 훑었다. 라사지 천이라도 찾는 듯 눈빛이 형형했다. 그럴 때면 내 눈앞에는 어김없이 작은 날벌레 한 마리가 아른거렸다.

"일이 이렇게 되려고 그랬나, 저가 하고 싶은 대로 놔뒀어도 이런 일이 없었을 텐데."

고모의 짙은 한숨과 낮은 음성이 내 가슴에 차곡차곡 쌓였다. 한 바퀴를 다 돌린 염주를 고모는 허공에 들어 올렸다가 내려, 다시 첫 알부터 헤아렸다. '일이 이렇게 되려고…' 여기까지는 해마다 같았다. 고모는 목이 마르면 물로 입을 축이고, 가만히 내 손을 잡았다. 내 손은 자석에 끌리듯 고모 손에 달라붙었다. 부드럽고 따뜻한 손이었다. 그 온기가 몸에 번지면 스르르 졸음이 밀려왔다. 나는 고모에게서 풍기는 종이 냄새 같기도 라사지 천에서 맡았던 바람 냄새 같기도 한 향기를 맡으며 잠에 빠져들었다. 그 순간 고모는 아마 빙긋 웃으며 내 뺨을 쓸어내렸을 것이다. 고개를 끄덕이며 염주를 돌리던 고모. 성내는 법도, 크게 웃는 법도 몰랐다. 변함없이 잔잔한 고모의 얼굴. 올해도 그 쓸쓸한 얼굴일까.

아빠도 때로는 쓸쓸해 보였다. 잘 웃고 개구쟁이처럼 굴었지만, 무표정할 때면 어김없이 쓸쓸함이 맴돌았다. 가만히 눈을 들여다보면 그 안에 서늘한 잔영이 가득 들어앉아 있었다. 맑고 투명한 눈동자 속에는 실타래처럼 엉킨 감정들이 일렁였고, 나는 그 눈에 송두리째 빠질 것만 같아 몸을 떨었던 기억이 있다. 눈이 무지막지 쏟아지던 날이었다.

5학년 겨울방학, 아빠가 라사지 천을 옆구리에 끼고 건널목을 휘적휘적 건너왔다. 하늘은 쩡 소리가 날 만큼 맑았다. 세상이 통째로 얼어버릴 것 같은 날씨였다. 햇빛은 불청객처럼 거리 곳곳을 군데군데 비추었다가 이내 자취를 감추곤 했다. 학원에서 돌아오자마자 나는 아무도 없는 마루에 책가방을 휙 던져버렸다. 빵점이나 다름없는 시험지가 든 가방을 버리자, 마음이 홀가분했다.

비닐포대를 찾아들고 발걸음도 가볍게 골목을 빠져나왔다. 혹독하게 마른 가로수 옆 인도와 언덕에는 눈이 포슬포슬 쌓여 있었다. 언덕 위로 올라가 발로 눈을 다지고 포대를 내려놓으니 가슴이 두근거렸다. 나는 무작정 그 위에 몸을 실었다. 경사진 언덕을 미끄러지는 찰나, 강렬하고 아찔한 흥분이 온몸을 휘감았다. 그 황홀한 기분에 땀이 배는 줄도, 다리가 아픈 줄도 모르고 숨가쁘게 언덕을 오르내렸다. 칼바람이 그렇게 상쾌한 줄은 처음 알았다. 석양이 번져 둘러보니 도로 끝까지 벌건 빛이 가득했다.

더 어두웠다면 놓쳤을 것이다. 아빠가 한 손에 종이 봉지를 끼고 건너편 인도를 휘적휘적 내려오고 있었다. 나는 난생처음 아빠를 만나는 것처럼 기뻐서 몸이 떨리고 감격스러웠다. 돌이켜 보면, 그 감정은 단순한 기쁨보다 놀라움과 반가움에 가까웠다. 나는 웃음을 꾹 참고 나무 뒤에 몸을 숨겼다. 파란 불이 켜지자 아빠가 직선으로 길을 건너왔다. 머리를 좌우로 흔들어 눈을 털어내는 순간, 웃음이 와르르 터졌다.

"우하하하―"

내 웃음소리에 아빠는 눈을 동그랗게 뜨고 다가와 가슴을 내밀었다.

"아아잉, 놀랐잖아."

어깨를 트위스트로 흔드는 모습이 어린애 같았다.

"이게 뭐야? 아빠." 나는 옆구리에 낀 종이 봉지를 가리켰다.

"알면 알수록 재미난 거. 이따 보여줄게."

"응, 알았어. 아빠, 이리 와 봐."

아빠의 손을 끌고 나는 반질반질한 빙판을 올랐다. 아빠가 장난스럽게 인상을 찌푸리며 포대를 깔고 앉았다. 그리고는 언덕 아래로 쓱 미끄러지며 "와ー"하고 소리 질렀다. 나보다 더 신이 난 아빠의 천진한 모습에 나는 박수를 쳤다. 발그스레한 하늘에서 굵은 눈은 연신 내려 쌓였다. 저건너 교회도 건널목 뒤편 학교도 하나의 흰 융단이었다. 아빠의 머리와 어깨에도 눈은 끝없이 내려앉았다. 언덕을 빠져나온 뒤에도 마음은 여전히 들떠 있었다. 나는 아빠 손을 꼭 잡고 미끄러지는 시늉을 하며 팔랑팔랑 걸었다. 마치 예쁜 꿈만 꾸는 동화 속 아이 같았다. 그러나 그 기분은 오래가지 못했다.

아빠는 당구장 앞에서 잠깐 들르자며 낡은 건물로 들어섰다. 쫓기듯 눈을 털고 좁은 계단을 단숨에 올라 삼 층 문을 열었다. 따뜻한 공기가 훅 끼쳐왔다. 아빠는 지인들과 인사를 나누고 곧 큐대를 잡았다. 당구대에 붙어 허리를 굽혔다 펴고, 테이블에 걸터앉아 뒤로 돌려치며 쇼를 했다. 흰 공을 '똑' 치고 "오ー"하고 탄성을 지르다가, 고개를 저으며 한숨을 내뱉었다. 나는 배가 고프고 졸음이 쏟아졌다. 시계는 여덟 시에 멈춘 듯 더디게 돌아갔다. 아빠는 큐대를 내려놓고 땀을 닦은 뒤, 커피를 뽑아 마셨다. 그러고는 컵라면을 내게 들려주며 말했다.

"한 번만 더하고 가자. 우선 이거라도 먹어."

나는 고개를 끄덕이지도 대답하지도 않았다. 좋아하지도 않는 매운 라면을 들고 가만히 앉아 있었다. 저녁이 되어서야 당구장을 나왔다. 눈 쌓인 골목, 퍼붓는 눈 속에서 가로등은 작은 빛을 흩뿌렸다. 대문 앞에 다다라 아빠는 콧노래를 멈췄다. 마당 끝에 동심 씨가 허리에 손을 얹고 우리를 쏘아보고 있었다.

"지금 뭣들하고 오는 것이여."

째진 목소리가 흩날리는 눈발을 휘갈겼다.

"아, 벌써 시간이 이렇게 됐네. 아침저녁 시계는 총알이여. 음-."

아빠는 능청을 떨었다.

"딴 말 마시요. 보라까지 데리고 잘하요, 잘해. 그놈의 당구장서 아주 살제 그요."

"아니, 이 사람아. 당구 좀 친 걸 가지고 뭔 소리여. 이놈의 세상. 당구라도 쳐야 살지. 나는 죽어서도 당구만 치고 싶다니까."

아빠는 마루 끝에 종이봉지를 툭 던지고 욕실문을 꽝 닫았다. 동심 씨가 봉지를 들고 탈탈 털었다. 아빠가 나오기 바쁘게 "이거 화투판 하면 참 좋겄네야." 얼굴을 싹 바꾸고 눈웃음을 쳤다. 그날 밤, 아빠는 안방에 그 천을 깔고 당구를 쳤다. 동심 씨는 어이없다는 듯 "이젠 여기도 당구다이로 보이요." 목소리를 높였다. 그러다 어느 순간, 둘은 천을 접고 사이좋게 화투를 쳤다. 그 후로 아빠는 퇴근하면 라사지 천을 펴고, 흰 공과 빨간 공을 굴렸다. 딱, 딱, 딱-. 그림을 그리는 밤이면 그 소리가 좀체 멎지 않았다.

"사표 쓰고 당구장 할까 봐."

늦게 일어난 아빠는 피곤한 얼굴로 콩자반을 입에 넣다가 동심 씨에게 말을 걸었다. 동심 씨는 뚱한 얼굴로 국만 떠먹었다.

"당신 몰라서 그러는데 나 오백 치거든. 이 정도면 프로거든."

아빠는 콩을 깨물었다.

"그동안 말을 안 해서 그러지, 내가 아주 입시생 같애. 사립학교라 교장이 얼마나 쪼아대는지 알아? 당신 안 봐서 그렇지, 말도 마라. 나 진짜 스트레스 받아 못 살겠어."

젓가락을 놓고 입을 헹궜다.

"내가 장담하는데 당구장 하면 지금보다 백배는 낫다. 진짜. 아니, 두 배로 벌어다 줄게. 제발."

동심 씨는 말없이 파김치를 집어 먹었다.

"김 선생처럼 저지르면 된다니까. 옆 동네 당구장도 잘 된다더라. 사람들이 북적댄대."

아빠는 당구장에서 들은 말을 그대로 옮기며 동심 씨의 눈치를 살폈다. 동심 씨는 한심하다는 듯 아빠를 째려보았다.

"보라 공부도 엉망인디, 당신 어떻게 할라그요?"

갑자기 나를 앞세웠다.

"내가 뭘. 당구장이 어쨌다고 그래."

아빠가 짜증을 내며 젓가락을 탁 내려놓았다. 그러곤 전날 먹고 남은 샌드위치를 가져왔다.

"아니, 당신 정신 나간 사람같이 왜 그요 아침부터."

동심 씨도 수저를 놓고 맞받아쳤다. 나는 입맛이 떨어졌다. 안 그래도 싫어하는 된장국이 소금국 같은데 둘은 시끄럽게 다투었다.

"당장 사표 쓴단 것도 아니고, 그냥 상의 좀 하잔 건데. 당신이야말로 왜 이래? 보라 잘만 크고 있잖아. 보라가 어쨌다고."

"그니까 당신은 그게 문제야. 시간만 나면 당구장으로 내빼고, 쯧쯧. 보라한텐 무관심하고, 학교 애들만 가르칠 게 아니라 당신 딸 좀 신경 쓰란 말여요."

"당신아, 철없는 소리 그만하고 밥이나 먹어. 우리가 굶기를 하냐. 대출이 많냐. 갈 델 못 가냐. 스트레스 좀 없이 살고 싶어서 그러는데, 왜 그렇게 꽉 막혔냐."

"저 말한 것 좀 봐. 보라 금방 고3 아니요. 나는 당신 입에서 당구의 당자만 나와도 심장이 떨리요."

동심 씨와 아빠는 거의 동시에 일어나 식탁을 벗어났다. 나는 가렵고 부푼 살갗을 더듬어 손톱으로 꾹꾹 눌렀다.

"모기 땜에 못 살겠네. 봐 봐 붓는 거 좀."

말이 떨어지기 무섭게 시커먼 놈 하나가 '엥' 앙칼진 소리를 내며 눈앞을 오갔다. 나는 얼른 컬러풀한 문제집을 빼들고 침대 위로 올라갔다. 놈은 천장에서 깝죽거리더니 책상으로, 가방과 교복 사이로 갈팡질팡 날아다녔다. 숨을 죽이고 놈을 향해 잽싸게 휘둘렀지만, 놈은 이미 반대편으로 유유히 빠져나갔다. 괜한 교복 블라우스만 바닥으로 떨어졌다.

"약을 뿌려 불제 그러까." 동심 씨가 툭 간섭하듯 내뱉었다.

나는 문제집을 짝 없는 패 던지듯 홱 내던지고 두 주먹을 불끈 쥐었다. 사방을 두리번거려도 놈은 보이지 않았다. 교활한 놈. 째깐한 모기 하나도 못 잡는다는 생각에 분통이 터졌다. 순간, 모기든 삼봉이든 시험이든 뭐든 다 성가셨다.

오후가 되면서 햇살이 더 매서워져 눈이 감겼다.

"아이, 얼렁 좀 앉어야지."

책상 앞까지 옥수수 접시를 들고 와 재촉했다. 그러곤 화투판으로 가 패를 쥐고 꼿꼿이 앉았다. 나는 동심 씨와 마주 앉았다. 패가 처음으로 술술 풀렸다.

"잘 치네. 공부보다 재밌쟈? 너도 소질 있다 했제. 그래, 그르케 치면 되는 거여."

동심 씨 앞에는 먹은 거 하나 없이 휑했다. 이번에도 짝패가 없는지 차분한 손길로 패를 내어주고 옥수수를 베어 물었다. 오늘도 오후도 훌쩍 흘러갔다. 삼봉은 사흘을 치고 나니 달속처럼 환했다. 저녁이 되자 샌드위치가 간절했다. 아빠는 밥보다 샌드위치를 좋아했다.

그날도 아빠는 아침밥 대신 샌드위치를 들고 집을 나섰다. 밤이 깊어도 연락은 닿지 않았고 아버지의 행방을 아는 이는 없었다. 그렇게 여러 날이 흐르는 사이 나는 중학교를 마치고 고2가 되었다. 낼모레면 중간고사고 추석도 다가오지만 동심 씨는 화투만 친다. 곧 아홉 시다.

"밥 먹고 하자, 엄마."

저녁을 먹기 전, 동심 씨는 패를 떴다. 두 장씩 짝을 맞춰 걷어내고, 끝에 남은 세 장으로 풀이를 봤다. *달밤에 님을 만나 국수를 먹는다*는 점괘였다. 동심 씨는 패를 내려놓고 가볍게 일어났다. 그러고는 국수를 삶았다. 나는 하늘을 올려다보며 흰 가락을 촉촉 씹었다. 늦여름 밤하늘의 달은 저 홀로 희었다. 동심 씨도 국물을 들이켜며 입맛을 다셨다.

"이따 산책 가자, 엄마."

동심 씨가 뜬금없다는 듯 눈을 동그랗게 떴다.

"뭣 땜에 무단히 걸어 댕겨야."

"걷는 게 얼마나 좋은 운동인데."

"시간 보내는 데 이것보다 더 좋은 건 없다고 했제."

변명할 틈도 없이 동심 씨가 치고 들어왔다. 나는 입었던 운동복을 벗어던졌다.

"좋아, 알았어. 삼봉 쳐. 치매 예방에 좋다며."

동심 씨가 히죽 웃었다.

"돈은 있자?"

나는 명절 때마다 고모에게 받은 세뱃돈과 용돈이 서랍 속에 있었다. 동심 씨는 모르지만, 가끔은 꺼내 만져 보고 냄새도 맡아 본다. 염주 냄새가 밴 푸른 지폐는 아빠의 냄새도 나는 것 같아 한 번도 쓰지 않았다. 나는 깨끗한 지폐를 동심 씨 눈앞에 흔들었다. 동심 씨의 깊은 눈이 꿈속의 달처럼 맑게 빛났다. 우리는 누가 먼저랄 것 없이 라사지 천을 폈다. 동심 씨가 선풍기 버튼을 쿡 눌렀다. 쫘쫘, 착착, 탁탁– 패가 뒤섞이며 파도 소리를 냈다. 선풍기도 파도를 스치는 바람처럼 우우웅 합세했다. 마루 끝엔 달빛이 환했다. 아빠도 어딘가에서 저 달처럼 하얀 공을 치고 있을까. 동심 씨가 패를 바투 쥔 채 환희에 찬 얼굴로 비광을 뽑아 공산광을 낚았다. 나도 이제 약을 할 수 있겠지. 부채꼴 끝에 꽂힌 송학광을 잽싸게 뽑아 들었다.

빛의
무게

1

    은은한 립스틱을 발라 메이크업을 마치고 단정한 옷을 골랐다. 부드러운 크림색 터틀넥과 감색 팬츠를 매치한 뒤, 진곤색 모직 코트를 걸쳤다. 꽃샘추위가 매섭지만, 센터까지 걸어갈 생각에 영영은 조금 일찍 집을 나섰다. 동네 골목을 빠져나가며 면접에서 자주 묻는다는 질문들을 떠올렸다. '자기소개, 동료 간 갈등 대처, 최근 사회 이슈와 트렌드…' 등을 하나씩 검토했다.

    쌀쌀한 날씨에도 상점들은 아침부터 활기를 띠었다. 닭

인 유리창 밖으로 세탁물이 펄럭이며, 과일과 채소가 진열돼 있었고 호빵 기계에서는 김이 피어올랐다. 김밥 가게를 지날 때 주인아주머니가 취직은 했느냐며 말을 걸었다. 아마 평소와 다른 복장 때문이었을 것이다. 골목을 벗어나니 센터가 바로였다. 족히 30분 넘게 걷다 보니 가슴팍에서 훅훅 열감이 차올랐다. 선글라스가 흘러내려 신경쓰였다. 지루한 신호등이 바뀌자, 영영은 선글라스를 고쳐 쓰고 횡단보도를 건넜다. 센터의 울타리로 들어서서 이팝나무를 지나 본관이 가까워지자 가슴이 두근거렸다. 잠시 멈춰 서서 주위를 한 번 둘러보고는 건물에서 오는 위압감과 면접에 대한 긴장감을 달래려 한차례 심호흡을 했다. 본관 외벽의 시계는 이 모든 풍경을 카메라로 찍듯 찰칵거리며 또렷하게 내려다보았다. 순간, 영영은 꿈결처럼 불현듯 파고드는 비현실적인 느낌을 떨칠 수 없었다.

면접은 실무와 일반 상식에 관한 질문이 반반이었다. 중년으로 보이는 두 명의 면접관은 점퍼 차림으로 앉아 차분히 서류를 넘겼다. 먼저 안경을 쓴 면접관이 펜을 쥔 채 잠시 뜸을 들이다 서류에서 눈을 뗐다. 상체를 앞으로 숙인 면접관이 입을 열었다. '단점이 무엇인가요? 단체 회식에는 참여하실 건가요? 개인 일정이 겹친다면 어떻게 할 생각이세요? 조직 문화를 명분 삼아 복장을 지적하는 상사에겐 어떻게 대응하시겠습니까?' 사무적인 어조로 실무와는 거리가 있는 질문을 하나씩 던졌다.

영영은 미소를 지은 채 침착하게 대답했다. '저는 지역 사회 정책과 문화, 우주 탐사, 기후 변화, 에베레스트, 인공지능 그리고 빛의 원리에 관심이 많습니다. 자료 탐색을 하다 보면 일상에서 멀어질 때도 있습니다. 시간 관리 면에서는 단점일 수 있지만, 새로운 사실을 발견하고 지식을 확장해 간다는 점에서는 장점이 되기도 합니다.' '회식은 당연히 함께하겠습니다. 복장에 대한 조언이나 지적은 상황에 맞게 유연하게 받아들이겠습니다.' 면접관들의 주요 질의와 그에 대한 답변은 대체로 이런 정도였다.

연배가 낮아 보이는 면접관이 끝으로 할 말이 있느냐며 빤히 쳐다보았다.

－ 센터에서 꼭 일하고 싶습니다, 기회를 주시면 돌밭을 꽃밭으로 만든다는 정신으로 일하겠습니다. 주민들과 소통하며 마을 공동체 발전을 위해 무슨 일이든 최선을 다하겠습니다.

마지막 한마디까지 또렷하게 말했다. 그가 고개를 끄덕이며 옆 면접관과 눈빛을 주고받았다.

－ 근데 선글라스는 왜 쓰고 있나요?

영영은 선글라스를 슬쩍 밀어 올렸다.

－ 눈이 부셔서요. 렌즈에 색을 넣었습니다.

선글라스 너머 LED 불빛을 의식하며 영영은 눈을 찡그렸다. 영영은 햇빛은 물론 은은한 실내등에도 예민했다. 여름 한낮의 강렬한 빛 아래에서는 안구에 통증까지 느꼈다. 그럴 때면 그늘로 피하거나 눈을 감고, 시신경이 진정되기를 기다렸다. 계절이 바뀌거나 흐린 날에도 사정은 같았다. 심지어 실내조명 아래서조차 선글라스가 필요했다. 빛은 어디에서든 눈을 찔렀고, 가족여행 이후 그것은 불편한 존재가 되었다.

고등학교 이 학년, 오 월 오 일. 우리는 가족여행을 떠났다. 아침부터 짙은 안개가 사방에 자욱했다. 아버지는 내비게이션에 목적지를 입력하고, 익숙하게 아파트 주차장을 빠져나갔다. 내비게이션 액정에는 '17:13' 도착 예정 시간이 떴다. 긴 연휴라 도심을 빠져나가려는 차량들로 혼잡했다. 아버지는 그나마 흐름이 나은 옆 차선으로 끼어들려다 번번이 실패했다. 삼십 분이 넘도록 교차로 하나 제대로 벗어나지 못했다. 한 시간을 넘게 씨름한 끝에 겨우 시내를 벗어난 뒤에야 차는 시원하게 달렸다. 영영은 "와―"하고 탄성을 질렀다. 안개 낀 산기슭 아래 아담한 시골집과 늘어선 비닐하우스, 곳곳에 핀 연분홍, 하양, 노랑 꽃들이 눈길을 끌었다. 안개가 걷히자, 산과 들은 금빛 햇살을 받아 한층 싱그러웠다. 차창 밖으로는 알록달록한 풍경이 쉼 없이 흘러갔다.

바깥 풍경에 도취되었던 어느 순간, 어슴푸레 구름이 몰려왔다. 영영은 그깟 날씨 따위 그리 신경 쓰이지 않았다. 지지도 들뜬 얼굴로 아이돌 노래를 흥얼거렸다. 방심한 채 한껏 고음을 내는 지지 몰래 영영은 노란이불을 슬쩍 잡아당겼다.

만성 피로에 시달리던 엄마가 폐암으로 입원하던 무렵, 일곱 살이던 지지는 두 살 많은 영영을 늘 동생처럼 대했다. 장난감이든 과자든 대부분 영영에게 양보했다. 그러나 노란이불만큼은 예외였다. 두 사람은 자주 노란이불을 가지고 병원놀이를 했는데, 영영이 '엣취!' 감기 걸린 시늉을 하면, 지지는 청진기를 목에 걸고 심각한 표정을 지었다.

— 여기 누우세요. 열부터 잴게요.

작은 손으로 이마를 짚는 지지의 손길은 엄마 같기도 하고, 진짜 의사처럼 느껴지기도 했다. 젖은 수건을 이마에 얹어주고 영영의 가슴을 다독이다가 수건이 미지근해지면 새것으로 갈아주곤 했다. 깔고 누운 노란이불에서는 갓구운 빵을 만들어주던 날의 엄마 냄새가 솔솔 풍겨왔다. 그 냄새를 맡으면 가슴속에 일렁이던 침울한 냉기가 사라지면서 졸음이 몰려왔다. 영영은 잠에 빠져들면서도 노란이불을 끌어안았다. 잠에서 깨어 보면 거실 깊숙이 들이친 한낮의 햇살이 온몸을 감싸고 있었다. 지지는 그 산란한 빛 속에서 노란이불을 팽팽하게 잡아당겼다. 영영도 지지 않으려 꽉 움켜쥐었다.

– 영영! 다 나았어. 일어나.

지지는 이마의 물수건을 걷어버렸다. 영영이 얼굴을 찡그리며 끙, 하고 앓는 소리를 내면 지지는 소파로 달려갔다. 그러고는 그 옆에 비스듬히 세워 둔 자전거 뒷좌석을 탁탁 두드렸다.

– 이거 타라구.

입술을 삐쭉거리며 단호하게 말했다. 병원놀이는 매번 너무 짧았다.

지지는 잠을 잘 때는 물론 밥을 먹는 동안에도 노란이불을 의자에 걸쳐 두었다. 가장 좋아하는 음식은 돈가스인데 접시에 남은 마지막 한 조각에도 연연해하지 않았다. 눈은 돈가스에 가 있었지만, 손은 흘러내리는 노란이불을 끌어 올리느라 분주했다. 가끔은 아예 노란이불을 품에 안고 식탁을 떠나버렸다.

당시 아버지는 입원한 엄마를 간병하느라 매일 병원에 들렀다. 잡동사니로 어질러진 집은 늘 조용했고, 영영과 지지는 불안 속에서 하루하루 지냈다. 그 어느 날, 둘은 크게 다퉜다. 아버지가 집을 나설 때, 지지는 노란이불을 허리에 두르고 현관문에 기대어 손을 흔들었다. 현관문이 닫히자

지지는 거실로 몸을 돌렸다. 영영도 뒤따랐다. 노란이불이
바닥에 끌리며 발에 채였다. 영영은 무심코 한쪽 귀를 집어
들었다. 부드러운 감촉이 손가락 사이로 사붓이 스며들었
다. 아주 짧은 순간이었다. 어떻게 알았는지 지지가 휙 돌
아서서 이불을 홱 잡아챘다. 좋은 말로 해도 될 텐데 지지
는 늘 그런 식이었다. 노란이불이 쓸린 손가락에서 불에 덴
듯 뜨거워 영영은 울음을 터뜨렸다. 지지도 화난 얼굴로 울
먹이면서 영영을 걷어찼다. 영영은 턱 숨이 막혔다.

– 내 거야!

지지는 앙칼지게 소리치며 노란이불을 바닥에 펴고 대
자로 누웠다.

영영은 엉엉 소리 내 울면서 비틀비틀 베란다로 걸어갔
다. 한참을 울다 돌아보니 지지가 노란이불과 하나의 뭉치
처럼 보였다. '엄마는 언제쯤 돌아올까.' 문득 밀려드는 서
러움에 영영은 베란다 너머를 하염없이 바라보았다. 아파
트 멀리 사 차선 도로의 상행선과 하행선으로 차량들은 쉴
새 없이 오르내렸다. 도로 위로 번진 햇살은 노란이불을 펼
쳐 놓은 듯 잔잔하게 번져, 금빛 물결로 일렁였다. 영영은
그 금빛 도로를 따라 엄마가 걸어오는 모습을 상상했다.

2

 여행을 떠나기 한 달 전쯤이었다. 성실한 회사원으로
살아온 아버지는 쉬는 날이라며 집안일을 시작했다. 영영
과 지지는 밀린 잠이나 실컷 잘 생각이었다. 국경일이든 법
정휴일이든 가리지 않고 종친회 일로 바쁘던 아버지가 무
슨 바람이 들었는지 옷장부터 주방과 베란다까지 몽땅 털
어냈다.

 – 내가 아니면 누가 하겠냐. 여기저기 할 것도 많네.

 센터에 오는 주민들이 농처럼 하던 말을 아버지도 했다.
옷소매를 착착 걷어붙이고, 억센 손길로 망가진 것들을 버
리고 찌든 때를 닦았다. 어수선하고 먼지로 얼룩진 집안은
손길이 닿는 곳마다 생기를 되찾았다. 영롱한 반짝임이 구
석구석에 깃들었다. 영영과 지지도 쓰레기봉투를 들고 집
안팎을 오르내리며 숨찬 하루를 보냈다.

 – 영영아, 지지야. 우리 여행 한 번 가자. 어린이날 가자.

 저녁 무렵, 손발을 씻고 앉아 아버지는 재촉하듯 말했
다. 그동안 진로나 시험에는 관심조차 두지 않았는데 그날
은 "시험은 끝났지?"하고 물었다. 영영은 즉시, 그렇다고
대답했다. 그런데 아버지는 방금한 말을 듣지 못한 척 다시
물었다. 바짝 앞에서 큰 소리로 말했건만, 아버지는 재차
말을 하자 그제야 고개를 끄덕였다. 묘하게도 아버지의 눈

동자가 형형했다. 저항할 수 없는 무언가에 짓눌린 듯하면서도 낯선 곳을 배회하는 듯한 엉성한 눈빛이랄까.

－ 와, 어디로 가요? 아빠…

지지는 노란이불을 안고 들뜬 얼굴로 다가왔다.

－ 가자 어디든. 영영도 오케이?

아버지는 쫓기듯 소주 몇 잔을 급히 마시곤 금세 얼굴이 붉어졌다.

－ 저걸 못 버렸네.

아버지는 노란이불을 내놓으라는 듯 손바닥을 내밀었다. 지지는 재빨리 뒤로 물러나며 노란이불을 등 뒤로 감췄다.

－ 꾀죄죄한 천 쪼가리가 뭐가 그렇게 좋냐. 그게 걸레지, 이불이냐…

아버지 목소리에 짜증이 묻어났다.

－ 지지야, 대체 왜 그렇게 질질 끌고 다니냐. 이리 내놔. 맨날 싸워대서 내가 정말 못 살겠다…

공명한 목소리로 바짝 언성을 높였다. 지지가 파르르 입술을 떨며 절대 버릴 수 없다, 만약 버리기만 하면 여행이고 뭐고 학교도 가지 않겠다고 강단지게 맞섰다. 아버지는 괴로운 듯 낮고 무거운 신음을 내뱉었다.

－ 아빠, 우리 이제 안 싸워. 어렸을 때나 그랬지, 언제 싸웠다고. 알지도 못하면서….

영영도 지지를 거들었다.

아버지는 소주를 한입 털어 넣고는 인상을 찌푸렸다.

– 난 꼴도 보기 싫은데, 그게 그렇게 좋으냐.

아버지는 이 말을 끝으로 노란이불에 대해 더는 언급하지 않았다. 쓰레기봉투에 들어갈 줄 알았는데, 지지의 고집이 이겼다. 사실 지지가 화장실에 가거나 한눈을 팔면 잠시나마 차지할 수 있었기에, 영영은 안도했고 동시에 작은 승리감도 느꼈다.

아버지는 연신 소주를 홀짝이며 말을 이었다. 영영이 내년이면 대학에 들어가니 그동안 가족여행 한 번 없이 지낸 세월을 올해는 꼭 만회하자, 멀리 떠나자, 너희가 좋아할 만한 곳을 알아두었다, 알려지지 않은 깊은 산이라 마음껏 뛰어놀아도 누구의 간섭도 없을 거라고 강조했다. 이미 영영과 지지가 동의했는데도 아버지는 여행의 이유와 여행지의 특별함을 계속 늘어놓았다. 영영은 그 집요함을 술이 빚어낸 습관이라 치부했다.

이박 삼일의 여행을 앞두고 지지는 설렜다. 해마다 어린이날이면 집에서 잠을 자거나 영화를 봤고, 가끔은 풍선을 불어 창문에 붙이며 기분을 내다가 그마저도 싱거워지면 손깍지 놀이를 했었다. 그림자밟기도 흐지부지 흥미가 사라지면 누가 먼저랄 것 없이 거실에 누워 잠을 잤다. 지지의 잠버릇은 유별났다. 머리끝까지 노란이불을 뒤집어쓰고 실신한 사람처럼 꿈적도 하지 않았다. 숨이 막히지 않을까, 걱정스러운 마음에 영영이 노란이불을 들추면 지지는 본능적으로 그걸 채잡아 똑같은 자세로 돌아갔다. 지나친 지지의 집착이 영영은 한심해 보였다. 이제 그런 날들은 추억으로 남아 있을 뿐이다. 만약 아버지와 여행을 떠나지 않았다면, 그런 추억의 날이 하나 더 늘었을 것이다.

지지는 매일 캐리어에 무엇을 담을지 고민하느라 마음이 분주했다. 밤마다 옷을 꺼내 입고 모자와 신발을 코디하며 영영에게 묻다가 인터넷을 쏘다녔다. 영영은 그런 데에는 관심이 없었다. 입고, 신고, 쓰는 건 기본적인 것이면 된다는 생각이었다. 대신 분 단위로 여행 일정을 짜느라 블로그와 SNS를 넘나들었다. 예쁜 디저트 카페와 포토존을 찾아 일정 보드에 넣었다. 함께할 마땅한 놀이가 떠오르지 않아 걱정이었다. 수업 시간에도 선생님을 바라보며 머릿속으로는 여행지의 동선을 그렸다. 물론 날씨도 중요했다. 일기예보 앱을 수시로 열어 보았는데, 예보에 따르면 당일 아침엔 흐리다가 오후 늦게부터 비가 내릴 확률이 80%였다. 비가 오면 계곡 물놀이를 포기해야 하니 안타까웠다. 물놀이 도구를 챙기는 지지를 보면 저절로 어깨가 무거워졌다.

3

기온이 부쩍 오르면서, 영영은 선글라스와 변색 안경을 교대로 사용했다. 사무실이나 강당에서 변색 안경을 쓰다가도 햇빛이 강하면 선글라스로 교체했다. 자치회 주민들은 약속이라도 한 듯 꼭 맑은 날에만 들이닥쳤다. 며칠 전, 열대야 영향으로 푹푹 찌는 아침이었다. 나이 지긋한 어르신이 출근하자마자 한달음에 쫓아와 영영 앞으로 거침없이 걸어왔다. 냅다 얼굴을 디밀고 미간을 좁혔다. 관자놀이에 핀 검버섯으로 보아 대충 어림잡아도 칠순은 넘어 보였다. 그의 숨결이 볼에 스쳐 영영은 몸을 뒤로 뺐다.

– 어이, 수술했는가? 그럼 쉬어야지. 왜 센터장이 못 쉬게 하는가?

용건은 뒤로하고 노인은 짚이는 대로 오지랖을 부렸다. 센터장은 언제든 휴가를 권하는데 모르는 얘기였다.

센터에는 상근 직원이 총 열다섯 명인데, 영영 외엔 안경을 쓴 사람이 없었다. 모두 시력이 좋은 것인지, 보이는 것만 보는 것인지, 콘택트 렌즈를 낀 것인지 영영은 문득 궁금했다. 어쨌거나 영영은 빈틈없이 업무를 수행하기 위해 꼬박꼬박 선글라스를 챙겨 썼다. 직원들의 요구에 따라 능동적이고 기민하게 일을 처리하려면 꼭 필요했다. 돌밭을 꽃밭으로 일구겠다는 일념으로 센터 안팎을 종횡무진 뛰어다니면서, 빠르면 연말, 늦으면 내년 초에는 정규직이든 계약 연장이든 결정이 나고 그 결정에서 반드시 뭔가는 받을 수 있겠다는 생각을 한시도 잊지 않았다. 그 기대와 흡족한 감상은 일할 에너지를 만들어주었다. 하루에도 몇 번씩 선글라스를 매만지며 피곤한 눈을 달랬다. 최소한 공무직 티오만 받아도 지방공무원에 준하는 대우를 받을 수 있으니, 안정된 생활이 가능할 것이고, 출근 시간도 삼십 분이면 충분하니 주어진 환경이 그런대로 나쁜 건 아니었다.

주민자치 교육이 임박하면 자잘한 일이 많았다. 교육 강사에게 연락해 프로필과 교육용 PPT 파일 등 참고할 만한 자료를 받아 점검했다. 인원수에 맞춰 복사까지 하고 나면 그다음부턴 몸으로 부대끼는 일이었다. 교육실의 책걸상과 시설물을 둘러보고 문제는 없는지 확인했다. 다과를 마련하려고 편의점에도 다녀와야 했다. 당일에는 먼저 자료를 옮겨 비치하고 회원들이 들어서면 일일이 출석 체크를 했다. 교육은 대개 오후에 있으니 출근해 준비를 마치면 점심 시간이 되었고, 단골 식당에서 장부에 달아 놓고 밥을 먹었다. 처음 얼마간은 주인이 알아보지 못해 시간을 허비하다가 업무를 긴급히 처리할 상황이 생기기도 했다. 기실 그들의 둔한 눈썰미 탓도 있었겠지만, 변색 안경과 선글라스를 번갈아 쓴 탓이었다.

빛은 어디에나 존재했다. 인적이 뜸한 늦은 밤, 뒷골목에도 빛은 건재했다. 뒷골목의 드문드문한 상점들은 흐린 빛 속에서 하루를 열고 마감했다. 영영도 그 길을 걸으며 하루하루를 여닫았다. 그 뒷골목은 영영이 삶의 현장으로 나가는 모든 걸음에 다리가 되어 주었다. 큰 도로는 탁 트여 시원하게 걸을 수 있다지만, 상점들과 지나는 차량에서 쏟아내는 불빛이 너무 강렬했다. 선글라스가 조금이라도 삐끗한 날이면 빛은 기습적으로 눈을 난사했다. 찌릿한 통증이 시작되면 서너 시간을 족히 진땀을 뺐다. 그런 밤이면 끔찍한 꿈에 시달렸다. 천 길 낭떠러지 위를 아슬아슬하게 걷거나, 나부끼는 거대한 깃발이 꽂힌 마른 땅에 가시나무를 심다가 눈이 찔리는 꿈이었다. 깨어 보면 눈은 뻑뻑했고 온몸은 납덩이처럼 무거웠으며 마음은 그보다 더 무거웠다. 그러나 선글라스 너머로 그림을 그리는 지지를 보면 몸을 움직일 수 있었다. 선글라스는 그렇게 삶을 지탱하는 도구였다.

– 사십육 번 길로 다닌다며 안 무서워? 그림은 봤나?

영영은 주민자치교육에서 다룰 '우리 마을의 현황과 생활 속 문제 발굴 및 해결 방법'을 복사하던 중이었다.

– 뭘 그린다더라?

목소리가 우렁차 평소에도 팀장이 말할 때마다 귀가 쟁쟁할 정도인데 영영 귀에 바짝 대고 입을 열었다.

– 앗, 깜짝이야. 아… 죄송해요. 제가 오늘… 저기,

저… 아침에 뭘 봤냐면요…

영영은 머리를 굴려 보았지만, 적당한 말이 떠오르지 않았다. 주민자치회에서 벽화를 그린다는 말을 들은 것도 같았다. 딱 잘라 모른다고 말했다가는 업무 방관자로 낙인찍힐까 두려웠다. 사실 담장까지 세세하게 살피는 건 쉽지 않았다. 때마침 복사기 액정에 '용지 보충' 메시지가 떴다. 영영은 팀장의 시선을 피해 트레이를 필요 이상으로 세게 잡아당겼다. 급기야 차락, 쇳소리가 사무실 가득 퍼졌다. 용지를 손에 잡히는 대로 집어 허공에 대고 훌훌 털었다. 팀장은 민망한 듯 어깨를 으쓱하곤 돌아섰다. 뒷짐을 진 채이번에는 다른 이의 책상머리에 붙어 섰다. 영영은 안도의한숨을 내쉬며 기계적으로 복사했다. 또한, 자동적으로 지지의 그림이 생각났다. 지지는 지금도 어깨를 수그리고 그어두운 밤을 그리고 있을 터였다. '푸른 비 내리는 밤'을. 생각해 보면 벽화는 애초에 센터에서 공유한 사안이었다. 팀장이 모를 리 없었다. 주민자치회를 그들만의 친목회쯤으로 여기는 팀장의 시선을 짐작하고 있었지만, 매사 그런 태도로 일관하는 그의 모습이 신경 쓰였다. 영영은 선글라스를 바짝 올려썼다.

8회차 주민자치 교육은 시 월 초순이었다. 영영은 교육장 준비를 마치고 교육실 출입구에서 회원들의 출석을 체크했다. 날씨가 화창해서 아침부터 선글라스를 썼다. 회원들은 출석부에 사인을 하고 테이블에 차려놓은 음료나 과자를 챙겨 교육실로 들어갔다. 한 명만 더 오면 전원 참석이었다. 그 회원이 도착하면 사무실에 널린 서류를 정리하려 했다. 교육은 벌써 십 분을 넘어서고 있었다. 그때 센터장이 부채를 흔들며 이 층 계단을 쉬엄쉬엄 내려왔다. 근무 이래 업무 시간에 그를 마주친 건 처음이었다. 정례적으로 팀장급 이상만 센터장과 주간 차담회를 하고 일반 직원들은 결재 시에나 업무 사이트에서 간접적으로 접촉하는 정도이니 그를 만날 일은 없었다. 더군다나 영영은 인턴이다 보니 기회 자체가 희박했다. 센터장이 다가오기도 전 영영은 그를 향해 꾸벅 고개를 숙이고 명랑하게 미소를 지었다. 센터장은 시원스레 웃으며 부채를 한껏 흔들었다. 그러곤 성급한 투로 참석자 현황을 묻더니 대답을 건성으로 흘려들으며 교육실 뒷문을 열었다. 내부를 주욱 훑어보고 난 뒤, 이번에는 영영을 뜯어보았다.

– 참, 자네 이번에 입사한 인턴인가?

– 네, 채영영입니다.

– 그래, 고생 많구먼, 근데 자네는 내가 잘 보이나? 난 영 안 보이네…

센터장은 영영의 대답 따위 필요 없다는 듯 뒷말을 꺼내기도 전 자리를 떴다.

교육실을 정리하고 자리에 앉으니, 온몸이 뻐근했다. 그대로 눕고만 싶었다. 변색 안경으로 바꿔 쓰는 일조차 귀찮아 그대로 일을 했다. 무심결에 고개를 드니 팀장이 손짓을 하고 있었다.

– 오늘 수고했네. 근데 뭐냐… 선글라스 좀 안 쓰면 안 될까? 난 괜찮은데 다른 직원들 보기가…

팀장은 난처한 표정으로 우렁차게 말했다. 영영은 고개를 숙이고 발끝에 시선을 둔 채 핑곗거리를 찾았다.

– 네, 좀만 시간을 주세요.

– 그래, 좋은 게 다 좋은 거잖아.

팀장은 그렇게 달래듯 말했다.

영영은 퇴근 준비를 중에도 노란이불과 지지의 그림이 머릿속에 스쳤다. 지지는 그동안의 그림에서 벗어나 최근에는 일러스트를 그리기 시작했다. 동화 일러스트레이터가 되겠다던 꿈은 잊은 것인지 자꾸만 비 내리는 풍경을 그렸다. 단조로운 패턴으로 '푸른 비 내리는 밤'과 '빛이 내리는 밤'에 꽂혀 그 패턴을 유지했다. 세밀 붓으로 하나의 빗줄기와 빗방울을 그리는 데에 온 힘을 다하는 눈치였다. 시간을 잊은 사람처럼 헝클어진 머리카락이 눈앞을 가리는 것도 모른 채, 속절없이 시간을 보냈다. 그러는 중에도 이따금 미술학원에 나가 입시반 강사를 해야겠다고 했다. 그건 가장 역할을 하는 언니에 대한 미안한 마음에서 오는 진심 어린 희망이 아니었을까. 영영은 그렇게 믿었다.

지지는 사이즈가 큰 보드 위에 빗줄기를 그릴 때마다 모양을 달리했다. 때론 굵게 몇 줄기, 때론 소낙비를 담아냈다. 지지의 욕망은 비에 사로잡혀 있었다. 완성한 그림들은 방 구석진 곳에 나날이 쌓여갔고 점점 잠자리까지 침범해 오고 있다. 이대로 간다면 얼마 지나지 않아 발 디딜 틈 없이 방을 꽉 메울 것이다. 영영은 빼곡하게 세워 둔 그림들을 피해 다녔다. 캔버스를 실수로 건드리기라도 하면 와락 빗물이 쏟아져 홍수가 나는 건 아닐까. 이런저런 상상에서 깨어 돌아보니, 사람들은 이미 퇴근하고 혼자 남아 있었다.

4

손깍지 게임에 빠져 있는데 아버지가 뒤를 돌아보았다.

— 제일 먹고 싶은 게 뭐냐. 하나씩만 말해 봐.

그때 요란한 경적을 울리며 덤프트럭이 쏜살같이 스쳐 갔다. 아버지는 반사적으로 핸들을 틀었다. 차는 오른쪽으로 심하게 기울었고, 그 충격으로 지지의 옆구리와 다리에 영영의 몸이 세차게 부딪혔다. 불쾌한 감각이 오르며 지지의 노란이불이 영영의 맨다리를 스쳤다. 영영은 중심을 잡으려 노란이불을 붙들었다. 지지는 곧 몸을 세우고 앉아 명랑하게 말했다.

  – 민트 맛 구슬 케이크.

  아버지는 엄지와 검지로 동그라미를 만들어 보였다. 영영은 이런 대화 자체가 낯설고 어색하게만 느껴졌다.

  도착지까지는 한 시간 남짓, 연료는 위태롭게 줄어들고 있었다. 아버지의 성정으로 보아 평소라면 자책하거나 한숨을 내뱉었을 텐데, 그날은 묵묵했다. 즐거운 분위기를 깨고 싶지 않았던 것이다. 옆길로 접어들어 비닐하우스가 늘어선 들녘을 오 분쯤 달리자, 주유소가 나타났다. 차가 멈추자마자 지지는 노란이불을 확 젖히고 나와 화장실로 뛰었다. 아버지는 주유를 한 뒤, 담장 밑으로 차를 옮겨 세웠다. 좌석에 걸쳐 있던 노란이불이 바닥으로 미끄러졌다. 영영은 노란이불을 무릎에 얹고 창밖을 내다보았다.

  아버지는 마을 쪽을 바라보았다. 짧게 깎은 머리카락을 자꾸만 쓸어 올리며 담배를 피웠다. 하얀 연기는 처음부터 아무것도 아닌 양, 허공에서 흔적 없이 사라지고 또 사라지고는 했다. 차가 출발하자 영영과 지지는 약속이라도 한 듯 잠이 들었다. 다시 눈을 떴을 때, 차는 국도 한복판을 쾌속으로 달리고 있었다. 지지의 머리칼이 바람에 흩날려 차창을 덮었다. 영영은 머리를 짧게 자른 게 다행이라 생각했다. 아버지 몰래 빗질할 일이 없고 눈치 볼 일도 없으니 여러모로 만족했다. 그런 생각에 잠겨 지지의 정신없는 머리칼에 정신을 팔고 있을 때였다.

번쩍, 하고 기습적으로 파고드는 빛에 영영은 순간순간 얼어붙는 것 같았다. 지지도 놀란 듯 영영의 팔을 붙잡고 부들부들 떨었다. 차가운 섬광에 이어 들녘에서 철판을 찢는 듯한 굉음이 터지더니, 빗방울이 유리창을 때렸다. 일기예보가 적중했다. 콰르릉 소리와 번뜩이는 빛이 쉼 없이 뒤엉켰다. 빛과 소리는 날쌔게 차 안을 채웠다가 사라지곤 했다. 영영과 지지는 몸을 움츠리며 가슴을 졸였다. 아버지는 무표정한 얼굴로 앞만 바라봤다.

숲에 도착한 시각은 여섯 시 삼십오 분. 예정보다 한 시간 이십이 분 늦었다. 요란하던 날씨는 언제 그랬냐는 듯 잠잠했고, 가랑비 내리는 숲은 잔잔했다. 동화 속에나 나올 법한 신비로운 숲은 비에 젖어 함초롬했다. 아버지는 어떻게 이곳을 알아냈을까, 영영과 지지는 감탄했다.

지지는 콧노래를 흥얼거리며 숲으로 폴짝 내려섰다. 프릴 달린 우산을 펴 들고 빙그르르 원을 그렸다. 세모난 지붕과 창이 넓은 통나무집은 튼실한 나무 위에 자리 잡고 있었다. 가까운 곳에서는 계곡물 흐르는 소리가 들려왔고, 새들의 지저귐도 쉴 새 없이 날아들었다.

영영은 아버지와 함께 트렁크의 아이스박스와 짐들을 날랐다. 가는 비가 연신 얼굴에 와 닿았다. 지지는 짐을 나르는 아버지를 따라다니며 우산을 받쳐주었다. 아버지가 마지막으로 과자가 든 상자와 우비와 장화를 챙겨 들고 "어서 올라가자." 지지를 앞세웠다. 지지가 랜턴을 달랑거리며 사다리를 올라갔고, 영영도 생수 묶음을 들고 그 뒤를 따랐다.

짐을 풀다가 영영은 비가 오니 바비큐는 다음 날 하자고 말했다. 지지는 "좋아 맘대로 해." 명랑하게 대꾸하며 실내 등을 켜고 창문을 열었다. 영영은 곧 저녁을 준비했다. 햇반과 만두를 데울 때, 아버지는 무김치와 참치 통조림과 김자반을 차렸다. 아버지가 좋아하는 라면을 끓여 놓으니 푸짐한 식탁이 되었다. 영영은 폰을 열어 차린 음식을 찍고 지지와 아버지를 향해 카메라를 댔다. 지지가 아버지 곁으로 붙어 앉으며 손가락으로 브이를 만들었다. 지지와 아버지 얼굴에 그늘이 지지 않도록 액정화면을 상하좌우로 움직였다. 폰 화면으로 지지의 장난기 어린 눈동자와 함빡 웃는 얼굴에 영영도 마음이 들떴다. 하지만, 아버지의 표정은 어딘가 불편한 듯 굳어 있었다. 그런 표정은 전에도 본 적이 있었다.

— 아, 이것 좀 없애버리라고 제발. 못 살겠다.

아버지가 종친회 사무실을 다녀온 날이었다. 샤워를 마친 지지는 빗질을 하다 헝클어진 머리칼에 빗이 걸리자 홱쳐내려다가 그만 놓쳤다. 빗은 아버지의 좌탁 앞까지 미끄러졌다. 종친회 빚 계산에 몰두해 계산기를 두드리던 아버지는 빚이 따르르 멈추자, 버럭 성을 냈다. 문중 빚에 시달린 탓인지 그 무렵 아버지는 '빗'이라는 단어 자체를 입에 올리는 걸 금기시했었다. 얼굴을 불그락푸르락 일그러뜨린 아버지는 조그만 빗을 집어 들고 저벅저벅 걸어가더니, 쓰레기봉지 속으로 가차 없이 던져버렸다. 지지는 제 방문을 쳐닫고 문을 잠갔다. 노란이불로 헝클어진 머리를 감싸고 훌쩍거렸다. 이불 속으로 퍼진 온기는 엄마의 품처럼 따뜻했다. 눈이 펑펑 내리던 날, 베란다 창을 열고 팔을 뻗으면 밤톨만 한 눈송이가 쿵쿵 볼을 때렸다. 이마를 치고 머리에도 부딪혔다. 엄마는 다가와 '어이쿠, 꽁 얼었구나.'하며 끌어안았다. 부드럽고 고운 노란이불로 시린 딸들의 몸을 포옥 감싸주었다. 그러면 노란이불과 엄마에게서 달큼하고 구수한 냄새가 나와 간질간질 온몸에 퍼져갔다. 아버지는 지지가 울거나 말거나 무심했다. 아버지에게 '빗'은 '빚'과 다름없는 말이었을까. 아버지는 다시 우두커니 앉아 굳은 표정으로 계산에 몰두했다.

정답던 엄마의 미소를 떠올리며 영영은 "하나, 둘-"하고 셔터 사인을 보냈다.

- 아빠, 웃어요. 치이-즈.

아버지는 얼굴을 붉히며 굳은 표정으로 치아를 보였다. 서너 번 셔터가 터지자, 렌즈를 벗어났다.

― 케이크는 내일 카페 가면 있겠지? 어서 먹어라, 식겠다.

음식을 지지와 영영 앞으로 밀어주었다. 라면 국물을 한 모금 삼킨 뒤 소주병을 땄다. 지지는 음식을 한입 뜰 때마다 "으음." 하고 짧게 감탄했다. 영영은 음식과 함께 소박한 창을 카메라에 담았다.

음식이 반쯤 남았을 때, 섬광이 번쩍였다. 곧 뇌성이 울리고, 숲은 사르락 소리를 냈다. 비는 한참 작정하고 쏟아질 기세였다. 갑자기 지지가 노란이불을 찾았다. 무 조각을 씹으며 놀란 눈으로 아버지를 쳐다보았다. 차에 두고 온 걸 그제야 알아챈 것이다. 아버지는 홀연히 일어나 밖을 나섰다. 영영은 만두를 베어 물며, 이후 계획을 고민했다. 비가 그치면 야외 바비큐를 할 수 있으니, 만약 하게 된다면 건너편 트리하우스에 묵은 사람들을 초대하는 게 좋을 듯했다.

― 딱 두 집뿐인데 그게 좋겠지? 아빠도 허락할 거야.

영영은 여드름이 돋기 시작한 지지의 의향을 물었다.

― 언니, 우리 처음 여행이잖아. 다른 사람들하고 무슨 밥을 먹어, 싫어.

지지는 여지없이, 주저함도 없이 고개를 저었다.

난데없이 "콰아앙―." 하고 강렬한 섬광이 번쩍였다. 하늘이 무너질 듯한 뇌성이 통나무집을 뒤흔들었다. 지지가 바들바들 떨며 젓가락을 떨어뜨리고 창가로 다가갔다. 아버지는 프릴 우산을 들고 노란이불을 품에 안고 있었다. 영영도 지지의 팔을 붙잡았다. 삽시간에 굵은 빗줄기가 폭우가 되어 쏟아졌다. "우르르쾅-." 숲은 대낮처럼 환해졌다가 곧바로 칠흑에 휩싸였다. 다시 번개가 숲을 가르며 내리꽂혔다. 짧은 찰나 빛에 드러난 아버지는 노란이불을 안고 땅바닥에 쓰러져 움직이지 않았다. 얼굴 한쪽이 검게 변한 아버지는 영영과 지지를 향해 설핏 웃는 듯했다. 아버지는 노란이불을 껴안은 채 영영 돌아오지 못했다.

5

지지는 밥알을 깨작이다 수저를 내려놓고 일어섰다. 급히 싱크대로 가 밥을 뱉고 입을 헹궜다. 상기된 얼굴로 영영의 에코백을 뒤적여 선글라스를 찾아냈다. 영영은 곧 선글라스로 바꿔 썼다. 지지가 불을 켜고 밥공기에서 돌을 골라냈다.

– 보험도 없는데 맨날 이게 뭐냐. 너가 다 책임져.

지지는 치과에 다녀온 날이면 예민하게 굴었다. 의사가 조금만 늦었더라면 임플란트 치료를 피할 수 없었을 거라 말했다고 짜증을 냈다. 지지는 치아에 와닿는 기구의 차가움이 의사의 감정과 일치한다고 믿어 의심치 않았다.

– 밥할 때라도 불 좀 켜자. 맨날 돌을 씹으니까 이가 다

상하잖아. 봐 봐 좀.

된밥을 되작거리다 지지는 투덜거렸다. 영영은 미끄러지는 선글라스를 밀어 올리며 밥상을 치웠다. 밥알을 살살 깨물면 돌이 확연하게 느껴져 쉽게 골라낼 수 있는데 맨날 성질을 급하게 쓰는 게 문제 아니냐고 받아치려다 관두었다. 이가 저렇게 심각한 상태인데 한마디 붙였다간 싸움이 될 게 뻔했다. 지지가 다시 전등을 껐다. 영영은 다시 변색 안경으로 바꿨다. 어둑한 방을 유지할 수 있도록 배려해 준 지지가 고마웠다. 지지의 불쾌한 감정도 어둠 속에 서서히 녹아갔다. 영영은 그렇게 믿었다. 하지만 영영의 생각과 달리, 지지는 눈을 내리깔고 '푸흐윽' 숨을 내쉬고 창백한 얼굴로 식은땀을 흘렸다. 길어야 오 분 남짓이었지만, 그때마다 영영은 무서웠고 자신이 무기력하다고 느꼈다. 어쩔 수 없이 만두와 라면 그리고 무 조각으로 끼니를 때웠다. 통나무집에서 아버지와 함께 먹던 음식을 마주하자 울컥 감정이 올라왔다. 입안에 음식을 오래 굴려도 맛은 내내 밍밍했다.

종친회에서는 아버지가 돌아가신 후 지금껏 연락이 없다. 보험회사에서 사망보험금을 받았으나 그리 큰 액수는 아니었다. 영영은 지지와 상의 끝에 복도식 소형 아파트로 이사했다. 남은 돈은 대부분 학비로 썼다. 인턴으로 받은 첫 월급으로는 맨 먼저 청약저축을 들었다. 정규직이 되면 좀 더 넓은 곳으로 옮길 계획이었다. 이사를 하면 지지도 자유롭게 외출할 수 있을지 몰랐다. 외출을 꺼리는 이유 중 하나는 옆집 사람들의 험악한 싸움 때문일지도 몰랐다. 또 다른 이유도 있을 텐데 물어도 대답은 하지 않고 그림만 그리니 답답했다. 현관문을 열면 사방에서 쨍한 빛이 쏟아졌다. 빛이 서로 부딪히고 엉켜 더 강한 빛이 되어 시야를 막았다. 그래서 어둡고 푸른 밤을 그리는 걸까. 영영은 자연스럽게 그런 생각에 잠기곤 했다.

— 써 보지도 않고 왜 그래. 어디든 갈 수 있다니까. 자, 써 봐. 제발.

어느 날 영영은 지지 손에 선글라스를 쥐여주었다. 지지는 헝클어진 머리칼 사이로 영영을 쳐다보다 선글라스를 이젤 받침대 끝에 걸었다. 그러곤 빗방울의 투명도를 높이려면 환해야 한다며 깨끗한 붓으로 잿빛을 덜어냈다.

— 알겠어. 그래도 써 보라니까. 써 보면 생각이 달라진다구.

영영은 선글라스를 집었다. 지지가 붓을 떼고 영영을 빤히 바라보았다. 그 눈은 많을 걸 담고 있었다. 알겠다는 수긍과 모르겠다는 부정, 해 보겠다는 결심과 귀찮다는 무심함, 이게 다 무슨 소용이냐는 냉소와 이상하다는 의심, 내버려두라는 단호함과 그냥 다 괜찮다는 체념 그리고 깊은 답답함과 지침까지. 영영은 순간적으로 지지의 마음이 어느 쪽으로 더 깊게 기울었는지 가늠해 보았다. 우열을 가려

내기란 어려웠다. 영영이 다시 권하자 지지는 마지못해 선글라스를 받아 썼다. 영영처럼 바짝 올려 쓰고 일어나 방 안을 서성거렸다. 그 후, 영영이 퇴근해 돌아오면 이젤에 걸린 선글라스 위치가 바뀌어 있곤 했다.

6

인턴으로 해를 보내며 맞이한 첫 성탄절 이브였다. 퇴근길, 불빛이 흐린 단골 정육점에 들렀다. 지지의 생일을 그냥 넘길 수는 없었다. 조촐하지만 삼겹살로 작은 파티를 하고 싶었다. 귀여운 민트 케이크도 하나 준비했다.

– 눈을 그려 봤어. 눈이 많이 오길래.

지지는 이젤 앞에서 중얼거리듯 말하고 욕실로 들어갔다.

보드 바탕에는 낯익은 노란이불이 펼쳐져 있었다. 허공에 나부끼는 노란이불 위로 커다란 눈송이 몇 점이 내려앉은 그림이었다. 영영은 무심결에 선글라스를 벗었다. 여지없이 눈이 따가웠다. 날카로운 통증이 온몸을 휩쓸었다. 얼른 선글라스를 쓰고 호흡을 가다듬자 한결 편안했다. 영영은 달라진 그림이 마음에 들었다. 특히나 노란이불, 오랜만에 보았다. 눈송이를 비추던 찬연한 빛의 타래가 노란이불에 가득했다. 지지와 빗속에서 함께 울면서 바라보던 그때의 빛과도 흡사했다.

영영은 삼겹살을 프라이팬에 올렸다. 그 빛은 프라이팬 위에도 펼쳐졌다. 지지는 금세 욕실에서 나와 머리를 빗었다. 촘촘한 빗은 헝클어진 머리칼에 걸려 버벅거렸다. 지지는 차분하게 빗질했다. 머리를 말리고 하나로 묶은 다음 그림 도구를 정리하면서 선글라스를 닦았다. 냉동 삼겹살은 치익 소리를 내며 계속 연기를 피웠다. 고기가 익어가는 동안 지지는 어느새 패딩을 걸치고 까치발로 쪽창을 열었다. 캄캄한 하늘에서 눈발이 두서없이 날아들었다. 영영은 노릇하게 익은 고기 한 점을 집어 지지의 입에 넣어주었다. "으음." 지지는 향긋한 냄새를 풍기며 만족스러운 듯 감탄했다. 케이크에 초를 켜고 생일 축하곡을 부르는 사이 눈발은 더욱 굵어졌다. 푸르게 피어오르던 연기는 찬바람에 밀려 쪽창 밖으로 서서히 사라졌다.

7

연말이 가까워지면서 센터의 교육도 막을 내렸다. 자치회 사람들의 발길도 끊기고 직원들은 결산업무로 분주했다. 만날 숙취에 시달리는 어떤 이는 들뜬 마음으로 어디에서 송년회를 하면 좋을지 동료들의 앞을 오가며 의사 타진을 했다. 영영은 교육 자료를 회차별로 정리했다. 누락된 설문지가 없는지 명단과 대조한 다음 특이사항이 없으면 한데 묶었다. 팀장이 요구한 일이 있으면 그에 맞춰 일했다. 그는 주로 남은 예산 정리하기 위해 단골 식당이나 편의점에 선불 결제를 해달라며 법인카드를 내밀었다. 영영은 점심 이후에는 그런 일들을 보았다. 편의점 주인은 선불을 끊어주고 찐빵을 인원수에 맞춰 담아주었다. 그러면서 앞으로도 잘 부탁한다는 말과 함께 선글라스 쓴 모습이 어쩜 그리 세련되고 멋지냐고 밝게 웃어주었다. 영영은 그동안 자치회 주민 말고 자기편이 없었는데 드디어 마음을 터놓고 지낼 수 있을 만한 팬이 생긴 것 같아 기분이 좋았다. 쓸쓸하게 서 있는 이팝나무를 와락 끌어안고 싶었다. 시끄럽게 떠들기만 하던 팀장마저 유쾌하게 느껴졌다.

센터장과 맞닥뜨린 건 팀장에게 법인카드와 선불 전표를 전달한 다음이었다. 접시에 찐빵을 담아 워크테이블에 내고, 하나는 센터장에게로 가져갔다. 센터장은 PC에 눈을 붙이고 있다가 인기척에 몸을 돌렸다. 돋보기 너머로 영영을 건너다보더니 기다렸다는 듯 불러 세웠다.

– 이봐, 어이 잠깐. 나 좀 보세. 마침 잘 왔네.

영영은 센터장 앞에 찐빵 접시를 내려놓았다.

– 어이, 그거 좀 확 벗지, 뭐가 제대로 보이나?

찐빵은 거들떠보지도 않고 노골적으로 비아냥거리며 눈 내리는 창밖을 눈짓했다.

– 아 네. 센터장님 훤히 잘 보입니다.

– 자네는 못 들었는가? 자치회 사람들 말들이 많아. 알다시피 여긴 지역공동체 일하는 곳이잖은가… 더는 안 되겠네.

센터장은 말을 던지고 한심하다는 듯 영영을 위아래로 훑어보았다. '사람들 말이 많다.'는 건 사실이 아니었다. '선글라스까지 쓰고 열심히 일하는 모습이 멋지다.'는 칭찬을 여러 번 들었다. 가을 총회에서 자치회 간사와 회원들이 직접 말했다. 설문지에는 '요즘 젊은이 같지 않게 착착 알아서 챙겨주어서 그동안 교육 시간이 즐겁고 편했다.'는 고마운 평가 글이 적혀 있었다. 센터장은 설문지를 어떻게 취급하는 걸까. 교육 결과물을 결재했음에도 보지 않은 듯했다.

– 센터장님, 설문지 보셨습니까?

센터장은 귀찮다는 듯 고개를 저었다.

– 설문지를 믿나? 허– 참, 요즘 젊은이 같지 않네. 어쨌든 다음 계약은 어렵겠네.

영영은 입이 떨어지지 않았다. 설문지는 어디에 쓰려고 받은 것일까. 센터장이 믿는 건 뭘까. 모든 생각이 억울한 감정 하나로 귀결되었다. 이팝나무를 끌어안고 싶은 마음도 사라지고, 팀장과 직원들의 웃음소리도 더는 들려오지 않았다.

어둠이 내린 센터 뜰을 걸어 이팝나무 아래에 섰다. 가로등 아래 앙상한 나뭇가지 사이로 눈은 펑펑 쏟아졌다. 을씨년스럽게 비쳐 드는 불빛이 눈보라에 가려 어른거렸다. 그제야 영영은 선글라스를 내던지고 싶은 충동을 느꼈다. '그냥 좀 확 벗지, 뭐가 제대로 보이나?… 더는 안 되겠네.' 차가운 센터장의 목소리가 눈발을 타고 왔다. 영영은 마음을 다잡고 선글라스를 살그머니 벗어 내렸다. 얼굴을 젖히고 눈을 감은 채 한참을 움직이지 않았다. 눈꺼풀 위로 은은한 빛이 스며들었다. 함박눈은 쉼 없이 내려앉았다.

패딩을 입은 지지는 복도를 쓸다 허리를 폈다.

— 조심해, 언니. 세상에 이번엔 콜라병까지 깼어. 살벌하다, 진짜!

지지는 유리 파편을 마저 쓸었다. 옆집 사람들은 또 복도를 난장판으로 만들었다. 하루가 멀다 하고 살림살이를 깨부수는지, 날카롭고 둔탁한 소리가 벽을 넘어왔다. 서로 욕설을 퍼부으며 복도로 뛰쳐나와 병을 깨뜨리는 일쯤은 예사였다. 그럴 때마다 영영과 지지는 문을 잠그고 숨을 죽였다. 낮 동안 지지 혼자 그 살벌한 소란을 견뎠을 거라 생각하니 영영은 불안하고 두려웠다.

— 이거 괜찮은데. 뭔가 좀 든든한걸.

패딩에 날린 눈을 털며 지지는 선글라스를 벗었다. 파우치에 넣으려다 이젤 받침대에 걸었다. 그림 속 눈의 결정체는 캔버스 위 노란이불에 얹혀 한층 입체감을 더했다. 방은 어두웠지만 그림만은 선명했다.

프라이팬에서 삼겹살이 치익- 소리를 냈다. 지지가 삼겹살을 잇달아 올리는지 소리가 겹쳐 들렸다. 영영은 그림에 눈을 대고 선글라스를 벗었다. 오른쪽 귀에 걸린 쪽부터 서서히 내리고 감은 눈을 떴다. 어김없이 찌릿한 감각이 치고 들었다. 도로 선글라스를 썼다. 며칠 전, 먹고 남은 삼겹살로 저녁을 때우고 일찍 잠자리에 들었다. 영영은 잠이 오지 않았다. 거센 눈보라에 쪽창이 식익식익 소리를 냈다.

– 자?

– 아니.

영영은 센터의 일을 꺼낼까 하다가 바람 소리를 들었다.

– 있지…

– 응.

지지도 잠이 오지 않는지 목소리가 아직 단단했다.

– 만약에 말이야….

지지가 잠자코 다음 말을 기다렸다.

– 엄마, 아빠가 옆집처럼 싸운다면 어떨까.

– 무슨 말이야?

– 그러니까, 저렇게 서로 죽일 듯 싸우더라도… 우리

곁에 있는 편이 낫지 않을까.

 — 으응, 언니도 그런 생각을 했구나. 나도 가끔 그런 생각을 했어. 그래도 좋으니까, 하루만이라도… 아니, 단 몇 분만이라도……

 — ……

내일은 빛이 밝을수록 더 어두워지는 안경을 찾아봐야겠다고 생각했다. 지지도 더는 말이 없었다. 눈보라는 검은 창을 스쳐 끝없이 흘러갔다.

먹을

잇다

장마가 끝났다.

어디선가 라디오 소리가 희미하게 흘러들었다. 산사태로 마을의 집과 축사가 흙더미에 파묻혔다는 보도였다. 해당 지역 소방본부 관계자들이 구호 활동에 나섰다며, 더 큰 피해를 막기 위해 조속한 복구가 필요하다고 아나운서는 목소리를 높였다. 선우는 눅눅한 공기를 가르며 싱크대 쪽으로 걸음을 옮겼다. 고조된 여성의 목소리는 등 뒤로 멀어졌다. 발을 뗄 때마다 마룻바닥은 끈적이며 달라붙었다. 방문 사이로 러닝 차림의 아버지 뒷모습이 언뜻언뜻 비쳤다. 선우는 전날 남은 찌개 냄비를 불 위에 올렸다.

아버지는 가벼운 기침을 하며 욕실로 들어갔다. 불현듯 직장에 전화를 해야겠다는 생각이 스쳤다. 날이 갠 만큼 미뤄둔 일을 시작해야겠다고 마음먹었다. 선우는 센터장에게 일이 생겼다고 휴가 사유를 얼버무렸다. 허물어진 담장과 팬 마당을 손봐야 한다고 우물쭈물 말했다. "알겠다." 그는 건조하게 말을 끊었다. 싱크대 앞 쪽창 너머로 하늘은 맑고 고요했다. 푸른 물감이 번진 듯 드넓었다. 선우는 휴대폰을 꼭 쥔 채 "고맙습니다." 머리를 숙였다. 그 사이 찌개 냄비는 김이 가득 차올랐다. 얄팍한 유리 뚜껑이 요란한 소리를 냈다.

아버지가 일터로 떠난 뒤, 선우는 곧장 창고로 갔다.

녹슨 철문을 열자 눅진한 습기와 퀴퀴한 냄새가 코를 막았다. 잠시 어둠 속에 서 있으니 모아둔 짐들이 차츰 모습을 드러냈다. 대못에 걸린 면장갑을 내려 끼고, 옆에 있던 모자도 눌러썼다. 묵은 먼지가 콧속을 파고들어 한바탕 재채기가 터졌다. 입가를 닦고 짐을 승용차에 옮겨 실었다. 트렁크를 닫고 보니 타이어가 반쯤 내려앉아 있었다. 목적지까지 무사히 갈 수 있을까, 잦은 말썽이 떠올라 은근히 불안했다. '설마 무슨 일이 있겠어.' 선우는 불안한 마음을 누르고 차에 올랐다. 발끝으로 전해지는 무게가 신경 쓰여 허리를 바짝 세운 채 운전대를 잡았다. 차는 끼익거리는 소리를 내며 비교적 잘 달렸다. 정오가 가까워지면서 차 안은 열기로 가득 차, 고장 난 에어컨을 켰다 껐다를 반복했다.

시내를 벗어나 댐을 따라 한적한 국도로 접어들었다. 댐에는 흙탕물이 넘실거렸다. 비가 조금만 더 내렸다면 만수위에 이를 터였다. 둑길은 물살에 휩쓸린 흔적이 뚜렷했다. 폐비닐과 과자봉지가 걸린 작은 가로수와 관목들이 하류 쪽으로 꺾여 있었다. 한때 소박하고 평화롭던 고향길 국도는 처참히 망가져 있었다.

셔츠가 땀에 젖어 잿빛으로 변할 즈음, 눈에 익은 풍경이 펼쳐졌다. 도로 왼쪽, 낮은 능선 아래로 삼박골이 건너다보였다. 선우는 비포장 길로 핸들을 꺾었다. 차는 흙탕물이 괸 웅덩이를 지날 때마다 기우뚱거렸다. 선우는 발끝에 힘을 뺐다 가하며 나아갔다. 들판 멀리 일하던 사람들이 허리를 펴고 이쪽을 물끄러미 바라보았다.

길을 가로막은 나무 앞에서 선우는 차를 멈췄다.

습기 찬 통나무를 들어 올리려는 순간, 스삭— 소리와 함께 눈앞에서 무언가 꿈틀거렸다.

"엇-!" 비명을 지르며 나무를 놓았다. 굵은 뱀이 그 밑에서 엉켜 꿈틀거렸다. 다리가 후들거려 선우는 정신없이 뒷걸음쳤다. 그때 칠순 가량의 노인이 논두렁길을 따라 올라왔다. 넓은 챙 모자 아래로 그을린 콧잔등만 유난히 눈에 띄었다. 노인은 다가와 삽으로 땅을 내리찍었다. 컥—하는 소리와 함께 두 마리의 뱀은 순식간에 수로 속으로 사라졌다. "아이고 징글징글한 놈의 독사." 노인이 중얼거리며 나무를 길 밖으로 내던졌다. 그러곤 아무 일 없었다는 듯 모자를 벗어 부채질하며 어서 가라는 듯 손사래를 쳤다. 선우는 고개 숙여 감사를 표하고 차에 올랐다. 차는 또다시 기우뚱거리며 앞으로 나아갔다. 룸미러 속 노인의 모습은 차츰 한 점으로 멀어졌다.

몇 해 전 이맘때였다. 점심을 마치고 돌아온 선우는 서류를 사안별로 추려 책상을 정리하고 있었다. 근무 중에는 틈이 없다 보니 정리도 일종의 일이었다. 한 번 거르면 비좁은 책상 위가 금세 뒤엉켰다. 그때 있으나 마나 한 휴대폰이 울려 급히 찾아 들었다.

"나 찾지 마라."

평소 연락 한 번 없던 어머니의 첫마디였다.

"당분간 절에 가서 좀 쉬어야겠다."

단호한 말끝에 새된 기침이 이어졌다.

"왜, 갑자기?"

그 순간 책상 위 서류가 발등으로 흩어졌다.

"잘 살아. 살아 보면 알게 돼."

목소리는 냉정했다.

"어떻게 잘 살아, 절은 왜 가는데?"

말려야 한다는 생각과 함께 손이 떨렸다.

"숨이 막혀. 나도 이젠 지쳤어."

짤깍ㅡ. 전화는 일방적으로 끊겼다.

돌이켜 보면 어머니가 떠난 까닭은 아버지의 울음 때문이었다고 선우는 믿었다.

어린 날, 단단한 감꽃이 신기하던 어느 봄밤. 낮부터 만지작거리던 감꽃은 밤이 되자 형태를 잃고 누렇게 짓물렀다. 잠자리에 누워 머리맡의 상한 감꽃 냄새를 맡았다. 그 눈 맑던 시절, 방문을 열면 밖은 온통 신비로운 낙원 같았다. 아버지는 이따금 엉망이 되도록 취해, 그 낙원 속을 비틀거리며 돌아왔다. 비척비척 방문을 열고 발을 딛자마자 "아이고!"하고 울음을 터뜨렸다. 감꽃향은 밀려나고 방 안은 아버지의 대성통곡으로 가득 찼다. 선우는 이불 속에서 "아이고 어머니ㅡ, 아이고 아버지ㅡ." 애절하고 끈질긴 아버지의 울음을 들었다. 저절로 파고드는 서러움에 덩달아 훌쩍였다. 그 뒤로 아버지가 출타하는 날이면 긴장 속에 하루를 보냈고, 밤이 깊을수록 마음이 불안해져 이불 속으로 몸을 숨겼다. 울지 않겠다고 다짐했지만, 번번이 실패했다. 아버지가 울음을 터뜨리면 답답한 이불 속에 얼굴을 파묻고 따라 울다 잠들었고, 그런 밤이 거듭되었다.

신비로운 낙원에 벌과 나비가 날아들고, 눈에 깍지가 떨어질 즈음에서야 그 울음에서 조금씩 무뎌졌다. 선우는 그렇다 쳐도 어머니는 늘 지친 얼굴로 하품을 내뱉었다.

"아이고, 지겨워라." 짜증을 감추지 않았다. 날이 가도 아버지는 변함없이 술에 취해 방바닥을 두드리며 통곡했다. 눈물을 흘리며 할머니와 할아버지를 부르면서도 울음은 일정한 리듬을 탔다.

"아이고 어머니-, 아이고 아버지-."

애달픈 울음은 어느 순간 우스꽝스럽게 보이기도 했다. 선우는 웃음을 참을 만큼 그 울음에 익숙해지고 있었다.

어머니가 울고 있는 아버지의 지저분한 셔츠를 벗기자, 안경도 함께 벗겨졌다. 아버지는 놀라 울음을 멈추고 젖은 얼굴과 몸을 더듬었다.

"아무것도 손대지 마. 아무것도 만지지 마."

아버지는 눈을 감은 채 외쳤다.

"아이고 내 팔자야 내가 정말 못 살겠다."

어머니는 울먹이며 셔츠를 신경질적으로 방구석에 던졌다. 안경은 따그락 소리를 내며 바닥으로 튕겨 나갔다.

아버지는 허둥지둥 안경을 주워 쓰고, 다시 눈물을 흘리며 셔츠를 움켜쥔 채 바닥을 두드렸다. 셔츠가 펄럭일 때마다 먼지가 풀풀 날렸다.

"세상 지겨워 못 살겠네. 내놔요, 좀."

어머니가 사납게 소리 치며 셔츠를 잡아챘다. 아버지는

질세라 와락 움켜쥐었다. 어머니의 얇은 손등에는 핏줄이 도드라지며 파래졌다. 두 사람 사이에서 셔츠는 팽팽히 당겨졌다. 마침내 어머니는 인내심을 잃고 힘껏 낚아챘다.

"아!"

어머니는 손이 비틀리면서 비명을 지르고 선우를 돌아보았다. 선우는 무기력해져 그저 방을 벗어나고 싶었다.

어둠에 잠긴 마당가에 서서 서편 하늘의 희미한 그믐달을 망연히 올려다보았다. 기척 없는 여름밤, 서늘한 바람이 스며들자 선우는 몸을 움츠렸다. 은근히 졸음이 몰려왔다. 쭈그려 앉았다가 깜빡 졸다 깨어난 어느 순간, 서러운 울음소리는 잦아들고 있었다. 숯불이 재로 변하듯 울음도 서서히 사그라졌다. 문을 열면 다시 울음이 쏟아질 것만 같아 선우는 두려웠다. 발은 저리고 팔다리는 뻣뻣해 더는 버틸 수 없었다. 두려움을 떨치려는 듯 크게 숨을 내쉬었다.

아버지의 코 고는 소리를 의식하며 마루에 올라서자 굳었던 몸이 금세 훈훈해졌다. 선우는 그대로 쓰러지듯 방에 누웠다. 안방 너머로 어머니의 앓는 소리가 스며들었다. 그 소리와 함께 가라앉은 아버지의 울음이 무거운 눈꺼풀 위로 차곡차곡 쌓였다. 울음은 잠이 드는 순간까지 귓전을 맴돌았다. 언제까지라도 끝날 것 같지 않던 울음소리가.

그날 어머니는 냉정했다. 아버지에 대한 기대도 선우에 대한 미련도 없었다.

그 후로도 아버지는 술을 마셨고 선산을 찾았다. 특히나 쑥과 칡넝쿨을 끔찍이 여겼다.

"무서운 것들이다. 번식력이 좋아 여간해서는 안 죽는다. 한번 뻗기 시작하면 골치 아픈 거라. 그러니 바로 없애야지. 땅을 파고들지 못하게 뿌리까지 파버려야 해."

아버지는 자주 그렇게 말했다.

"묘에 구멍이 나면 제아무리 작아도 단단히 막아야 한다."

불안한 기색이 역력했다. 풀 한 포기에도 진저리를 치며 돌본 덕에 선산은 언제나 정갈했다.

어머니가 떠난 해, 아버지는 묘소 양쪽 끝에 키작은 애기단풍을 한 그루씩 심었다. 그 뒤로 아버지는 더 일찍 집을 나섰고 더 늦게 돌아왔다. 가뭄이 들면 물을 길어다 나무에 부었다. 애기단풍은 무성하게 자랐다. 아버지의 투박한 손과 헐거워진 안경에는 긁힌 자국이 늘어갔다. 아버지는 어머니의 존재를 잊은 듯 지냈고, 어머니는 자취를 감춘 뒤 단 한 번의 연락도 없었다. 선우가 여러 차례 전화를 걸었으나 돌아오는 건 매번 '지금은 응답할 수 없다.'는 차가운 기계음뿐이었다.

장맛비가 내내 이어지는 동안 아버지는 줄곧 먹을 갈았다. 사위가 어둑해지면 그대로 쓰러져 잠이 들었다. 웅크린 몸은 아이처럼 작아 보였다. 사나운 꿈에 시달리는지 입을 벌린 채 이따금 몸을 움찔거렸다. 나뭇가지 같은 손가락은 상처로 빽빽했고, 먹물은 진득하게 얼룩져 있었다. 선우가 다가가 구부정한 어깨에 손을 대자 아버지는 번쩍 눈을 떴다.

"아버지, 꿈꾸셨어요? 저예요, 저."

선우는 얼른 손을 떼고 그 자리에 얼어붙었다. 아버지는 멍하니 허공을 바라보다가 더듬더듬 안경을 쓰고, 쉰 목소리로 "저리 가." 한마디 툭 던졌다. 그러곤 다시 몸을 말고 잠에 빠졌다. 정작 놀란 쪽은 선우가 아니라 아버지였을 것이다. 선우는 진종일 퍼붓는 빗물에 흠뻑 젖은 기분이었다.

초여름의 비는 시시각각 달랐다. 세차게 퍼붓다가도 가볍게 흩날리거나 자락자락 내리기도 했다. 비가 내리면 집안은 묵향으로 가득 찼다. 사나흘 연이어 내리면 묵향은 더욱 짙어지고 단단해졌다. 장마가 산야를 무르게 하고 비바람이 과수를 꺾을 때, 선우의 마음 한구석도 텅 비어갔다. 그것은 아마도 어머니의 빈자리에서 비롯된 허전함이었을 것이다.

"벌써 먹이 다 됐구나. 비 그치면 필방에 좀 가 봐야겠다. 벌써 닳았네."

아버지는 벼루를 덮으며 싱겁게 말했다.

"아버지, 그런데 글씨는 안 쓰세요? 며칠 먹만 가셔서요?"

선우가 마른침을 삼키며 노끈을 움켜쥐었다.

"엄마가 왜 산으로 가셨겠어요?"

"대체 무슨 소릴 하는 거냐. 네 엄마? 엄마도 뭔가를 찾아간 거겠지."

선우는 가위를 떨어뜨렸다. 아버지가 목이 터질 듯 헛기침을 하더니 발작적으로 기침을 쏟기 시작했다. 얼굴은 벌겋게 달아오르고 목에는 핏줄이 불거졌다. 그때 창이 덜컥거리고 마당에선 무언가 '텅' 소리를 내며 굴러갔다. 선우는 도망치고 싶은 충동에 사로잡혔다. 어머니의 얼굴이 떠올랐다. 손바닥은 땀에 젖었고 가슴은 답답하게 조여왔다. 한참 만에야 아버지는 기침을 억누르며 어깨를 들썩였다.

비가 그치면 집은 다시 텅 빌 것이다. 아버지의 시간은 또다시 일터나 선산에 묶일 테니까. 마음의 허기는 여전했지만, 아버지가 집에 머무는 동안만큼은 잠시 안도할 수 있었다. 특별한 대화도, 거창한 계획도 없었다. 다만 아버지가 묵묵히 먹을 갈고, 낮잠을 자며, 한 식탁에 앉아 같은 음식을 먹고, 라디오를 들으며 하품을 하거나 발톱을 깎는 것. 배수구가 막혀 빗물이 고이는 걸 함께 살피고, 쓰레기를 치우고, 거름망을 사다 단단히 끼워 놓고 함께 웃는 것. 그런 소소한 일상이 선우에게는 간절했다.

어머니가 돌아온다면 아버지는 먹을 가는 일도, 선산을 찾는 일도 달리할 수 있을지 모른다. 선우는 며칠째 같은 자리에 앉아 먹을 가는 아버지를 가만히 바라보았다. 맑던 물이 검은 앙금이 되어도 그뿐, 또다시 새 먹을 갈아 닳으면 필묵함에 넣는 일. 글씨라고 해 봐야 일 년에 한두 번 지방을 쓰는 것으로 족했다. 아버지의 취미를 선우는 납득하기 어려웠다. 어머니의 빈 자리는 시간이 갈수록 넓어졌다.

이번 제사도 아버지와 단둘이 지냈다. 아침 일찍 선우는 질척한 재래시장과 마트에서 장을 봤다. 끼니도 거르고 어머니처럼 나물을 만들고 전을 부쳤다. 동태포에 밀가루를 입히고 계란물을 적시는 건 고역이었다. 손가락에 들러붙은 반죽은 여간해서 떨어지지 않았고, 달아오른 팬은 얼굴을 화끈 달궜다. 푸른 연기가 주방을 메우고, 동태포를 올릴 때마다 기름이 튀어 손등을 스쳤다. 놀랍도록 따가운 불쾌감 속에서도 전은 타고 눈과 목은 따끔거렸다. 때마침 아버지는 밤을 깎아 두고 제상을 옮기려 들어섰다.

"아버지! 할머니가 감을 좋아했다니까 곶감하고 딱ㅡ밤, 국만 올립시다. 엄마도 없는데 몸살 날 것 같고… 이게 다 무슨 소용이에요."

말은 숨 고를 틈도 없이 튀어나왔다.

"무슨 소리냐. 그게 할 말이냐. 시답잖은 소리 말어라."

아버지는 대번에 말을 잘랐다.

"죽으면 끝이에요. 끝…"

"뭐, 끝? 허 참, 나 죽으면 젯밥도 없겠구나. 해괴망측한 소리 같으니."

"뭘 보시기라도 하셨어요? 아버지 없다니까요, 아무것도 없다고요."

아버지는 망연한 얼굴로 마루 끝에 제상을 폈다. 지방을 붙이고 향을 피웠다. 음식을 옮기자 자리를 맞춰 홍동백서를 찾아가며 늘어놓았다. 주방 창이 덜컹거리고 촛불이 너울너울 그을음을 올렸다. 선우는 아버지를 따라 두 번 절을 했다. 강신 때 아버지는 전등을 끄고 필묵함 옆에 앉아 눈을 감았다. 흘러내린 안경에도 개의치 않았다. 굳은 표정엔 음영이 드리워졌고, 불안한 빛이 스쳤다가 이내 사라졌다. 세찬 눈보라는 매서운 바람과 함께 밤새 퍼부을 듯했다. 물을 올리고, 향과 촛불을 껐다. 지방은 마당 한편에서 눈을 맞으며 타올랐다. 아버지는 반드시 음복을 했다. 그러곤 닳은 먹을 챙겨 방으로 들어갔다.

비가 시작된 날 아침부터 아버지는 안경을 닦아 쓰고 마루에 앉았다. 검은 안경테는 그을린 사각턱과 굳게 다문 입술처럼 고집스러워 보였다. 선우는 순간, 그 안경을 빼앗아버리고 싶은 충동을 느꼈다. 아버지가 달라질 수 있다면 그렇게라도 하고 싶었다. 비는 내리고 아버지는 마루 끝에서 가부좌를 틀고 필묵함을 열었다. 시계가 정오를 알릴 때까지 먹을 갈았다. 점심은 먹는 시늉에 그쳤고 낮잠을 자다 깨어 다시 먹을 갈았다. 집은 묵향으로 번져갔다. 저녁 무렵 아버지가 불렀다.

"천천히 읽어 봐라."

한지로 엮은 고서를 밀어주었다.

"아버지, 회사에서 구조 조정을 할 모양이에요. 감사다 뭐다 해서 툭하면 야근인데 그걸 볼 새가 어딨겠어요. 그런데 엄마는 궁금하지도 않으세요?"

"뭐? 늬 엄마?"

"네, 그리고 아버지, 다른 묘만 할 게 아니라 조부모님 묘도 하셔야죠."

장묘사인 아버지에게 선우는 오래 묵혀둔 말을 꺼냈다.

"엄마는 내가 산소에 간 것처럼 뭔가 찾아간 거라니까 왜 자꾸 물어? 선산은 안 돼."

"아버지, 언제까지 그렇게 다니실 건데요. 다른 데처럼 인조잔디로 덮읍시다."

선우는 목소리를 높였다.

아버지는 선우를 어이없다는 듯 바라보다가 인상을 찌푸리며 돌아섰다. 변함없는 그 모습에 선우는 진저리가 났다.

마당 한 켠에는 오래전부터 버려진 화분들이 있었다. 선우는 하나를 들어 바닥에 내던졌다. 점토분이 산산이 부서지며 조각과 흙이 사방으로 흩어졌다. 아버지는 고질적인 기침이 도졌는지 연신 클클거렸다. 비는 집요하게 퍼부었다.

잠시 갠 어느 주말 오후, 서편 하늘에는 비행운처럼 가느다란 띠가 땅에 꽂혀 있었다. 선우는 마루에 걸터앉아 햇볕에 발을 내밀었다. 따가움 속에서 발끝으로 습한 독이 빠져나가는 듯했고, 햇빛은 의식 깊숙이 스며들어 삶의 습기 — 슬픔, 절망, 살기, 고독, 분노, 권태, 배신—를 조금씩 걷어간다고 믿었다. 그것이 굳은 마음을 풀어주고 삶에 작은 틈을 내어주는 건 아닐까, 스스로 물었다. 갈증에 시야가 흐려지고 앞이 캄캄해져도 선우는 움직이지 않았다. 허리가 꺾일 듯한 공포는 무엇보다 고요했다. 두려움 속에서 이상하게도 달콤한 평온이 스며들었다.

목을 축이고 돌아서자, 식탁 위에 주민세 고지서와 아버지의 소지품들이 눈에 들어왔다. 잠잘 때도 벗지 않던 안경도 있었다. 그것은 생각보다 가볍고 헐거워, 금방이라도 부서질 듯했다. 연갈색 렌즈에는 미세한 실금이 수없이 번져 있었다.

선우는 안경을 살그머니 써 보았다. 콧잔등에 낮게 걸린 안경 너머 사물은 멀리 흔들렸다. 바르게 고쳐 쓰자 마룻바닥의 틈새와 빠진 못 자국까지 또렷했다. 거울 속에는 아버지를 닮은 얼굴이 자신을 바라보고 있었다.

안방에는 모로 누운 아버지가 왜소한 몸을 웅크리고 입을 벌린 채 잠에 빠져 있었다. 선우는 조심스레 방문을 닫았다. 마루 끝에서 올려다본 하늘은 드높이 푸르렀다. 안경은 원래 자신의 것이었던 듯 편안했다.

식사 때마다 안경은 하얗게 김이 서렸다가 곧 맑아지곤 했다. 긁힌 데다가 김까지 덮이는, 선우는 그게 삶의 질을 떨어뜨린다고 생각했다. 아버지의 성격을 알면서도 용기를 냈다.

"길 건너 안경점에 갑시다. 식사 다 하시고요."

"잘 보이는데 뭐가 문제냐."

아버지는 국을 뜨다 뿌연 안경 너머로 선우를 바라보았다. 표정엔 당혹과 분노가 스쳤다. 아버지는 곧 마음을 눌러 담듯 밥을 한입 몰아넣었다. 선우는 그 분노를 짐작할 수 없었다. 아버지는 수저를 내려놓았다. 선우는 한 번 더 말을 꺼낼까, 잠시 고민이 되었지만 그만두었다. 장묘 일을 빼면 선산을 돌보거나 먹을 가는 게 전부인 아버지의 단조로운 삶에 끼어들 수 없을 것 같아서였다.

아버지는 간혹 숙취로 일을 나가지 못했다. 바람이 종일 심하게 불던 날이었다. 오후에도 바람은 가라앉지 않았다. 아버지는 또 필묵함을 열었다. 옆에 놓인 낡은 고서는 바람결에 들썩이며 페이지를 넘겼다. 아버지는 문진으로 책장을 눌러두고 말없이 먹을 갈았다. 말간 물이 죽처럼 변할 즈음 선우가 들으란 듯 중얼거렸다.

"나 여덟 살에 네 할머니 할아버지가 돌아가셨다. 그 뒤로 난 산에서 살다시피 했다."

말을 멈추곤 쿨럭, 기침을 뱉었다. 오른손을 허공에 털며 낮게 덧붙였다.

"막막했다! 어떻게 살아왔는지, 암만 생각해도 신기하다 신기해."

선우는 빨래를 개키다 말없이 귀를 기울였다. 아버지는 먹을 들어 밑면을 살핀 다음 다시 벼루에 내려놓았다. 원을 그릴 때마다 은은한 향이 솔솔 번져왔다.

"네 할아버지는 병석에서도 글을 쓰셨다. 나는 먹 가는 일이 지겨웠어."

먹을 갈다가 먹물이 손에 묻으면 벽에 쓱쓱 닦았는데 벽지가 꼭 풀잎 같더라고 했다. 아버지의 나직한 목소리가 먹물에 조용히 스미는 듯했다. 말을 멈춘 아버지의 표정 뒤엔 여전히 할 말이 많아 보였다. 벼루에 물을 보태다 먹물이 손에 튀었다. 무심히 휴지로 닦고 하던 일을 이었다. 글씨는 여전히 쓰지 않았다. 아버지는 현실에서 몇 발짝 비켜선 사람처럼 늘 그랬다. 어머니가 떠난 뒤에도 달라진 건 없었다. 스스로가 고아라 여긴 탓일까. 그 빈 구멍 속에 오래 갇혀버린 듯했다.

아버지는 밥상을 물리자마자 작업복을 입고 세면도구를 챙겼다. 마루 끝의 필묵함을 열었다 닫고, 해수 기침을 한

바탕 토해낸 뒤 페인트 묻은 모자를 눌러쓰곤 허정허정 집을 나섰다. 선우는 슬리퍼를 질질 끌며 뒤를 따랐다.

트럭을 열어 조수석에 가방을 던져두고 아버지는 입을 열었다. 밀린 일을 다 하려면 보름은 걸린다, 요즘엔 벌초할 사람이 없어 그런가 일감이 자꾸 밀린다고 했다. 봉분이 허술하면 산짐승이 파헤치고 뱀이 넘보니까 시멘트를 바르고 인조잔디를 덮는다고, 인조잔디가 싫으면 초록 페인트를 칠하기도 하는데 막상 해놓고 보면 그럴싸하다고 장황하게 덧붙였다. 풀 한 포기 나지 않고 산짐승도 얼씬 못 하니, 힘들여 벌초할 일도 없지 않겠느냐는 것이었다. 선우는 검게 탄 아버지의 수척한 얼굴을 찬찬히 뜯어보았다.

아버지가 손을 털고 트럭에 발을 올리자, 선우가 문을 붙잡았다.

"아버지, 우리 선산도 시멘트로 덮어버립시다."

"뭐어? 무슨 정신 나간 소리냐, 비켜라!" 방금 전까지 구구절절 늘어놓던 아버지는 표정을 싹 바꾸고 역성을 냈다.

"이제부턴 제가 알아서 하겠습니다."

쾅─. 차체가 흔들리도록 문을 닫고 아버지는 가타부타 말없이 골목을 돌아 사라졌다.

어머니가 바가지를 긁어도, 선우가 비딱하게 굴어도 아버지는 좀처럼 화를 내는 법이 없었다. 그러나 보일러만 켜면 딴사람이 되어 불같이 화를 냈다.

"발이 데겠다. 보일러 좀 꺼라."

밤낮없이 언성을 높였다. 미적지근한 온기에도 파자마 단추를 풀고 땀을 닦았다.

"숨 막혀 살겠냐고…" 그러곤 사정없이 보일러를 꺼버렸다.

어머니가 옷을 껴입는 걸 빤히 보면서도 소용없었다. 한 파가 닥치면 방 안에는 미미한 온기만 맴돌 뿐, 추위를 막기엔 역부족이었다. 그래서 몸이 허약한 어머니는 늘 감기에 시달렸다. 선우는 지금도 추위에 파리하게 떨던 어머니의 움츠린 어깨가 떠오른다. 지금쯤은 그 지독한 한기에서 벗어나 편안할까, 문득 궁금했다. 아버지는 그렇게 보일러에 예민하듯 선산을 포장할 마음 같은 건 꿈에도 없는 듯했다.

돌이켜 보면, 다 함께 사는 동안 서로는 제각각이었다. 그나마 같은 대문을 드나들고 같은 식기를 쓰면서, 같은 거울을 들여다보는 시간 속에 각자 마음의 허기를 달랜 건 아닐까. 서로는 무심한 듯 따듯한 눈길을 나누거나 옆 사람의 고민을 궁금해진 않았다. 어머니의 약 한 번, 아버지의 피로 한 번 챙기지 못한 채 선우는 직장에, 아버지는 선산에 매달렸다. 선우는 어머니가 떠난 후 알았다. 한 지붕 아래 모래알처럼 흩어져 지냈다는 사실을. 그 책임은 자신에게도 있다고 믿었다. 그럴 때면 자신이 어떤 완전체에서 버려진 폐기물처럼 느껴져 심하게 부끄러웠다.

선우는 묘소 옆에 텐트를 쳤다. 애기단풍에 닿지 않도록 조심했다. 지지대를 박을 때마다 땅의 열기가 얼굴을 훅 달구었다. 텐트는 해가 기울 무렵에야 모양을 갖추었다. 짐을 정리하던 중 문득 묘소 앞에 섰다. "할아버지, 할머니, 할아버지, 할머니." 두 번씩 절을 하고 중얼거렸다. "용서해 주세요. 저도 어쩔 수 없습니다." 고르고 푸른 잔디를 쓰는 순간 손끝에 통증이 나며 금세 핏방울이 맺혔다.

칠흑 같은 여름 산골. 뭇새 울음이 끊이지 않았다. 서늘한 바람은 연신 텐트 깃을 스쳤다. 선우는 밤새 뒤척였다. 긴 밤이었다. 눈을 떴을 때는 이미 새벽빛이 번지고 있었다. 바람 한 점 없는 무더운 아침, 선우는 삽과 낫, 흙손, 다라이, 롤러를 차례로 늘어놓았다. 먼저 봉분의 잔디부터 걷어낼 참이었다. 장갑을 끼다 요의를 느끼고 숲으로 향했다. 애기단풍 뒤, 숲과 맞닿은 야트막한 지점에서 묘소를 등졌다. 대각선의 이름 모를 무덤은 잡풀이 뒤덮여 흉측했다. 풀섶이 스산하게 흔들리더니 통통한 뱀이 봉분 속으로 쐭 사라졌다. 선우는 움찔, 소변이 끊겼다가 다시 쏟아졌다.

서둘러 시멘트와 모래를 섞었다. 삽자루를 수차례 고쳐 쥐며 팔이 뻐근해지도록 반죽을 이겼다. 무르지도 되지도 않은 회반죽이 넉넉히 준비되었다. 땀이 비 오듯 흘러내려 눈은 쓰라렸고, 옷은 흠씬 젖어 들었다. 선우는 물과 빵으로 허기를 달랜 뒤, 애기단풍 그늘 아래에서 인조 잔디를 풀었다. 두껍고 뻣뻣한 초록빛 잔디는 실제보다 매끄럽고 색은 더욱 짙었다.

언덕 아래에서 남자의 고함이 더위를 끊었다. 왜소한 노인이 뛰다시피 언덕을 오르다 넘어졌다가 곧 허겁지겁 일어나 걸음을 재촉했다. 선우는 일손을 멈추고 그를 기다렸다. 노인은 다가와 숨을 몰아쉬며 눈을 희번덕였다.

"지금 뭣 하는 것이여?"

모자를 벗어 성급히 부채질하며 한마디 내뱉고 짧은 숨을 골랐다.

"삼박골엔 뱀이 많아 묘를 단단하게 하려는 겁니다."

선우는 눈길조차 주기 싫었으나 공손하게 대답했다.

"그러고 보니 어제 그 청년이구먼, 저걸로 지금 뭘 한다고?"

노인은 성을 내듯 언성을 높였다. 선우의 기억이 맞다면 그의 이름은 유수경이었다. 아버지가 형님이라 부르던 이웃이었다. 혹시 아버지가 미리 연락을 한 걸지도 몰랐다. 선우는 삽을 들었다.

"우리 식구 지금 풍비박산 났어요."

"풍비박산? 허 참. 됐고, 당장 그만두게."

노인은 연장을 닥치는 대로 집어 마대자루에 쑤셔 넣었다. 선우는 얼른 자루를 붙잡았다.

"아이고, 자네. 이래선 못써, 안 되네."

사나운 기색을 풀고 금세 울상을 지었다.

"집안일입니다. 참견 말고 돌아가세요."

"안 된다니까. 안 돼."

노인은 완강했다. 선우는 그를 꿰뚫듯 쳐다보았다. 안경만 없을 뿐, 깊게 패인 이마 주름과 처진 눈매가 아버지와 닮아 있었다. 늘어진 그의 턱에서는 땀이 뚝뚝 흘러내렸다.

"아저씨가 모르는 게 있어요."

"자넨 또 뭘 아나."

"저는 해야 합니다. 비켜주세요."

선우는 노인을 피해 반죽에 삽을 댔다.

"큰일 났구만, 아버지가 알면 까무러칠 일이야."

"엄마까지 나갔는데, 더 무슨 일이 있겠습니까. 비키세요."

"허 참, 어허 참…"

노인은 말을 잇지 못했다.

"연락하셔도 상관없어요."

"여하튼, 이건 안 되는 것이여."

쐐기를 박듯 말을 던진 노인은 언덕을 내려갔다. 질경이와 산죽이 엉킨 길을 따라가면서도 몇 번이나 뒤를 돌아보았다. 노인의 말이 마음에 걸렸지만, 어렵게 세운 결심을 접고 싶지 않았다. 땅은 장마에 젖어 축축했다. 삽날을 봉분 잔디에 대고 힘을 주었다. 컥, 하고 무언가 가로막혔다. 힘을 줘 눌러도 소용없었다. 그 옆도 마찬가지였다. 선우는 삽을 내려놓고 낫으로 잔디를 치기 시작했다. 땀이 비 오듯 쏟아졌다. 흙냄새가 물씬물씬 풍겼다.

벗어두었던 안경을 쓰고 와 잔디가 깎인 자리에 삽을 댔다. 비스듬히 눌러 잡고 발에 힘을 주자 불그레한 흙이 뻑뻑하게 젖혀졌다. 발그레한 흙과 거무스레한 흙이 섞여 더는 삽날이 파고들지 못했다. 선우는 쭈그려 앉아 팬 흙을 쓸어냈다. 흙이 쓸린 자리엔 검고 네모난 물체가 단단하고 일정하게 덮여 있었다. 조각보처럼 어우러져 누군가의 정성이 아니면 도저히 불가능한 배열이었다. 선우는 의아한 마음으로 그중 하나를 빼어 들었다. 그건 아침에도 보았던 너무나도 익숙한 아버지의 먹이었다.

"아버지…" 선우는 무심결에 중얼거렸다.

똑같은 감촉으로 손안의 작은 먹은 노을빛을 받아 단아했다. 선우는 다시 제자리에 내려놓았다. 먹은 마땅히 돌아갈 자리를 찾은 듯 고요히 놓였다. 그것은 안정이자 또 하나의 완벽함이었다.

어스름이 내려 선우는 여벌의 옷을 들고 언덕을 내려갔다. 농수로에 빗물은 가득 차 날쌔게 흘렀다. 탁하면서도 시원한 물줄기에 묵은 때를 씻었다. 몸이 가벼워지면서 마음도 맑아지는 듯했다. 일찌감치 자리에 누웠다. 반딧불이가 날고 쏙독새와 소쩍새가 번갈아 울었다. 애기단풍도 밤바람에 잎새를 흔들었다. 선우는 오래 그 소리를 들었다.

내가 모르는 것이 무엇일까.

아침에 눈을 뜨자마자 노인의 말이 떠올랐다. 선우는 잡풀 하나 없는 정갈한 묘소를 한 바퀴 돌았다. 잔디에 맺힌 이슬이 발을 흠뻑 적셨다. 개어둔 회반죽을 마대자루에 쓸어 담았다. 풀어둔 인조 잔디를 묶고, 연장도 모두 집어넣었다.

텐트를 걷는데 노인이 허둥지둥 올라왔다. 묘소 주변을 두리번거리다 눈길 한 번 주지 않고 고개를 끄덕였다. 셔츠를 젖히며 애기단풍 그늘 아래 주저앉았다. 잠시 눈을 감았다 뜬 뒤, 멀리 산줄기에 시선을 던졌다.

"자네도 알아야겠기에…"

노인은 큼큼 목을 가다듬고 숨을 한번 들이켰다.

"오래된 일이지. 동지가 막 지난 겨울, 아이고 눈이 얼마나 쏟아졌는지… 손은 동상에 걸려 터지고, 또 갈라지고… 참말로 지독한 겨울이었어."

노인의 시선은 산줄기를 따라 천천히 흘렀다.

"방에서도 얼음이 얼 정도였으니까. 그 추위 말도 마…

자네 아버지는 몸이 약했네. 오죽했으면 자다 일어나 불을 땠을까. 아궁이 앞에서 졸다 불이 난 거야. 불이야, 소리치고 발을 동동 굴러 봐야 동네는 잠들어 누가 알았겠나. 병환 중인 그 두 분을 그 무시무시한 불이…" 노인은 마른침을 삼켰다. 집은 흔적도 없이 타 잿더미만 남았고, 이웃 사람들은 빈 상여를 내어 가묘를 썼다. 노인은 말을 쉬엄쉬엄 이어 갔다.

"그 뒤로 어린 게 사철 산에서 살다시피 했지. 도시로 나가 결혼도 하고 한동안 뜸더니, 다시 와서는 종일 여기서 뭘 하나 했지." 노인은 말을 멈췄다.

선우는 잠시 마음의 갈피를 잡지 못했다. 아버지 안의 작은 아이는 그렇게 살아온 것이었나. 세상을 버텨내려는 몸부림이었나. 얼어붙은 땅에 뿌리를 깊게 내린 애기단풍처럼, 아버지는 그토록 악착같았던 걸까. 시야가 아득해지고 눈시울이 뜨거웠다.

"잘 생각했네. 잘했어." 노인은 몸을 일으켜 언덕을 내려갔다.

애기단풍이 습한 바람에 흔들리면 그림자도 따라 어른거렸다. 선우는 그늘에서 나와 텐트를 접어 넣고, 연장 포대를 차에 실었다. 차는 기우뚱거렸으나 개의치 않고 달렸다. 삼박골도 돌아오는 길도 낯설게 다가왔다. 삐걱거린 대문, 닳은 문고리, 마당과 쪽창까지 묻혀 있던 기억이 차례로 깨어났다. 낡은 필묵함은 아버지의 세월을 온전히 품고 있었다. 선우의 발길은 어느새 필방으로 향했다.

한 시간을 걸어 도착한 필방의 벽면 선반과 진열장엔 붓과 벼루, 먹과 갖가지 도구가 정갈하게 놓여 있었다. 주인은 말없이 지켜보거나 먼지를 털 뿐이었다. 선우는 크고 작은 먹을 더듬듯 살펴보다 아버지의 먹을 찾아냈다. 낯익은 먹은 선반 맨 끝, 좀처럼 눈길이 닿지 않는 자리에 쓸쓸히 남아 있었다.

"이걸로 하겠습니다. 귀한 분께 드릴 것이니 잘 포장해주십시오."

선우의 목소리는 기도처럼 낮고 단정했다.

"똑같네, 아주 똑같아." 주인은 포장을 하며 혼잣말처럼 중얼거렸다.

궁금했지만 선우는 묻지 않았다. 작은 종이가방의 무게가 손끝에 스며오자 마음속에 잔잔한 온기가 차올랐다. 집으로 향하며 낡은 안경도 이제는 꼭 바꿔드려야겠다고 생각했다.

잠이 오지 않았다. 빈 마당을 서성였다. 구름에 가려졌다 드러나는 황토색 타일은 검게 가라앉았다가, 다시 제 빛을 되찾곤 했다. 선우는 가만히 빨랫줄을 쓸었다. 담장 밖 멀리서 개 짖는 소리가 어둠을 흔들었다.

블
렌
딩

엣셈은 언젠가부터 조금만 달려도 앓는 소리를 냈다. 들릴 듯 말 듯하던 기척은 날이 갈수록 또렷해졌다. 요철을 넘을 때마다 금속이 긁히는 소리가 났고, 언덕을 오를 땐 차체마저 덜덜 떨었다. 내부 어딘가에서 부속품이 부딪히는 소리가 났지만, 정확한 위치는 짐작하기 어려웠다. 뒷좌석 아래나 보닛 안 같았다가도, 조수석 주변에서 들리는 듯했다. 주행거리는 이제 막 이십팔만구천 킬로미터를 넘어섰다. 미은은 좁고 가파른 언덕 위에서 차를 돌려세웠다. 시동을 끄자 엣셈이 쉬익— 길게 숨을 내쉬었다.

보닛 스위치를 당기고 미은은 밖으로 나왔다. 저 멀리

들판을 가로질러 쌉싸래한 바람이 불어왔다. 묵은 냄새와 먼지를 단번에 씻어낼 듯한 초겨울 바람이었다. 엔진룸은 이전보다 기름 냄새가 짙었다. 지난주 교육생의 상담이 많아 청소를 미뤘더니 군데군데 꾀죄죄했다. 마른 수건으로 인젝터와 점화 플러그를 털자 바람에 먼지가 흩날렸다. 물수건으로 연료 히터와 커넥터에 밴 오염물을 닦으니, 거센 바람이 물기까지 순식간에 말려버렸다. 청소의 반은 바람이 해준 셈이었다. 엣셈은 곧 단정한 모습을 되찾았다.

미은은 보닛에 기대어 시향지에 향수를 한 방울 떨어뜨렸다. 시향지가 바람결에 가볍게 흔들렸다. 잠시 후면 알코올이 날아가고, 아로마틱한 향만 은은히 남을 것이다. 엣셈이 빙긋 웃는 듯했다.

비 내리던 7월 초, 출근길이었다.

막연하게 떠오른 풍경은 이상할 만큼 또렷했다. 거대한 습지의 백단향 나무들이 은빛에 잠겨 있었다. 나무 둘레엔 이끼 낀 바위와 붉은 흙이 수북했고, 바람이 불 때마다 허공에서 무수한 캡슐이 터지며 은빛 가루가 흩날렸다. 그 순간 미은은 조향 비율이 번쩍 떠올랐다. 엣셈은 '로맨시앙'까지 시원하게 달려주었다. 미은은 처음으로 곱슬머리를 단정히 올려 묶고 작업에 몰입했다. 에탄올에 우디 계열의 향료를 섞은 뒤, 이끼와 흙 향을 더했다. 180밀리리터 유리병이 팔십 퍼센트쯤 찼을 때 부드럽게 흔들었다.

알코올이 걷히자, 시향지 위로 샌달우드와 사이프러스 향이 흘러나왔다. 미은은 룸미러에 걸린 유리병을 내려 새 향수를 담았다. 그리고 창을 모두 내렸다. 바람이 쉼 없이 들이쳤다. 도시의 매캐함도, 바다의 갯내도, 강가의 물비린 내도 닿지 않은 바람이었다. 향을 시험할 때마다 바람을 이용하는 건 미은만의 방식이었다. 풀꽃 향이 짙은 계절엔 향이 겹치기도 했지만, 그 또한 싫지 않았다. 그 모든 순간, 엣셈이 곁에 있었다. 울퉁불퉁한 산길도, 거친 모래밭도, 진흙탕 길도 개의치 않고 달렸다. 미은이 차에 오르면 엣셈은 한 몸이 되어 마음 가는 대로 나아갔다. 신선한 향이 차 안을 가득 채우며 넓게 퍼졌다.

들판에 노을이 번지더니 곧 땅거미가 내려앉았다. 엔진 룸을 닦을 때만 해도 청량하던 공기는 금세 한겨울처럼 매서워졌다. 미은은 시동을 걸고 히터를 켰다. 유리병에 온기가 닿지 않도록 송풍구 날개를 아래로 눌렀다. 엣셈은 조용히 온기를 내뿜었다. 좌석을 뒤로 젖히자, 시야 가득 아랫마을과 광주 방향 도로변 불빛이 한눈에 들어왔다. 평화롭고 고즈넉한 저녁, 따뜻함 속에서 하나, 둘, 셋… 마흔하나… 불빛을 세다가 미은은 문득 종철을 떠올렸다. 녹슨 의자에 앉아 담배를 피우며 '이러다 큰일 난다니까. 참말로.' 오지랖 넓은 그의 목소리가 귓가에 생생했다. 지난여름 공업사에 들어서자마자 내지른 말이었다.

땡볕이 사납게 내리쬐던 날이었다. 에어컨을 켤 때마다 퀴퀴한 냄새가 흘러나와 정성껏 만든 카퓸 향이 엉키고, 끄면 땀이 줄줄 흘렀다. 요철을 지날 때마다 삐걱 소리를 내기도 했다. 더는 미룰 수 없었다. 점검 말고는 뾰족한 수가 없어 결국 종철을 찾은 것이다. 가는 도중, 더위를 견디다 못해 다시 에어컨을 켰다. 하지만 돌아온 건 지독한 냄새뿐이었다.

─필터 갈아 봐야 소용 없어야. 그냥 버려.

종철은 엣셈을 들여다본 뒤, 바퀴를 툭툭 차며 툭 내뱉었다.

─종철아, 나도 기분이란 게 있어. 자꾸 왜 그렇게 차?

미은은 인상을 지푸렸다.

─맛이 갔다니까 갔어, 팍 갔다고, 아 참, 느그 엄마가 신신당부를 하시드라, 그 차 좀 그만 타게 말려주래. 말을 안 듣는다고 애가 타시드만…

종철의 잔소리는 날이 갈수록 길었다. 언제든 궂은일 마다하지 않고 도와준 건 고마웠지만, 엣셈을 쓰레기 취급하고 엄마까지 들먹이는 건 지나친 참견이라고 생각했다. 어릴 적 버릇은 고치기 힘들다더니 종철도 어쩔 수 없는 모양이었다. 고향 친구라 허물이 없다지만, 선을 넘는 참견은 불편할 뿐이었다. 필터를 교체한 뒤, 종철은 기름때 묻은 손으로 담배를 꺼내 물었다.

엣셈이 미은에게 온 건 13년 전, 겨울이었다. 스물여덟. 아버지가 장가를 들었다던 나이였다. 12월의 캐롤에 울적한 마음이 더했고, 진눈깨비가 내렸다가 그치기를 반복하던 날이었다. 태권도 전지훈련을 떠난 주호는 석 달째 소식이 없었다. 예정대로라면 두 달 전쯤엔 돌아왔을 터인데 휴대폰은 내내 꺼져 있었다. 종철도 행방을 몰랐다. 그날 미은은 오후 수업을 마치고 교육원을 나와 향료들을 계열별로 정리하고 있었다. 커피를 마시려고 막 물을 끓이는데 '몸이 근질근질하고 답답해 못 살겠다 칼국수나 먹자.' 익숙한 문구의 카카오톡이 들어왔다. 그동안 주호에게 쌓였던 답답함과 서운한 마음이 순식간에 풀렸다. 미은은 얼른 '거기서 봐 오빠.'하고 답장을 보냈다.

전지훈련을 떠나기 전, 주호는 자신의 차를 미은에게 내어주었다. "장기간 세워두면 차 망가져, 버스로 출퇴근하는 것보다 낫잖아." 그 말에 미은은 석달 동안 엣셈을 즐겨 탔다. 국숫집은 여전히 구수하고 칼칼한 냄새가 물큰했다. 미은은 늘 앉던 식탁 쪽으로 걸어갔다. 주호가 한 손을 번쩍 들어 보였다. 그 순간, 이게 꿈은 아닌가 싶어 미은은 걸음을 멈추고 뒤를 돌아보았다.

─오빠, 대체 무슨 일이야, 왜 이래?

미은은 떨리는 목소리로 말을 더듬었다. 주호는 휠체어

에 몸을 기대고 앉아 빈 의자를 향해 손을 펴 보였다.

－일본 공항에서 다쳤어. 돌아오던 날 새벽에… 리무진 기사가 어두워서 못 봤대.

주호는 창밖으로 시선을 돌렸다. 그의 하얀 세단 위로 진눈깨비가 고요히 내려앉고 있었다. 종업원이 칼국수 그릇을 내려놓고 돌아서자, 주호는 잠시 뜸을 들이다가 젓가락을 들어 면발을 천천히 건져 올렸다. 오랜만에 땀을 흘리며 먹는 모습이 낯설게 느껴졌다.

－그만 먹으려고? 왜 입맛이 없어?

미은이 젓가락을 내려놓자 주호가 물었다.

－많이 먹었어. 오빠 새우만두 먹을래? …진작에 좀 연락하지.

미은은 새우 알레르기가 있어 만지지도 못하지만, 전에 주호는 새우만두 삼 인분을 먹고도 부족하다고 했었다.

－됐어, 미은아. 근데 너도 큰일 날 뻔했다며?

－내 걱정 하지 마, 오빠. 지금 누구 걱정할 때야?

－안 다쳐서 다행이야…

주호가 일본을 떠나기 전, 버스에서 겪은 일을 종철에게 털어놓은 적이 있었다. 그 무렵 미은은 매일 사람들로 빽빽이 들어찬 버스를 타고 출퇴근했다. 그 일이 있던 날은 장맛비가 내려 공기가 잔뜩 습하고 후텁지근했다. 그날도 사람들 틈에 끼어 이리저리 떠밀렸다. 중심을 잃지 않으려 긴장한 탓인지, 온몸이 땀으로 젖어갔다. 끈적한 손으로 향료 가방을 꼭 쥐었다. 미은은 지옥 같은 버스에서 하루빨리 벗어나고 싶다는 생각뿐이었다. 정류장을 지날 때면 마음속으로 남은 정류장을 하나씩 지워냈다. 휘청거리던 버스가 구청 앞 정류장에 멈춰 섰을 때였다. 내리려는 사람들로 버스 안은 순식간에 아수라장이 되었다. 미은은 문을 등진 채 천장의 봉 손잡이를 움켜쥐었다. 가방은 사람들 틈에 휩쓸려 점점 손에서 멀어졌고, 봉과 가방이 동시에 손끝을 벗어나려 했다. '이러다 죽겠구나.' 팔이 몸에서 떨어져 나갈 듯 늘어진 채, 손이 막 봉에서 미끄러지려는 그 순간이었다. 사람들 틈에서 빠져나온 가방이 털썩 무릎을 쳤다. 동시에 뒷문은 '철커덕' 소리를 내며 닫혔다. 단 1초만 더 늦었더라면, 미은은 그대로 보도블록 위로 떨어져 머리를 부닥쳤을 것이다.

　―미은아, 어차피 난 이제 운전 못 해. 저거, 네가 타.

　―아냐 오빠… 오빠 병원도 다녀야 하잖아, 얼른 나아서 나 태워줘야지.

　미은은 주호의 옷소매에 묻은 김 가루를 털어주었다.

　스물여덟, 주호가 차를 뽑은 날이었다. 종철과 미은을 태우고 그는 무작정 시외로 달려 나갔다. 주호는 밤새도록 운전을 해도 성이 차지 않을 듯, 들뜬 기운이 가시지 않았다. 그날 밤 주호는 싱그러운 얼굴로 술잔을 들었다.

　―자, 마이카의 안전과 무사고 운전을 위하여.

　잔을 부딪히고는 벌컥벌컥, 소리도 요란하게 맥주를 들이켰다.

　―재활 치료받아도 못 걸을 것 같고… 나야 갈 데도 없잖아. 명상센터나 하려고.

　―무슨 소리야. 치료 잘 받고 다시 좋아져야지 오빠.

　―그리고 너 생각하면 항상 체한 거 같고 그래…

　주호는 오래된 기억을 끄집어냈다.

　―너 아니었음 나 진작에 갔을 거야. 평생 생명의 은인인데 죽을 때까지 밥은 당연히 내가 살 거고… 이건 보답 선물이니까 받아줘, 미은아.

　에둘러 설득하는 주호의 권유는 부담스러웠지만, 미은은 못 이기는 척 고개를 끄덕였다. 엣셈이 주호에게서 이 년 동안 3만 3천 킬로미터를 달렸다. 그때만 해도 새 차의 냄새가 희미하게 남아 있었다. 엣셈과의 인연은 그렇게 시작되었다.

　잠이 들었던지 눈을 뜨니 어둠이 짙었다. 미은은 좌석을 세우고, 휴대폰 알림을 확인했다. 6시 55분. '출발했지? 어디쯤 왔.', 10분 전. '언제 도착?', 바로 전 '천천히왔'. 주호가 보낸 카톡이 주르륵 쌓여 있었다. 잠이 확 달아났다. 미은은 곧장 카톡을 날렸다. '삼인산인뎅 역대급으로 날아가겠어용.' 엣셈을 깨우자, 트르릉-하고 기지개를 켰다. 엣셈은 미은의 마음을 따라 속도를 냈다. 무탈하게 달릴 거라는 믿음으로 6차선 도로로 접어들었다. 그러고는 경주라도 하듯 도로 위를 질주했다.

펍에 도착했을 때 종철과 주호는 이미 취기가 오른 상태였다. 미은이 들어서자, 석 달 열흘 못 만난 사람을 본 듯 환호성이 터졌다.

─일루 와, 보고 싶어 까무러친 줄 알았다.

종철이 너스레를 떨었다. 불과 사흘 전, 엣셈 점검 때문에 만난 건 뭔가. 미은은 속으로 웃으며 케이크에 초를 꽂았다. 꺼칠한 얼굴에 번진 주호의 미소가 오래도록 떠나지 않기를 바랐다. 물론 주호도 같은 마음일 것이었다. 종철과 주호는 300CC의 생맥주를 연거푸 들이켰고, 미은은 하이볼 하나로 충분했다.

─근데, 너네 왜 사랑을 안 해들?

종철이 두 사람을 번갈아 보며 물었다.

─내가? 사랑을 왜 안 해. 말을 해야 아나? 종철이 너도 사랑하고 미은이는 더 사랑하지.

주호는 웃으며, 장난인지 진심인지 모를 말을 툭 던졌다. 작은 눈이 실금처럼 붙었다. 그리고 보니 안경테가 검은색으로 바뀌어 있었다.

—어떻게 나랑 똑같냐. 또옥 같아버린다.

종철이 주호의 말을 끊고 목소리를 높였다.

—너나 미은이나 나한텐 오일 같은 사람이야. 자고로 윤활제가 있어야잖아. 차든 뭐든 잡소리 없애는 덴 명상도 좋지만 꼭 오일이 필요하거든.

종철은 헤벌쭉 웃으며 맥주로 입을 헹궜다. 주호가 뭔가를 새롭게 깨달은 듯 만족스러운 표정으로 고개를 끄덕였다. 미은은 하이볼 잔에 성글게 맺힌 물방울을 만지작거리다 손을 멈췄다.

—그러네. 향수도 오일이 꼭 필요하지.

오일은 향수에서도 빼놓을 수 없는 재료였다. "잠깐잠깐." 종철이 휴대폰을 귀에 대고 검지를 입술에 갖다 댔다. 아이처럼 벙글거리던 얼굴이 진지해지더니, 다시 환한 표정으로 돌아왔다.

—아니, 울 엄마는 생일 축하한다더니 바로 일감을 주시네, 우물 메우기로 했나 본데, 주말에 오라신다. 형 어쩌요?

—가야지. 근데 샘은 왜 메우실까…

주호가 입속말처럼 중얼거렸다.

—당연히 가야지, 나도 보고 싶기도 하네…

미은은 종철을 향해 말했다. 종철은 미은의 말을 자르고 입을 열었다.

—미은아 거시기… 난 진짜 불안해 못 살겠다니까, 그놈

의 차 말이여, 그냥 딱 눈 감고 없애버려.

또 엣셈 얘기였다.

―아 왜 또 난리야. 내 눈엔 더 좋은 차가 없던걸.

―하… 니 고집 참 세네. 할부로 사겠다야. 똥차 수리비가 얼만데. 그거 이십 년은 됐냐? 안 됐으면 또 어떠냐. 내가 그런 차는 보질 못했다니까. 거짓말 같냐?

―…오래 탔긴 했네.

분위기가 묘하게 돌아갔다. 주호의 취기 어린 목소리가 하이볼 잔에 스멀스멀 녹아들었다. 미은은 말없이 엣셈의 자그마한 열쇠를 만지작거렸다. 종철이 뭔가 더 떠들어 댔지만, 미은은 굳은 얼굴로 앞만 응시했다. 그제야 주호가 나섰다.

―그만하고 아, 술이나 마시자. 미은아 케이크 좀 먹을래? 사이다는 어때?

주호는 말끝을 흐리며 카운터 쪽을 돌아보았다.

―브레이크나 좀 잡아줘.

미은은 내일 고향 가는 장거리 운전이 신경 쓰였다. 운행 중 시동이 꺼지는 것도 문제지만 이따금 제동 장치가 말썽이었다. 전에 아버지는 중환자실에서 산소 호흡기에 의존한 채, 간헐적으로 의식을 되찾곤 했다. 그런데도 병원 측은 퇴원을 종용했다. 더는 해줄 수 있는 조치가 없으니, 집으로 돌려보내라는 것이었다. 스스로 몸도 가누지 못하는 걸 빤히 알면서도 그들은 떠나기를 원했다. 미은은 종철이 엣셈을 들먹일 때마다 병원 측 사람들과 닮았다고 생각했다. 다음 날 아침, 다시 종철을 찾아갔다. 종철은 지저분한 작업대 위에 엣셈을 올려두고 브레이크 장치를 살펴보았다. 바퀴 사이에 누워 무언가를 조이고, 마찰이 심한 부위에는 윤활제를 발랐다. 그의 작업복과 장갑은 기름때와 먼지로 점점 더 얼룩져갔다.

―브레이크 패드는 멀쩡하구만, 또 그러면 다시 보자.

타이어 공기압까지 점검한 뒤, 종철은 담배를 물었다.

―슬슬 가, 손님 차 좀 봐주고 나도 금방 갈게.

일요일임에도 단골의 부탁을 뿌리치지 못한 것이었다. 엣셈은 평평한 도로를 무난하게 달렸다. 브레이크, 브레이크. 미은은 발끝의 감각에 신경을 곤두세웠다. 그러고 보니 출발한 지 삼십 분이 지났는데도 주호는 아무 말이 없었다. 미은은 주호가 말이 없는 이유가 어젯밤 과음 때문이거나 명상센터 관련 골치 아픈 일 중 하나일 거라고 짐작했다. 어느 쪽이든 자신이 해결해줄 수 있는 일은 아니었다. 그녀는 이따금 히터 세기를 낮췄다 올리며, 부드럽고 달콤한 향으로는 어떤 조합이 좋을지 머릿속을 되짚었다. 생각의 바다를 헤엄치는 동안에도 엣셈은 잘 달렸다. 요철을 넘을 때마다 주호의 몸이 흔들렸다.

―늦었겠지? 이제 와서 뭐라고 해 봐야 눈총만 살 거고.

주호는 가슴께에 접은 제 왼팔 위로 오른팔을 얹어 팔짱을 꼈다.

―뭐? 샘 말이야? 당연하지. 근데 왜, 오빠.

―너도 기억나지. 그날 나 진짜 죽을 뻔했잖아. 작대기 갖고 장난치다가… 아직 있을까? 어떻게 변했는지 궁금하네.

미은이 초등학교 3학년, 주호는 5학년이던 겨울방학이었다. 설날을 앞두고 엄마는 생선 꾸러미를 미은의 손에 들려주었다. 윗골목 고모네에 다녀오라는 심부름이었다. 미은은 꾸러미를 달랑달랑 흔들며 실개천 둑길을 걸었다. 주호는 고모집 앞에서 마주쳤다. 자세히 보니 작대기로 돌멩이를 하나씩 둑 아래로 튕기고 있었다. 미은이 다가가자, 주호는 땅 소리가 나게 작대기를 세워 잡고는 물었다. "어디 가?" "비켜 고모집 간다, 왜." 미은은 팬 땅을 흘겨보며 톡 쏘았다. "야, 미은아, 저 저기 가 보자. 이 이거 일루 줘. 들어줄게." 비쩍 마른 주호가 말을 더듬었다. 고모집에서 나오는 미은을 보고 조르르 다가와 꾸러미를 거의 빼앗듯 들고는 우물터 쪽으로 걸어갔다. 사실 미은도 우물이 궁금했었다. 몇 번인가 그곳을 지나쳤지만, 금줄 앞에서 돌아서기 일쑤였다. 우물터는 오래전부터 낡은 금줄로 가로막혀 있었고, 나무 뚜껑에 덮인 채 사계절 내내 음산한 기운이 감돌았다. 주호는 상자를 금줄 아래 내려놓고, 폴딱 줄을 넘었다. 미은도 그를 따라 넘었다. 발을 옮길 때마다 낙엽이 으스러지는 소리가 땅 밑에서 울려 나오는 듯했다. 가슴이 콩닥거렸다.

마을에 상수도가 들어오면서 우물은 사람들의 일상에서 멀어졌다. 미은은 인부들이 상수도 공사를 하느라 마을이 시끌벅적했던 풍경을 어렴풋이 기억했다. 편리한 생활에 익숙해지면서 사람들은 더 이상 우물을 찾지 않았다. 언젠가 우물이 사나흘 울더니, 귀촌한 젊은 부부가 크게 화상을 입고, 멀쩡하던 아기가 밤새 정신없이 울었다는 소문이 돌았다. 아기를 응급실로 데려갔지만, 원인을 알 수 없는 병으로 지금껏 중환자실에 누워 있다는 이야기였다. 사람들은 쉬쉬했지만, 마을 전체가 알게 모르게 그 얘기를 입에 올렸다. 한때는 고열과 온몸에 두드러기가 나는 전염병이 돌기도 했다. 그 모든 불길한 사건들 뒤엔 어김없이 우물이 거론되었다. 마을 회의에서는 우물의 존폐를 두고 격론이 벌어졌다. '메꿔야 해, 흉물스럽고 위험해.', '아니야, 보존해야지, 생명의 젖줄이잖아.' 의견은 팽팽하게 맞섰지만, 결국 결론은 나지 않았다. 지금은 누구도 우물에 대해 말하지 않았다. 관심에서 멀어진 것인지, 애써 외면하는 것인지, 그저 우물은 시간 속에 묻혀 있는 듯했다.

주호는 무작정 우물 뚜껑을 들썩였다. '여기 여기.'하며 미은을 불렀다. 난데없이 한바탕 사나운 바람이 휘몰아치다 뚝 멎었다. 둘이서 무겁고 낡은 나무 덮개를 바닥에 내려놓고 검회색 난간에 붙어 섰다. 상체를 숙이자 이끼 냄새가 확 코에 스몄다. 이슬과 흙 내음이 섞인 듯 야릇하고 축축한 향이었다. 숨소리가 '솨악, 솨악.' 귀에 감겼다. '아-' 하고 외치니, '아-아-'하고 메아리가 되돌아왔다. 주호는 작대기를 좁고 깊은 우물 안으로 조심스레 늘어뜨렸다. 미은이 날카롭게 쏘아보며 '그거 넣으려고 온 거야?' '너는 맨날 왜 그러냐.' 주호가 투덜거리며 작대기를 휘둘렀다. 몇 번이나 축축한 벽을 툭툭 치더니 홱 던져버렸다. 미은은 고개를 숙이고 한참 눈을 깜박였다. 그제야 희미한 물빛이 우물 바닥에서 어른거렸다. 주호는 난간에 걸린 밧줄을 끌어올리기 시작했다. 잠시 뒤, 원통 모양의 두레박이 밧줄 끝에 매달려 모습을 드러냈다. 목이 말랐는지 주호는 바닥에 고인 물을 벌컥 들이켰다. 그러곤 '아나.'하고 선심 쓰듯 두레박을 내밀었다. '오빠나 실컷 마셔. 추워 죽겠는데.' 미은은 고개를 틀고 코맹맹이 소리로 퉁명스럽게 쏘았다. '봐 봐라. 하나 떠 볼 테야.' 주호는 밧줄을 단단히 움켜쥐고 보란 듯 우물 속으로 두레박을 던졌다. 밧줄이 추르륵 소리를 내며 어둠 속으로 흘러내렸다. 하고많은 날 작대기로 돌멩이나 치던 주호가 그 순간만큼은 왠지 멋져 보였다. '오빠아 진짜루 잘한다아.' 미은은 기대에 부풀어 가슴이 떨렸다. 텀벙. 청아한 물소리가 귀에 박혔다. 주호는 가슴 높이의 난간에 까치발로 서서, 팔을 늘어뜨리고 상체를 깊이 숙였다. 밧줄을 올렸다 내렸다, 좌우로 돌리고 흔들며 안간힘을 썼다. 미은도 두레박의 완강한 버팀에 못마땅한 눈초리로 쏘아보았다. 주호의 몸은 점점 더 우물 속으로 기울었고, 얼굴은 빨갛게 상기됐다. 힘이 벅찬지 허리를 펴고 크게 숨을 내쉬었다. 그러곤 밧줄을 놓고 씩씩대며 작대기를 다시 집어 들었다. 미은은 이번엔 말리지 않았다. 주호는 검푸른 벽을 작대기로 두드리기 시작했다. '처-엉-처-엉-' 금속성의 울림이 어스름한 하늘로 길게 번져갔다. 또 한바탕 세찬 바람이 불었다. 우물은 '웅-웅-' 소리를 냈다. 주호는 작대기질을 멈추지 않았다. 그러던 어느 순간 '악!'하고 비명을 질렀다. 엉덩이가 난간을 넘으려는 찰나였다. 그때 미은은 어떤 초능력이 발휘되었을 것이다. 거의 동시에 주호의 코르텐 바지를 확 잡아챘다. 주호는 빈손으로 겁에 질린 채였다. 미은이 얼어붙은 듯한 주호를 있는 힘껏 끌어당겼다. 주호는 미은 위로, 아니 낙엽 위로 벌러덩 나자빠졌다. 겁에 질린 눈으로 허공 어딘가를 멍하니 쳐다보았다. 미은도 놀란 건 마찬가지였다. 둘은 말없이 도망치듯 그 자리를 빠져나왔다. 그날을 회상하는 주호의 낮은 목소리가 잔물결처럼 번져갔다.

두 시의 햇살이 마을 어귀까지 그득하게 비쳐들었다. 기온은 영상이라지만, 피부에 와 닿는 공기는 여전히 겨울의 기운을 품고 있었다. 미은은 주호와 함께 읍내에 들러 간식

거리와 목장갑을 구입하느라 도착이 늦었다. 마을에 들어서자 종철이 뛰어왔다. 트렁크에서 휠체어를 내려주며 쏘듯 말했다.

–난 또 무슨 일 있는 줄 알았잖아. 괜찮냐?

꾸짖는 듯한 말끝에 잠시 안도감이 스쳤다. 우물터에는 칠십 대의 노인 세 분이 작업복 차림으로 나와 있었다. 그중 키가 크고 이목구비가 뚜렷한 분이 종철의 부친이었다.

–종철아 해 지기 전에 싹 끝내버리자. 느그들 올라가면 언제 또 오겠냐, 할 때 기냥 제대로 해 놔야지. 방금 갰다, 금방 할 거다.

종철은 시멘트 반죽을 끝낸 아버지에게서 삽을 받아들었다.

–그럼은요, 아버지. 지금부턴 우리가 할 테니까 가만 계세요.

–그려! 이것만 메꿔도 동네가 개안하것다. 진작 해야 했는데…

종철의 부친은 손바닥을 털며 뒤로 물러섰다.

–저, 아버님. 꼭 없애야 합니까? 우리 마을 명물인 것 같은데.

주호가 조심스레 여쭈었다.

–몇 명 되지도 않는 동네가 저 흉물 때문에 수십 년을 시끌시끌했어. 저게 울어싸서 젊은 부부가 다친 것이야. 아

기 울음소리 좀 듣나 싶었는데 딱 저것 때문에 일이 난 거 아니라고. 잘 넘어가다도 그 소리만 나면 꼭 탈이 나.

주호는 말문이 막혔다. 미은은 주호와 종철의 부친을 번갈아 바라보았다.

—아, 예…

주호가 머뭇거리며 말끝을 흐렸다.

목장갑을 낀 종철이 해머를 들고 다가섰다. 그때 반백의 노인이 저벅저벅 걸어왔다.

—어허, 그건 해 본 사람이 해야 써. 일로 줘.

노인은 종철에게서 묵직한 연장을 건네받았다. 손에 쥔 모습이 오랜 세월의 습관처럼 자연스러웠다. 종철은 곧 덮개를 들어냈다.

—앗, 어르신 잠깐만요.

주호가 휠체어를 난간 가까이 붙였다. 미은도 그의 옆에 서서 난간을 짚었다. 수심이 이렇게 얕았던가. 미은은 내심 놀랐다. 손에 닿을 듯 가까운 물에서 이끼 냄새와 젖은 나무 향이 훅 끼쳐왔다. 주호는 침착하게 우물 안을 살폈다. 그 속에는 검게 변한 나뭇가지와 빛이 바랜 건빵 봉지 하나가 떠 있었다. 주호의 표정은 진지했다.

—비켜 보소. 얼른 하세, 군기 전에 끝내야지.

미은은 뒤로 물러났다. 둥그런 우물 난간에 해머가 닿는 족족 검회색 벽은 조각나 사방으로 튀었다. 주호도 미은 옆으로 몸을 피했다. 조각들은 연달아 우물 안으로 떨어졌다. 타각-, 텀벙-, 물소리와 마찰음이 뒤섞여 퍼졌다. 그 짧은 순간, 우물은 순식간에 파편으로 뒤덮였다. 종철은 자갈을 덮어 빈틈을 메우고, 그 위에 회반죽을 고르게 펴 발랐다.

–이제 됐어. 그놈의 소리가 또 날까. 나도 인자 오늘부턴 다리 좀 뻗고 자겠구만.

노인은 연장을 내려두고 입구에 다시 금줄을 쳤다. 긴 세월을 품었던 우물은 그렇게 물거품처럼 사라졌다.

엣셈이 마을을 빠져나오자, 주호가 입을 열었다.

–너도 들었지? 막대 부러진 소리…

–뭐라고? 막대가 부러졌다고? 오빠도 봤잖아. 아무것도 없는 거.

상상한 걸까. 조각이 물속으로 떨어진 소리를 착각한 걸까. 하지만, 주호는 분명히 들었다고 우겼다. 미은이 고개를 저었다.

–넌 왜 내 말을 못 믿냐, 고집 좀 그만 피워.

–내가 언제 고집을 부렸고, 뭘 안 믿었단 거야?

미은은 따졌지만, 마음 한편으로는 그 순간을 되짚고 있었다. 정말 소리가 났었나? 내가 놓친 건 아닐까?

– 내가 들었으니까 들었다 하지, 뭣 때문에 거짓말하겠냐. 넌 어디다 정신을 팔고 있었냐.

주호는 계속해서 화를 냈다. 미은은 더 이상 대꾸하지

않았다. 말없이 운전대만 꼭 움켜쥐었다. 일요일 저녁, 한산한 도로 위에서 두 사람은 처음으로 다퉜다. 미은은 전조등이 갑자기 흐리게 느껴졌다. 터널에 진입하며 상향등을 켰지만, 시야는 별반 나아지지 않았다. 엣셈은 규정 속도를 지키며 묵묵히 나아갔다. 이따금 과속 차량이 요란하게 앞질러 지나갔다. 그럴 때마다 미은은 머리끝이 쭈뼛 곤두섰다. 트렁크에서는 휠체어와 향료병들이 덜그럭댔다.

석양이 질 무렵, 동광주요금소에 도착했다. 미은은 브레이크를 밟아 속도를 줄였다. 시속 10킬로 아래로 떨어지더니, 브레이크가 걸리지 않았다. 발에 힘을 줘도 드르륵, 미끄러졌다. 미은은 당황했다. 마음을 가다듬고 다시, 있는 힘껏 브레이크 페달을 밟았다. 엣셈은 간신히 요금소 앞에서 멈춰 섰다. 그와 동시에 시동이 꺼졌다. 정산요원이 상체를 내밀고 팔을 흔들었다. 도로변으로 차를 옮기라는 손짓이었다. 엣셈 뒤로 차량들이 늘어서기 시작했다. 주호는 종철에게 전화를 걸어 상황을 설명했다. 미은은 액셀러레이터와 브레이크를 번갈아 밟으며 시동을 걸었다. 좀처럼 반응하지 않았다. 아버지가 위급하다는 소식을 알리면 동생들은 임종을 지키려 급히 찾아오곤 했었는데, 왜 하필 이 순간에 그런 생각이 났는지 미은도 알 수 없었다. 숨이 멎은 듯하던 아버지는 모두가 자리에 앉으면 눈을 떠 한 사람씩 바라보았다. 동생들은 차례로 손을 잡고 '사랑해요.'하고 조용히 말을 건넸다. 그러고는 제자리로 돌아갔다. 미은은 그날처럼 간절한 심정으로 다시 열쇠를 돌렸다. 그러자 엣셈이, 아무 일 없었다는 듯 천연덕스럽게 깨어났다.

　-미은아 안 되겠는걸.

　종철이 엣셈을 놓고 뭐라 말을 꺼내려 했지만, 주호는 고개를 숙이고 그의 시선을 피했다.

　-이제 괜찮을 거야.

　미은은 섭섭했다. 엣셈의 스피커에서 맑은 기타 선율이 흘러나왔다. 주호는 미은의 마음을 이해했다. 돌이켜 보면, 엣셈은 그에게 단순한 이동 수단일 뿐이었다. 운동복과 운동화와 이온 음료가 뒹굴고, 수업을 마친 학생들이 땀에 젖은 몸을 기대 앉았던, 그저 생활을 유지하는 데 필요한 도구였다. 시큼한 냄새는 깊이 배어 세차를 거듭해도 남아 있었다. 하지만, 미은은 달랐다. 그녀는 엣셈을 자기 몸처럼 아꼈다. 때가 묻지 않도록 늘 정돈했고, 나쁜 냄새 대신 향긋한 향이 차 안을 감쌌다. 룸미러에는 늘 초록빛 리본이 묶인 유리병이 달려 반짝였다. 오일이 얼룩진 옷을 입고 다니는 자신과는 대조적이었다.

　종철에게 들러 햇살이 주택가 옥상에 걸릴 즈음에야 주호 집에 도착했다. 브레이크를 밟는데 또 차가 밀렸다.

　-낼 다시 종철이한테 가서 꼼꼼하게 점검해 봐.

　주호는 휠체어에 앉아 손을 흔들며 석양을 좇아 나서는

사람처럼 골목길 너머로 천천히 멀어졌다. 칼국수라도 같이 먹을걸. 미은은 문득 아쉬움이 밀려왔다. 위로 한마디 건네지 못한 마음 한구석에 땅거미처럼 어둠이 내려앉았다. 몸살이 나려는지 몸이 묵직하고 침을 삼킬 때마다 목이 따끔거렸다. 집으로 갈까, '로맨시앙'을 들를까. 미은은 잠시 갈팡질팡했다. 일을 앞두고 잠이 올 것 같지 않았다. 휴식은 언제쯤 가능할까. 매일 아침 눈을 뜰 때마다, 진정한 쉼을 갈망했다. 잡생각에 빠진 채 유턴 지점에 다다랐고 바로 핸들을 꺾었다.

'쿠웅, 끼이익─' 귀를 찢는 소리가 고막을 때렸다. 상체가 앞으로 튕기듯 나갔고, 이마는 유리창을 찍었다. 어깨는 등받이와 상부 받침대를 강하게 들이받았다. 눈을 떴을 땐, 운전석 앞 엔진룸에서 연기가 뭉텅뭉텅 피어오르고 있었다. 운전석 앞, 보닛 상단 반쪽이 일그러져 있었고, 앞머리는 인도 쪽으로 완전히 틀어진 채 멈춰 있었다. 30미터쯤 앞, 엣셈을 들이받은 택시도 비슷한 상태로 연기를 내뿜고 있었다. 미은은 혼이 나간 사람처럼 멍했다. 온몸이 후들거리면서 눈앞이 캄캄했다. 주호가 가던 길을 되돌아왔다.

앰뷸런스와 경찰차가 거의 동시에 도착했다. 사람들은 엣셈과 택시, 그리고 미은 사이를 오가며 분주히 움직였다. 미은은 셔츠 단추가 풀어진 것도, 머리칼이 헝클어진 줄도 모른 채 그 자리에 주저앉아 멍하니 엣셈을 바라보았다. 누군가 다가와 딱딱한 의료 기구를 그녀의 목에 고정시켰다. 그제야 오른쪽 정강이에서 쿡쿡 쑤시는 통증이 느껴졌다.

주호는 곁으로 다가와 다급하게 물었다. "XX손해보험? XX화재? XX해상? 어디야, 네 보험회사?" 미은은 혀가 굳어 "디, 디…"하며 말을 더듬었다.

"그래, 그래. 알았어." 주호가 고개를 끄덕이며 곧 해당 보험회사에 전화를 걸었다. 그리고 이어 종철에게도 연락을 취했다.

사고 현장을 둘러본 경찰이 노트를 꺼내 생년월일과 주소를 묻자, 미은의 혀는 아예 굳어 발음을 할 수 없었다.

그녀는 앰뷸런스에 실려 사고 현장을 조용히 빠져나왔다. 주호는 보호자를 자처해 곁을 지키며, 구조대원의 물음에 빠짐없이 답했다.

시동이 자주 꺼지고 삐걱대던 엣셈은 오랜 연인처럼 미은에게 익숙하고 편한 존재였다. 택시를 용서할 수 있을까. 엣셈이 다시 사고 전의 모습으로 돌아온다면 그때는 용서할 수 있을까. 미은은 실려가는 중에도 그런 생각들로 우울하고 혼란스러웠다. 무엇보다 혼자 도망치듯 빠져나온 게 마음에 걸렸다. 이래도 되는 걸까.

병원에 도착하자 주호는 접수 절차를 밟았다. 의료진의 잦은 질문에도 침착하게 응대했다.

미은은 하루가 꼬박 지나서야 혀가 풀렸다. 종철과 주

호는 사고 후 일주일 동안 빠짐없이 병원을 찾았다. 마지막 날, 엣셈이 공업사에 있다는 종철의 말에 미은은 그제야 안도했다. 깁스만 하지 않았다면 한달음에 달려갔을 것이다.

오후에는 주로 경찰의 전화를 받았다. 그들은 매일 같은 질문을 반복했다. 보험회사 직원은 단 한 번 병원에 들렀다. 수트를 차려입은 남자는 사고 당시의 상황을 세세히 메모해 갔다.

교육원을 함께 쓰는 후배는 조용했다. 그녀의 성품대로라면 지금도 살뜰하게 잘 운영하고 있을 것이다.

보름이 지나 한방병원으로 옮겼다. 침과 도수 치료를 받으며 두 달째 한약에 의지하는 동안, 병문안 오는 이들의 옷차림이 점점 밝아졌다. 주호는 직접 도구를 써서 녹음한 명상 음악을 보내왔다. 맑고 은은한 선율에 귀를 기울이다 보면 마음이 한결 느긋해지고 편안해졌다. '더—엉—' 하고 울리는 싱잉볼의 소리가 울적한 마음을 조금씩 지워주었다. 엣셈이 부딪히던 날카로운 파열음도 서서히 뭉그러져 사라졌다.

문득, 사고가 난 게 우물을 메운 탓은 아닐까. 그런 생각이 불현듯 찾아들곤 했다. 비가 내리고, 쉽게 잠들 수 없는 밤이면 망가진 엣셈의 모습이 아른거렸다.

—…엣셈, 어떻게 됐어?

그날 밤 미은은 종철에게 전화를 걸었다.

−자리만 차지하고 있으니까 불편하다. 참말로.

−아직 안 고쳤어?

−왐마, 뭐라 했냐, 저거 고철 돼버렸어야, 아이고, 야…

미은은 허탈했다. 마음 한구석이 울컥 치밀어 아무 말 없이 전화를 끊었다. 종철이 다시 전화를 걸어오지 않아 다행이었다. 고치지 못한다니. 엣셈이 이제 돌아오지 못한다니. 미은은 침대에 쓰러져 죽은 듯 꼼짝하지 않았다. 밤은 길고, 더없이 길었다. 다음 날 아침, 배식 아주머니가 조식 쟁반을 두고 갔다. 음식이 식어가도 미은은 일어나지 않았다. 그때, 종철에게서 문자가 들어왔다. '폐차 대신 한다잉. 짐은 다 꺼내 놨다. 견인차 금방 올 거여. 처리비는 계좌로 보내라 할게, 계좌 찍어 놔.' 미은은 벌떡 일어나, 종철에게 전화를 했다.

−못 고친다고? 내가 직접 볼게.

−뭣 하러 와야. 날씨도 안 좋구만, 짐은 싹 박스에 담아 놨어야.

−무슨 폐차야. 고쳐 봐야지.

미은은 당황한 나머지 목소리를 높였다. 환자복을 벗어 던지고, 외출복으로 갈아입었다. 주호에게 '엣셈 보러 가자.'고 짧게 톡을 남기고 병원 앞에서 택시에 올랐다. 택시는 먼지 하나 없이 말끔했다. 엣셈도 늘 그랬다. 실내에 은근한 풀내음이 감돌았다. 신선초 같은, 한 번도 써 본 적 없는 향이었다. 미은은 생각했다. 향기는 거리를 두어야 비로소 아름다워진다고. 아무리 좋은 향일지라도 너무 가까우면 숨이 막히고 피로를 가져올 뿐이라고. 그것이 그녀의 오랜 지론이었다. 창문을 내리자 풋풋한 바람이 뺨을 씻기듯 스쳤다. 벚꽃과 간밤에 비에 젖은 나무껍질 냄새가 뒤섞여 있었다. 미은은 엣셈의 향기만을 골라 맡으려 눈을 감았다.

엣셈은 공업사 측면 담벼락에 웅크린 채, 아버지가 마지막 숨을 놓을 때처럼 멀거니 하늘을 올려다보고 있었다. 보닛은 너덜너덜한 링거 줄이 늘어진 것처럼 어수선했다. 운전석 문고리를 잡아당기자, 문은 헐겁게 열렸다. 좌석과 대시보드는 희뿌연 먼지로 뿌옛다. 미은은 목발을 세워 두고 운전석에 올라탔다. 엣셈은 여전히 몸에 꼭 맞았다. 지금도 달릴 수 있을 텐데…. 종철이 수리를 거부하는 모습은, 스스로 몸을 가누지 못해도 퇴원을 종용하던 병원 의료진과 다를 바 없이 느껴졌다. 어느새 다가온 종철이 목발 옆에 서서 담배를 꺼내 물었다. 조수석에 무심히 버려진 열쇠가 눈에 들어왔다. 벚꽃이 담배 연기를 가로질러 미은의 무릎 위로 내려앉았다.

엣셈은 처음으로 긴 시간을 누워 있었다. 몇 줌의 숨을 고르는 환자의 마지막 순간처럼 고요했다. 꽃잎이 바람결에 흩어졌다. 눈이 시릴만큼 찬란한 봄날, 이별 앞에 선 자신이 한없이 작게 느껴졌다.

시향에 방해가 된다는 이유로 꽃놀이 한 번 가지 못했던 지난 시간들. 늘 친구들과 어울리면서도 정작 아버지와는 단 한 번의 여행도 떠나지 못했던 게으름과 회피. 그 아쉬움과 회한이 밀려왔다.

미은은 콘솔박스를 여닫고, 등받이와 해어진 좌석을 어루만졌다. 퍼석한 가죽이 손바닥에 거칠게 닿았다. 고요히 숨 쉬던 아버지의 메마른 손등처럼 서늘하고 건조했다. 핸드브레이크와 엔진브레이크마저 묵직했다. 잠시 정적이 흘렀다. 엣셈은 희미한 우디향 속에서 물끄러미 미은을 바라보았다.

미은은 최근 블렌딩한 향, '리본'을 꺼냈다. 일주일 전, 병실에 누워 싱잉볼 음원을 들으며 기운을 추스르던 날, '로맨시앙'에 나가 만들었던 향이었다. 중성적인 기조를 바탕으로 우디 계열의 향을 섞었다. 어렵게 구한 천연 향료와 부재료를 테이블 위에 늘어놓고, 이끼와 흙의 비율을 조율하다가 흙의 양을 이십 퍼센트로 맞췄다. 엣셈을 떠올리며 마지막 남은 향료를 덜었다. 묵직한 우디가 베이스노트로 향의 바닥을 받쳤다. 그 위로 이끼와 이슬이 번지고, 흙과 풀꽃은 미들노트의 결을 폈다. 미은은 에탄올에 향을 조금씩 풀어 넣으며 한 방울, 한 방울 그 미세한 결을 좇았다. 물 한 모금, 화장실 가는 일조차 잊은 채 섬세한 향의 길목을 지켰다. 백단과 이슬, 이끼와 흙…, 풀꽃의 내음이 겹겹이 어우러졌다. 세포 하나하나가 곤두서고, 입안은 타들 듯 메말랐다.

미은은 '리본'을 열었다. 긁힌 핸들과 해어진 운전석을 지나 뒷좌석과 계기판까지 향을 발랐다. 주호가 도착해 있었다. 미은은 그에게 향을 건넸다. 그는 찌그러진 보닛과 엔진, 바퀴까지 향을 입혔다. 정성이 묻은 손길이었다. 엣셈은 다시 처음처럼 단아해졌다.

은은하고 크리미한 천연 향이 미은과 주호 그리고 엣셈을 하나로 감쌌다. 탑노트에선 샌달우드와 이끼가, 하트 노트에선 베르가못과 로즈와 시트러스가 피어올랐다. 흙과 풀꽃 향의 분자가 미들노트로 번지며 향은 깊어졌다. 엣셈은 더없이 순했다.

미은은 생각했다. 겨울 언덕, 가을 모래밭, 여름 복숭아밭, 봄날의 호숫가. 저마다의 결을 품은 바람들. 엣셈과 함께한 시간은 이제 추억이 되어가고 있었다.

엣셈은 자연 속에서 가장 빛났다. 아니, 그대로 자연이었다. 향기도 그러하다고, 엣셈이 속삭이는 듯했다. 미은은 운전석에 앉았다. 주호가 조수석에 올랐다. 흠집 난 열쇠가 손안에서 따뜻했다. 오래된 감촉이었다. 은빛 틈새에 키를 밀어 넣었다. 엣셈은 완벽했다.

미은은 눈을 감고 향을 깊게 들이마셨다. 익숙한 감각에 이끌려 열쇠를 돌렸다. 트르륵—

다
완

포장 비닐을 벗기고 흙을 덜어냈다. 은근한 서늘함이 손
끝에 스며들었다. 흙 한 줌을 도판 위에 놓고 손을 맞쥐어
온기를 모았다. 물을 더해 누르고 굴리고, 반으로 접어가며
천천히 반죽했다. 계절과 어울리지 않게 흙은 차가웠다. 얼
얼한 손은 흙에 찰기가 돌자 이내 따뜻해졌다. 잘 해낼 수
있을까. 잠시 불안이 일었다. 부드러워진 흙이 손가락 사이
로 미끄러질 때마다 미세한 전율이 몸을 훑었다. 밀면 늘어
나고, 굴리면 새알처럼 뭉쳐졌다. 흙과의 첫 만남, 공방을
찾은 첫날이었다.

처음 공방을 찾은 건 여름의 끝자락이었다. 여고 시절부터 지금까지 인연을 이어온 금이를 찾아갔다. 가까운 친구였지만, 금이는 공방만큼은 선을 그었다. 스스로 절친이라 말하면서도 아무 때나 찾아오는 일은 달가워하지 않았다. 그 마음을 알기에 괜히 불편한 존재로 남고 싶지 않았다. 그래도 얼마 전, 평범한 통화 끝에 어렵게 허락을 받아 그곳에서 차를 나눴다. 차가 몇 순배 돌고 공방을 한 바퀴 둘러본 뒤에야 나는 용건을 꺼냈다.

"나도 만들 수 있을까, 찻사발…"

조심스레 말을 꺼내며, 체험이든 본 강좌든 자리를 내어 달라고 부탁했다. 금이는 찻잔을 내려놓고 잠시 나를 바라보았다.

"어디에 쓰려고 그래?"

그 눈빛에는 '너 갑자기 왜 그래. 네가 그런 걸 만든다고?' 하는 옅은 미소가 어렸다.

"아버지가 아프셔… 선물하려고."

나는 진열장의 다기를 바라보며 금이의 말을 기다렸다. 금이는 조곤조곤 말했다.

"다들 착각하는데 영화처럼 그렇게 우아하고 멋진 예술이 아니거든. 완전 골병 들어." 예상치 못한 말이 돌아왔다. 역시 금이 다웠다.

"상관없어. 내가 무슨 폼을 잡겠어. 그럴 생각은 없어. 아버지 드릴 것 하나면 돼. 너만 괜찮다면. 근데 손재주 없어도 할 수 있을까?"

나는 달가워하지 않는 듯한 금이가 마음에 걸렸지만 밀어부쳤다.

"맘만 먹으면 뭐든 만들 수야 있겠지."

여전히 시큰둥한 목소리였다. 하지만 그렇게라도 말해주니 한편 마음이 놓였다. 금이의 흰 잔에 차를 따르며 아버지의 보물 3호의 디테일을 늘어놓았다. 금이가 잔을 감싼 채 몸을 앞으로 기울였다. 고개를 끄덕이는 금이는 잠시 생각에 잠긴 듯했다. 나는 한 모금의 차로 입을 적셨다.

금이는 공방을 오픈하고 운영하기까지의 과정을 이야기했다. 전문대를 다니면서부터 지역 명인으로 불리는 도예가에게 개인지도를 받았다. 그의 도움이 아니었다면 힘들었을 거라며 잠시 힘들었던 기억이 떠오르는지 우울한 기색이 스쳤다. 묻지도 않는데 전국 규모의 도예작품 경연대회에서 여태껏 입상하지 못해 괴롭고 힘들다고 털어놓았다. 그러곤 분위기를 바꿔 수상자들 못지않은 대작도 여럿 있다고 은근한 자부심을 드러냈다. 나는 웃는 금이를 바라보며 고개를 끄덕였다.

금이는 거친 손으로 휴대폰을 들었다. 생소한 도구들을 액정에 띄워서 하나하나 보여주었다. 나는 그 자리에서 인터넷 쇼핑몰을 열었다. 금이가 짚어 준 가성비 좋다는 도구들을 모두 장바구니에 담고 일괄 결제했다.

공방에 나가고 얼마 안 돼 도반들과 커피숍에서 만난 적이 있었다. 금이의 공방을 다닌 데에 유난히 자부심을 가진 도반이 말문을 열었다. 문경 도자기 축제에서 수상한 다른 작가들 작품보다 금이가 만든 도자기 정수기가 훨씬 예술적이라고 열을 올려 말했다. 자신이 심사위원이었다면 단연코 그 작품을 수상작으로 뽑았을 거라며 입술을 삐죽거렸다. 심사위원들 사이에서도 금이의 작품이 수상작에 버금가는 유려한 조형이라는 평가를 하고선 다른 작품을 뽑은 건 절대 이해할 수 없는 처사라고 내처 말한 뒤, 비록 대상은 놓쳤을지언정 창의성과 독창성만큼은 누구보다 앞선다는 평도 들었다고 했다. 도반은 금이의 손길이 닿는 작품에는 뭔가 특별한 분위기가 있다며, 어느 날엔가 폐기하려고 공방에 모아둔 조형물을 가져갔다가 크게 혼이 난 일도 있었다고 갑자기 톤을 낮췄다. 도반들은 두서없는 수다를 이어갔지만, 화제에서 벗어나지 않고 돌고 도는 말들뿐이었다.

내게는 금이가 입상을 한 예술가든 햇병아리 아마추어든 그건 중요하지 않았다. 금이는 그저 나의 오랜 친구로서 서로를 바라봐주는 사이면 되는 것이다. 굳이 다른 친구들과의 차이를 꼽자면, 전통찻집을 찾아다닌다는 것, 갈 때마다 자신이 만든 찻잔을 챙겨간다는 정도였다. 그 외엔 딱히 특별할 것도 없었다.

아버지가 몸살을 앓던 초봄. 날이 풀리면서 나무에 새순이 오르자 나도 몸이 근질근질해 대청소를 시작했다. 쓰지 않는 그릇과 주방 도구들을 정리했다. 이가 나가고 금이 간 다완이 이리 쿡, 저리 쿡, 싱크대에서 늘 걸리적거렸다. 허접한 불순물처럼 눈에 띌 때마다 밉게 밟혀 "넌 이제 흙으로 돌아가 편히 쉬거라." 가볍게 들어 쓰레기 봉지에 던져버렸다. "진즉 버릴걸." 주방을 둘러보니 한결 개운했다. 봄처럼 산뜻하고 환했다.

다음 날 아침이었다. 잠에서 깨어 비몽사몽 물을 따르던 순간, 잠이 확 달아났다. 이가 나간 다완이 물기를 머금은 채 싱크대 선반 한가운데 아무 일도 없었다는 듯 당당하게 자리 잡고 있었다.

"술도 먹고, 차도 먹는 밥그릇을 왜 버려. 저 매꼬롬한 것들은 다 뭐냐, 응? 난 죽을 때까지 뭣이든 여기다 먹을 거다. 들려? 아, 알겠어? 귀가 먹었어?"

언제 나왔는지 아버지가 등 뒤에서 선풍기 바람을 쐬며 고래고래 소리를 질렀다.

출근길에 나는 독립을 결심했다. 배롱꽃보다 더 벌건 얼굴로 역정을 내는 아버지의 모습에 정이 뚝 떨어졌다. 나를 정신 나간 사람 취급하는 옹고집 영감탱이를 이참에 과감히 버려야겠다고 마음을 굳혔다. 갈수록 괴팍해지는 걸 더는 감당할 자신이 없었다. 상황이 더 악화되기 전에 피하는 게 낫겠다는 생각뿐이었다. 나는 눈물을 훔치며 마음을 다잡았다. 오전 내내 괜한 사람들에게 툴툴거렸다. 점심엔 밥도 거른 채 부동산 관련 어플을 깔았다. 월세방은 많았다. 마음만 먹으면 당장이라도 들어갈 방들이 차고 넘쳤다.

하지만 결심은 며칠을 넘기지 못했다.

금이 가고 볼품이 없는 다완의 밥을 깨작거리는 아버지를 보니, 독하게 굳힌 마음이 시나브로 엷어졌다.

통장은 벚꽃이 피자 동네를 누비고 다녔다. 아침부터 옆집과 건넛집에서 싱그러운 웃음꽃이 담장을 넘어왔다.

"형님, 형님, 꽃보다 더 좋은 형님."

통장은 웃음을 머금은 채 대문을 성큼 들어섰다. 모자를 벗어 쥔 까무잡잡한 얼굴엔 봄바람이 함빡 배어 있었다.

"이참엔 한 번 갑시다. 작년에도 형님이 없으니까 썰렁해, 그냥."

"뭐 하러? 난 안 가."

아버지는 미련 없이 잘라 말했다.

통장은 서로 어울려 살아야 하지 않겠느냐며 에둘러 졸

랐다. 아버지는 거듭해서 사양했지만, 통장은 지나는 길이라며 사흘 낮밤을 꼬박 찾아왔다. 아버지는 그 성화에 마지못해 고개를 끄덕였다.

"괜히 간다고 했을까."

그 후로 밥을 뜰 때마다 중얼거렸다. 밥은 찬물 속에 푸르죽죽 잠겨 있었다. 허전함 때문이었을까. 어느 날 아버지가 다완의 차를 후루룩 들이켜는 순간, 그 마음이 어렴풋이 느껴졌다.

하지만 당일 아침, 아버지는 유행이 지난 후줄근한 옷을 들고나와 물었다.

"목화야 이건 어떠냐, 골라 봐라. 색이 바랬네. 그래도 괜찮겠지? 이건 너무 벙벙하지 않냐?"

고른 옷을 입고 매무새를 가다듬으며 집을 나섰다. 오 분이 채 지나지 않아 돌아와서는 현관에 걸린 야구 모자를 털어 썼다. 검버섯 핀 푸석한 얼굴에 오랜만에 봄 햇살이 들었다. 멀찍이서 보니 순박한 얼굴이었다.

나는 꽃망울이 맺히기 시작한 모란에 물을 주고 떨어진 사과 꽃을 쓸었다. 다사로운 햇살과 부드러운 바람결이 가볍게 등을 쓸었다. 마음은 풀어져 나도 몰래 노래를 흥얼거렸다. 한 차례 시원한 바람이 지나자 쓸어모은 꽃잎이 흩어졌다. '어디로 가느냐 봄바람아, 뎅궁 불고 가버리면 사과 꽃이 애닯구나. 어화둥둥 사뿐사뿐, 어서 온나 나랑 놀자

달이 뜨면…' 어제 FM에서 들은 민요 가락에 밑도 끝도 없는 가사를 붙여가며 흥얼흥얼 노래했다.

"아 사발 어딨냐? 사발 엇다 뒀어. 목화야."

아버지가 마루 안에서 빽 소리를 질렀다.

"아이구 깜짝이야. 뭐 사발요? 거기 있잖아요."

나는 싱크대를 향해 손가락을 펴 허공에 대고 찔렀다. 아버지가 냉큼 싱크대 선반을 더듬었다. 급하면 눈이 가린다더니 앞에 두고도 보지 못했다.

"아니, 여기 있잖아. 근데 이걸 왜 찾는데, 안 늦었어요?"

나는 신발을 급히 벗어 던지고 들어서 다완을 집었다. 윤이 도는 말끔한 다완을 내밀자, 아버지는 성급한 손길로 낚아챘다. 그 순간, 다완은 손끝을 야무지게 벗어난 다완이 짝— 소내를 내며 떨어져 두 조각으로 갈라졌다. 아버지는 털썩 주저앉았다. 망연자실한 표정은 반쯤 넋이 나간 듯했다. 엉성하게 쓴 야구 모자가 옆으로 탁, 굴러떨어졌다.

"아니… 아니, 이걸 어째… 이걸 어쩌나…"

말을 잇지 못했다.

'잘 깨졌다 잘 깨졌어. 아, 진즉 깨졌어야지.' 콜드브루가 위장을 훑듯 속이 시원했다. 아버지는 굳은 얼굴로 다완 조각을 주워 들고 방으로 들어갔다. 모자를 밟은 줄도 모르고 걸어갔다. 그러곤 종일 나오지 않았다.

나는 또 오이를 무치고, 멸치를 볶고, 김자반을 놓아 점심상을 차렸다. 먹지 않으면 치우고, 해가 저물면 저녁상을 또 차렸다. 아버지는 저녁 늦게서야 겨우 한술 뜨다 말았다.

그 밤, 아버지가 심한 잠꼬대를 했다. 누군가와 다투듯 진지하게 억울한 사연을 하소연하거나 변명하는 투였다.

"어어흐 끄– 흐읏 차– 아암…"

갑자기 누군가의 말을 신중하게 듣고 있는 듯한 표정이 되었다.

"아빠 뭐라고? 그래, 으응. 뭐? 그래서 어쩐단 거야?"

아버지는 피식 웃음을 흘리더니 이내 외계어 같은 혼잣말을 이었다. 나는 무릎을 꿇고 아버지 옆에 턱을 괴고 붙어 앉았다. 미적지근한 숨결이 볼에 와 닿았다. 그 속엔 흙냄새 같은 익숙함과 유약 같은 낯선 냄새가 섞여 있었다. 팔이 저릿해지면서 다리가 떨려왔다. 아버지는 고개를 옆으로 틀며 한심하다는 표정으로 후– 길게 숨을 뱉었다. 그러곤 깊이를 알 수 없는 잠에 빠져들듯 코를 골았다. 일흔셋, 잠든 아버지의 얼굴. 세월이 깎아 새긴 주름을 가만히 바라보자니 쩌억– 가슴 밑바닥 어딘가에서 낯선 소리가 들려왔다.

아버지는 내가 졸업하기 전부터 공무원이 되길 바랐다.

이유는 단순했다. 팩스를 보내러 주민복지센터에 들렀는데, 새파랗게 어린 직원이 근로 어르신에게 당당하게 서류를 건네며 보내달라 하고, 옆에 있던 사회복무요원을 불러 자잘한 심부름을 시키더란다. 어린 직원이 어르신과 사회복무요원에게 도움을 청하는 그 모습이 무엇이 그리 부러울까 싶었지만, 아버지는 딸도 그런 위치에 있길 바라는 눈치였다. 취업은 막막했고, 대기업 공채는 들쭉날쭉했다.

안정이 보장된 만큼, 공무원의 문턱은 두려울 만큼 높았다. 시험에 떨어지고, 또 떨어지고, 다시 떨어지던 해, 엄마가 세상을 떠났다. 삼촌은 영전에 절을 올리고 아버지 두 손을 꼭 잡았다. 눈가에 맺힌 물기가 채 마르기도 전에, 아무 말 없이 밖으로 나섰다. 나는 주차장 끝, 어둑한 구석에서 담배를 피우고 있는 삼촌을 찾아갔다. 바람이 부는 쪽으로 상복 자락이 사납게 펄럭였다. 검은 옷자락을 여미고 그의 옆에 섰다.

허공으로 흩어지는 담배 연기를 멍하니 바라보았다. 삼촌은 먼 산을 응시한 채 담담히 담배를 피워댔다. 그러다 잠시 주위를 둘러보다가 손끝으로 불씨를 매섭게 끊었다.

"들어가자."

그러곤 느닷없이, "취직 못 했으면 가게 나와서 일 좀 도와라." 하고 말했다. 삼촌의 제안은 갑작스러웠지만, 생각해 보면 나쁠 것도 없었다. 처음엔 잠깐 도와줄 마음이었다.

외국인 노동자를 주고객으로 하는 조그만 잡화 마트였다. 야간 근무를 마친 손님들이 많아 아침부터 점심 전까지 북적였고 그 이후엔 비교적 한가했다. 가끔 억센 손님과 마찰이 생기면 대부분 삼촌이 나서서 해결했다. 말이 잘 통하지 않아도 카운터에 올려진 물건들을 계산하는 일은 어렵지 않았다.

일은 하루하루 쌓여 달이 차고, 한 달 두 달 보내는 사이 몇 해가 훌쩍 지났다. 벌써 팔 년째다. 넉넉하진 않지만 급여는 제때 들어오고, 4대 보험 혜택도 받는다. 그렇게 지내는 동안 공무원의 꿈은 아득히 멀어졌다.

시간이 비면 유튜브를 보거나 영화 사이트에서 영화를 찾아보았다. 삼촌이 가게를 닫을 일은 당분간 없을 것이고, 쫓기는 일도, 쫓아갈 일도 없다. 살면서 어디에 방점을 찍을 것인가가 문제이지 나도 아버지처럼 나만의 퀘렌시아를 찾은 셈이다. 적어도 나를 힘들게 하지 않을 것이다. 마당에도 곧 해먹을 달 생각이다. 안방 앞에 우람하게 자란 사과나무와 우아한 배롱나무가 잘 견뎌줄 것이다. 아버지도 다완을 안고 해먹에 누워 볼 날이 머지않았다. 그날이 오면 사과 향을 맡으며 함께 민요를 불러야겠다.

살림은 대강했다. 설거지와 청소, 세탁도 손쉬운 방법으로 처리했다. 꼼꼼히 들여다볼수록 골치만 아프고 몸이 지쳐, 엄마처럼은 하지 않았다. 그렇게 굳은 버릇이 습관이 되고, 지금은 단단한 루틴이 되었다. 예민해지면 병이 날 것 같은 불안도 있었지만, 무엇보다 '내가 아프면 안 된다.'는 긴장감이 먼저였다.

거의 매일 저녁상을 치운 뒤, 텔레비전 앞의 아버지 곁에 가 앉았다. 아버지는 주로 트로트 프로그램이나 바둑 프로그램을 즐겼다.

트로트 프로그램을 함께 보던 어느 날이었다. 내 또래로 보이는 한 출연자가 슬픈 가사를 빠른 비트에 실어 노래를 했다. 남자 가수는 어깨를 수그리고 눈을 감은 채 진지하게 다리를 떨었다. 아버지가 짧은 신음을 뱉었다. 빈 다완을 들고 멍하니 화면을 바라보는 모습은 마치 넋이 반쯤 나간 사람 같았다.

"저 노래… 가사 좀 적어다오."

"아빠, 멋진데요? 한 백 번 하면 못할 게 뭐 있어요. 한 번 나가 보실래요?"

"어헛, 뭣 하러 저런 델 나가. 지방직 하나 척 붙지도 못한 주제에 날더러 저길 나가라고? 넌 그게 그리도 어렵드냐?"

"아니, 왜 갑자기 분위기를 그렇게 몰고 가요. 여기서 그 얘기를 왜 하는데…" 나는 파르르 받아쳤다.

"내가 틀렸냐? 이 나이에 저길 나가라고? 참나. 나는 아무 데도 안 간다."

아버지는 한숨을 내쉬며 입술을 샐그러뜨렸다.

또 다른 어느 날엔 아마추어 남자 가수 하나가 노래를 부르면서 공중으로 뛰어올라 발차기를 했다.

"우하하하— 뭐대 저거. 와— 기가 막히네!"

거의 불가사의한 연출이었다.

삼촌 전화를 받고 돌아오니 화면은 이미 바뀌어 있었다. 아버지는 인상을 쓰며 채널을 돌려댔다.

"차나 한 사발 마실까?"

목이 타는 듯 탁한 목소리였다.

화면이 현란하게 바뀌다가 난민촌 아이들이 음식을 만드는 장면에서 채널은 멈췄다.

다완을 내려 말차 한 스푼을 덜었다. 따뜻한 물에 풀려 차 빛은 깊어지면서 풋풋한 향내를 풍겼다.

"자요. 여깄어요."

아버지는 텔레비전 화면에 시선을 고정한 채 손을 내밀었다. 나는 건성으로 차를 건네며 그 눈길을 따라갔다. 울타리는커녕 벽조차 없는 난민촌 흙집에 두 사내아이가 앉아 있었다. 화덕 위의 질그릇 속에선 음식이 끓었다. 리포터는 그 나라 사람들의 삶의 방식과 아이들의 처지를 전했다. 열한 살, 일곱 살 형제는 이웃 농사를 거들고 받은 곡식으로 삶을 유지했다. 큰아이가 곡식을 짊어지고 맨발로 흙길을 걸어 시장을 오갔다. 아이들의 다리 사이로 파리가 들락거렸다. 화덕에서 연기가 피어오른 가운데 형은 주걱을 쉴 새 없이 저었다. 동생의 얼굴엔 초조한 빛이 떠 올랐다. 어느 순간, 죽도 밥도 아니게 뭉쳐진 덩어리를 떼어 동생 앞에 내밀었다. 동생이 한입에 떼어 넣고 씩 웃었다. 형도 따라 웃으며 다급한 손길로 먹었다. 둘은 나눠 먹으며 소리 없이 웃음을 터뜨렸다. 노을이 물든 아이들의 웃는 얼굴은 더없이 단단해 보였다. 아버지도 차로 목을 적셨다.

다완은 부모님이 여행을 다녀온 뒤 처음 등장했다.

대학을 졸업하고 공무원 준비에 틀어 박혀 지내던, 하늘이 높고 바람 신선한 10월의 어느 날이었다. 무슨 마음이었는지 아버지와 엄마 단둘이서 여행을 떠났다. 신혼여행 이후, 첫 여행길에 두 분은 들떠 있었다.

"산새 좋고 공기도 맑고, 세상에, 낙원이 따로 없더라."

여행에서 돌아온 엄마는 한동안 낙원에 핀 수선화였다.

"목화야, 이건 신혼여행 때도 봤는데 이번에 보니까 반갑기도 하고 두고 오면 안 될 것 같아서 들고 와버렸어. 아빠도 신기하대."

엄마는 식탁에 대접만 한 다기를 펴 보이며 즐거워했다.

"커플용으로 쓰면 좋겠네요. 엄마."

엄마는 다기를 끓는 물에 담갔다. 달각달각— 두 그릇이 뜨거운 물결 속에서 부딪히는 소리가 집 안을 부드럽게 채웠다. 그 평화로움 속에서 그날 저녁, 엄마는 다완에 밥을 담았다. 윤기를 머금고 소담하게 담긴 밥과 분홍빛 다기는 아버지 앞에서 더욱 귀해 보였다. 아버지는 그것을 손에 들고 이리저리 돌려보았다.

"아무리 봐도 당신을 닮았단 말이야. 음— 밥맛까지 좋네."

조기구이 몇 점에 밥을 뚝딱 비우고 아버지는 그릇에 물을 따라 시원스레 마셨다. 그러고는 선언하듯 보물 3호라 불렀다. 다완은 그렇게 아버지의 세 번째 보물이 되었다. 사물에 정을 붙인 건 처음이었다.

되돌릴 수 없는 추억이 턱밑까지 차오르는 날이면 서둘러 집으로 돌아왔다. 배롱나무 아래 쭈그리고 앉아, 엄마의 잔영을 좇아 집 안 구석구석을 눈으로 더듬었다. 아버지는 못 본 체하다가도 해가 기울면 "보물 2호 거기서 뭐해."하고 쟁쟁하게 불렀다. 문득, 아버지마저 나를 떠날까, 그러겠지. 부쩍부쩍 두려웠다.

다완이 깨지고 시간이 갈수록 아버지는 하루하루 눈에 띄게 달라졌다. 눈동자는 총기가 사라지고 날벌레가 손등에 내려앉아도 넋이 나간 듯 내버려두었다. 며칠 전에도 밥상에 앉아 찻물만 홀쩍 한 모금 마실 뿐이었다. 고슬고슬한 밥은 식어갔고 바특하게 찐 굴비도 따뜻한 찻물도 마찬가지였다. 내가 수저를 들어 권하자, 아버지는 귀찮다는 듯 "먼저 먹어."라며 팔을 저었다. 순간 찻물이 엎어지고 굴비는 접시를 벗어나 바닥에 떨어졌다. 밥은 공기를 벗어나 공처럼 둥글게 바닥을 굴렀다. 고의인지 실수인지 알 수 없었다. 나는 어이가 없어 말문이 막혔다. 아버지는 일어나 창가로 걸어갔다. 옷소매에 묻은 음식이 바닥에 흘러내려도 개의치 않았고, 말 한마디 없이 헛기침만 뱉었다. 아버지의 입맛을 돋워 보려고 엄마처럼 정성껏 준비한 음식은 버려지고 한순간 묵살당했다는 생각에 화가 났다. 어질러진 밥상을 치우면서 굴비를 다듬다가 찔린 손끝은 그릇에 닿을 때마다 아찔한 통증을 가져왔다. 상을 집다가 강한 통증에 깜짝 놀랐다. 흩어진 음식물 위로 상을 떨어뜨렸다.

"그놈의 사발이 대체 뭐야. 이러다 죽으려고? 아빠 왜 이래. 그게 금덩어리라도 돼?" 참지 못하고 나는 소리를 질렀다.

밤이 깊도록 아버지의 잦은 기침 소리와 소변을 보기 위해 오가는 발걸음이 베갯머리로 날아들었다. 나는 눈을 감고 드넓은 바다, 망망대해를 헤엄치는 상상을 했다. 잡념을 떨치려 몸을 뒤챘다. 밀린 잠옷을 바로 펴고 발끝까지 이불의 구김이 없도록 반듯이 폈다. 그러곤 더 깊고 더 먼 바다에서 살랑이는 파도에 몸을 실었다. 콜드브루를 들이켜며 믿기지 않을 만큼 천천히 파도를 느꼈다. 그래도 잠은 오지 않았다. 다시, 윤슬이 아름다운 바다를 떠올렸지만 마찬가지였다. 잠들긴 틀렸다고 단념한 순간, 지지직-, 지지직-

알 수 없는 소리가 방문을 넘어왔다. 처음엔 가구나 천장과 몰딩의 비틀림 같은 데에서 혹은 어떤 생활의 도구에서 오는 단순한 잡음 정도로 여겼다. 하지만 오 분이 채 지나지 않아 다시 시작되었다. 계속 신경이 쓰였다. 나는 끌리듯 방을 나와 어둠 속에서 주위를 둘러보았다. 안방과 욕실 그 어디쯤이었다. 소리의 원인이 무엇이건 내가 개입할 일은 아닌 듯했다.

아버지가 방문을 열고 나와 곧장 주방으로 걸어갔다. 다완에 막걸리를 따랐다. 자다 일어나 막걸리를 마시는 모습은 아무리 생각해도 낯설고 이해되지 않았다. 강력 접착제로 붙였다던 다완에서는 막걸리가 뚝뚝 흘러내렸다. 금세라도 쩍-하고 갈라질 듯 위태로웠다. 아버지는 두어 번에 걸쳐 잔을 비우고 제자리에 올려두었다. 입가를 쓱 훔치며 사붓사붓 방을 향해 걸어갔다. 찬 막걸리 탓인지 쿨럭 기침을 흘렸다. 쿨럭, 쿨럭- 방문이 닫히고 아버지는 기침을 연달아 터뜨렸다. 숨도 고르지 못한 채 온 힘을 다해 쏟아내다 끝내 아무 소리도 내지 못했다. 목숨을 건 듯한 무시무시한 기침이었다. 나는 겁이 나 가슴에 손을 얹고 숨을 죽였다.

지지직-, 그건 아마도 아버지 안에 고인 어떤 울림이었을 것이다. 마음 깊이 자리 잡은 단단한 옹이가 내지르는 세찬 파도 같은 것. 나는 그날 밤, 아버지가 진심으로 다완을 사랑한다고 믿었다. 바쁘다는 핑계로 맨날 소홀하게 대했던 순간들이 파노라마처럼 뇌리를 스쳐갔다. 아버지가 말을 붙이면 바쁜 척 시큰둥했고, 함께 텔레비전을 보면서도 감정을 드러내지 않으려고 신경을 썼다. 외출이나 외식은 집에서 실종된 단어가 된 지 오래였다. 실상은 하나도 바쁘지 않았다.

개강 첫날, 누구보다 일찍 공방에 나갔다. 내가 들어서자 금이는 커피포트에 물을 올리고 다포를 걷었다.
"난 백자 진사가 끌리더라. 좀 볼래? 이런 걸 보고 꽃이 폈다고 해. 장작 가마라도 불이 안 흐르면 이런 게 나올 수 없거든, 근데 가스 가마에서 이게 나왔다니까…"
금이는 점점이 분홍이 번진 자그만 찻잔에 차를 따랐다.
"아, 참. 여기선 존댓말을 써줘."
금이가 조건을 내걸었고 나는 흔쾌히 받아들였다. 여기서는 단짝이 아닌 수강생 중의 한 명이라고 생각하면 간단했다. 그걸 이해하지 못한다면 나는 친구도 아니라고 생각했다.
도요지에서 배달받은 조형물을 금이가 수강생들에게 나눠주고 난 뒤, 수업을 시작했다. 나는 수강생들을 따라 벽장 안에서 흙자루를 옮겨왔다. 비닐 포장을 벗기고 일부를 떼어내 흙이 찰지고 부드러워질 때까지 주물렀다. 금이는 내가 앉은 자리에 앉아 말캉하게 변한 흙을 물레 가운데 놓고 발을 굴렸다.

금이처럼 두 손으로 흙을 감싸고 발판에 힘을 가했다. 하지만, 물레 위의 흙은 돌리자마자 손아귀를 사정없이 벗어났다. 물레를 너무 세게 밟아서였다. 긴장으로 다리가 떨렸다. 흙을 다루는 건 마음처럼 쉽지 않았다. 손을 작게 모으고 물레를 밟자, 이번에는 누런 흙이 뾰족하고 길게 솟더니 갑자기 푸르륵 꺼져버렸다.

"못해 먹겠네."

다섯 번을 거듭 실패하고 나니 초조하고 기분이 나빠졌다.

"잘 봐요." 금이가 다시 시범을 보였다. 편안한 자세로 물레질하는 손에서 흙은 자유자재로 모양을 달리했다. 나는 신경을 끌어모아 그 어깨, 팔, 손, 다리, 발동작까지 눈에 담았다. 하나의 흐트러짐 없이 그대로 자세를 잡고 기도하듯 물레를 돌렸다. 하지만, 말캉한 흙은 이내 반항하듯 어긋나기만 했다.

"어떻게 하라고요?"

"아− 그게 아니고 이렇게요."

"네? 다시 말해 봐요. 좀." 나는 순간 아차 싶었다. 나도 모르게 격앙된 목소리에 짜증 섞인 감정이 묻어났다. 금이와 눈이 마주쳤다. 물레수업에서 기둥 하나 제대로 세우지 못했다. 수작업은 요란하지 않았고, 나는 한결 차분한 마음으로 머그컵을 만들 수 있었다.

　물레의 중심부터 잡아야 하는데 막연하고 답답했다. 당
분간은 수업 때마다 부끄러움을 감수해야 할 것 같았다. 그
런데 몇몇 수강생들의 시선은 묘했다. 금이가 내 옆에 붙어
개인지도를 하듯 작업 과정을 처음부터 끝까지 지켜본 탓인
지, 다완까지 만들게 한 특혜라 여겨서인지 알 수 없었다.

　흙을 다루는 일은 고역이었다. 마음이 앞서면 힘이 들
어가고, 애써 잡은 형태는 순식간에 비틀어졌다. 간간이 허
공에 손을 털고 팔을 늘어뜨려 힘을 뺐다. 코일링 성형에선
손이 떨렸다. 마음을 다잡으면 흙이 얇아지고 늦추면 비틀
어져 초조했다. 아니 오락가락 종잡을 수 없는 마음이었다.

　아버지가 몽유병자처럼 새는 다완에 막걸리를 따르던
모습을 떠올랐다. 엄마가 여행에서 돌아와 다완을 닦으며
아버지를 바라보던, 그 그윽한 눈빛도 스쳤다. 가쁘게 뛰던
가슴이 어느새 잦아들었다. 나는 가방 속 흙을 슬쩍 곁눈질
했다. 금이가 자리를 떠야만 준비한 흙을 섞을 수 있는데
좀처럼 내 곁을 떠나지 않았다. 수강생들은 기법 요령을 주
고받다 점점 잡담으로 넘어갔다. 왁자지껄한 소리에 금이
의 목소리는 묻혀버렸다. 그제야 금이는 수강생들 쪽으로
걸음을 옮겼다.

　나는 곧 흙을 꺼냈다. 반쯤 빚어가던 다완을 뭉개고, 한

숟갈 분량의 붉은 흙을 섞었다. 연한 회백색 흙은 붉은 흙과 어우러지며, 살구빛이 도는 감회색으로 변해갔다. 가슴이 콩닥거렸고 손이 떨렸다. 얼굴은 금세 불붙은 듯 화끈거렸다. 옆 수강생의 흘깃거리는 시선이 느껴졌지만, 못 본 척했다.

엄마 무덤의 붉은 흙을 섞었으니, 다완은 분명 더 깊고 아름다울 것이다. 아버지에게는 깨진 조각들조차 소중하겠지만, 음식이 새는 그릇을 계속 쓰게 둘 순 없었다.

아버지는 그날을 아직도 마음에 간직하고 계실 것이다. 나는 분명 들었다. '이건 가져가야지…' 입관 직전, 아버지는 품속에서 다완을 꺼내 엄마 가슴 옆에 놓으며 흐느꼈다. 아버지에게 엄마는 어떤 존재였을까. 이따금 그런 생각을 한다. 엄마였다가, 누나였다가, 누이였다가, 둘도 없는 연인… 어쩌면 또 다른 자신이었을 것이다.

"내다 버리지."

볕 좋던 날, 아버지가 청소를 하다 신발장을 열며 말했다. 욕실 거울을 닦던 엄마는 그 말을 듣자마자 걸레를 내려놓고 현관 쪽으로 성큼 걸어갔다.

"어휴, 거미줄 좀 봐."

까치발을 하고 해진 운동화며 밑창이 닳아버린 안전화를 하나하나 꺼냈다. 마른 천으로 거미줄을 걷어내고, 긁히고 늘어진 신발들을 나란히 놓았다. 햇살은 집 안 깊숙이까지 바짝 들이쳤다. 아버지는 마루에 다리를 뻗고 앉아, 엄마가 내온 막걸리를 마셨다. 얼굴이 금세 붉어져 전에 했던 말을 또 꺼냈다.

"나를 왜 좋아해? 나 같은 사람을…"

"으흠– 자기 같거든."

엄마는 잠시 뜸을 들이다가 싱그러운 목소리로 말을 이었다.

"못 먹고 못 살던 시절엔 '막사발'이라는 게 있었어. 집집마다 하나쯤은 꼭 있었던 거야. 뭐든 담는 그릇이었어. 두루 쓰였지. 시대가 바뀌고 삶이 윤택해지면서 서서히 사라졌지만, 다도문화권에서는 여전히 그 존재감이 크다더라. 이 자잘한 꽃들 좀 봐. 세상에, 밑바닥 굴곡마다 이렇게 곱게 피어 있다니. 만지면 상할 것 같아. 바탕색은… 그래, 새벽빛처럼 뿌연 게— 참, 당신 닮았어. 진짜."

엄마만의 해석이었다. 두 분의 대화는 봄꽃처럼 향기로웠다. 나는 배롱나무 아래에서 그 다정한 말들을 엿듣다가 그만 나머지 이야기들을 흘려버리고 말았다. 고개를 젖힌 채 느릿하게 기지개를 켰다. 그런 날은 꼭 하늘이 유난히도 파랬다. 눈을 감으면 눈 속에서 더욱 또렷해지는 그날의 엄마 목소리— 다시 들을 수만 있다면, 결코 흘려보내지 않을 것이다.

"자, 이제 그만들 하시고 마무리할까요."

금이가 손뼉을 치며 말했다. 수강생들은 각자 빚었던 소품을 스펀지로 닦으며 정리에 들어갔다.

"다음 수업을 어쩌죠? 출품한 작품이 당선돼서 시상식이 있어요. 수업이랑 겹치는데… 그다음 날 오후는 어떨까요?"

금이는 수강생들의 조형물들을 훑어보며 대답을 기다렸다. 된다, 안 된다, 축하드린다— 수강생들의 목소리가 뒤섞였다.

나는 손목이 욱신거리는 걸 참아가며 다완의 거스러미를 떼어냈다. 그때 누군가가 툭 내뱉듯 말했다. "맨날 수업 시간을 바꾼다니까." 돌아보지 않아도 내 옆자리의 수강생이라는 건 알 수 있었다. '무슨 일이 그렇게 많대. 나도 바쁜데…' 그 뒷말은 듣지 않았다. '바쁘다'는 말— 그건 나 역시 아버지에게 수시로 내뱉던 변명이었다.

"나 도요지 같이 가도 돼?"

수강생이 모두 돌아간 뒤라, 나는 편하게 반말로 물었다. 다완을 직접 보고 싶었다.

"같이 갈 사람이 있어."

금이는 무심하게 말했다. 재벌구이 들어갈 때는 함께 가도 되냐고 물을까, 같이 가고 싶다고 조를까— 입안에 맴도는 말을 되씹다가 삼켜버렸다. 그 순간, 어디선가 아버지의 기침 소리가 들려왔다. 지지직—, 환청이었다.

엊그제만 해도 기운이 없다며 밥알을 세고 앓는 소리를 했는데, 오늘은 표정이 한결 환했다. 평소 같았으면, 아버지가 수저를 놓아도 더 드시라고 권하지 않았을 것이다. 괜히 괴팍하게 소리를 지르다 쓰러지기라도 하면 곤란하니까. 간신히 이어온 이 평범한 일상, 한 번이라도 무너지면 다시 세울 수 없을 것 같았다.

해가 갈수록 따지고 재는 일에는 마음이 기울지 않는다. 돈을 많이 벌고 싶지도, 큰 차를 가질 생각도 없다. 운동은 출퇴근길을 걷는 것으로 충분하고, 마음만 먹으면 콜드브루 한 잔쯤은 언제든 마실 수 있다. 간섭할 사람이라곤 아버지뿐인데, 그마저 바쁘다 하면 모든 걸 양보하니 오히려 자유로웠다.

아버지는 어쩐지 들뜬 얼굴이었다. 밥이 잘 넘어가지 않는 눈치였다. 나는 모처럼 더 드시라고 거리낌 없이 권했다. 그러자 아버지는 머뭇거리더니 "내일 다시 사발을 붙여야겠다."고 말하며 밥을 떠 넣었다.

식기를 닦던 중 설익은 사과 같기도 한 분홍빛 다완을 물끄러미 들여다보았다. 자세히 보니 안쪽 윗면에 머리카락 한 올 드리운 이마, 점 하나 찍힌 듯한 무늬가 있었다. 소담하게 웃던 엄마의 얼굴이 겹쳐 보였다. 그 무늬를 나는 오래 바라보았다. 지금껏 보이지 않던 게 이제야 보였다. 어딘가에서 지지직– 익숙한 소리가 스쳤다.

나는 가끔 마루 끝에서 엉거주춤 서성이던 아버지의 자리에 서 보곤 한다. 아버지가 다완을 붙이느라 몰두해 있거나 외출로 자리를 비운 틈을 타, 혼자 판토마임하듯 그 몸짓을 되살려 본다. 머릿속이 흔들리는 버스처럼 요동쳤다. 도요지에 가지 못한다는 사실은 단순한 침울함을 넘어, 수치심에 가까운 감정이었다. 정류장에 내려 집으로 향하는 길, 보도를 걸으며 생각했다. 무대 없는 판토마임에 빠진 배우처럼, 소외된 시간을 나날이 허공 속에 흘려보내고 있는 건 아닐까. 유난히 어두운 밤이었다.

배롱나무와 사과나무는 어둠에 잠겨, 어둠 그 자체였다. 집 안도 캄캄했다. 빗방울이 후두둑 떨어지더니 곧 추적추적 굵어졌다. 밤은 깊어가는데 아버지는 돌아오지 않았다. 나는 밥을 짓고 열무된장국을 끓였다. 밥이 익어가며 된장의 구수한 냄새가 마당까지 번져갔다. 어둑한 마당을 한참 바라보고 있자니, '비꺽' 소리와 함께 대문이 열렸다.

"찾았다, 찾았어. 이건 틀림없을 거다."

비에 젖은 아버지는 후줄근한 몰골로 웃으며 들어섰다. 마루로 올라서자마자 검은 비닐봉지를 풀었다. 그 안에는 플라스틱 주사기 하나, 고무줄, 그리고 얇은 붓이 들어 있었다.

평소에 비해 늦잠을 잔 건, 새벽녘이 되어서야 겨우 잠들어서였다. 출근 준비를 하다가 금이에게 전화를 걸었다. 다완이 몇 시쯤 도착하는지 궁금했다.

몇 차례 통화 시도를 해 보았으나 전원은 꺼져 있다는 멘트만 흘러나왔다. 일이 손에 잡히지 않았다. 점심때가 지났는데도 배가 고프지 않았다. 날씨는 계절에 어울리지 않게 잿빛으로 침울해 보였다. 금방 눈이 쏟아질 듯 서늘한 바람이 거리를 배회했다. 금이는 오후 늦게서야 전화를 했다. 밤을 새워 이제야 일어난 거라고 힘없이 말했다.

"다완이 궁금해서 뭐 다른 건 아니고…"

금이의 목소리는 아직 잠의 여운을 품고 있었다.

"응, 이따 보면 되지 뭐."

금이는 전화를 서둘러 끊었다.

교대자가 대신 나서준 덕에, 나는 곧 택시를 불러 공방으로 향했다.

택배 기사처럼 보이는 남자가 상자를 공방에 들여놨다. 두 개의 상자를 던지듯 한 남자의 거친 손놀림을 보고도 금이는 무심했다. 금이는 박스를 열고 조형물을 꺼내 주인을 찾아 건넸다. 나도 다완을 하나를 받았다. 신문지를 벗기자 연한 연둣빛 바탕에 군데군데 진홍빛이 번진 다완이 모습을 드러냈다. 설익은 사과처럼 풋풋하고 여린 꽃잎 같은 표면의 매끄러운 감촉이 전해왔다. 얼마 전까지만 해도 차갑고 거친 흙이던 사실이 믿기지 않았다. 보물 3호와 똑같은 연분홍은 아니지만 이만하면 충분해 보였다. 아버지가 받아보고 기뻐하고 감탄할 거라는 짐작에 마음이 셀렜다. 다완 속으로 아버지와 엄마의 얼굴이 겹쳐졌다. 무덤의 흙을 섞은 건 역시 잘한 선택이었다.

금이가 바짝 다가와 넌지시 내려다보았다.

"와– 똑같네요. 빨리 드려야겠어요. 너무 좋아하실 거예요."

나의 들뜬 목소리에 수강생들이 돌아보았다.

"하지만 이게 아니잖아요. 색도 다르고, 여긴 금이 있잖아요. 다시 만든 게 좋겠어요."

금이는 유약 밑에 비치는 가는 선을 가리켰다.

"아니요. 상관없어요. 그런 거쯤이야 뭐가 문제가 되겠어요. 그것만 아니면 똑같잖아요. 안 그래요?"

나는 다완을 놓고 보란 듯이 휴대폰을 열었다. 휴대폰 액정에는 아버지가 텔레비전을 앞에 다완을 들고 앉아 있었다. 금이는 쓱 쳐다보았다.

"에이– 이거랑 어떻게 같아요. 잘 보세요."

"아무렴 어때요. 이 정도면 된 거죠."

나는 금방이라도 돌아가실 것 같은 아버지의 퀭한 얼굴이 떠올라 불안하고 떨렸다. 아무리 보아도 깨진 다완보다 형형하고 아름다웠다.

"일단 만들었으니까, 그냥 쓸게요."

나는 금이를 이해할 수 없었다.

"안 된다니까. 왜 이렇게 고집을 부려. 응?"

금이가 화난 목소리로 반말을 했다.

"대체 뭐가 문젠데?"

나도 맞받아쳤다.

"내 공방에서 이걸 만들었다고? 하… 내 이름을 걸고 절대 못 내보내. 다시 말하지만 안 돼."

금이가 수강생들을 등지고 목소리를 낮췄다.

"그걸 누가 보기나 해?"

나는 금이의 팔을 붙잡았다. 금이는 잠시 눈을 감았다가 짙은 숨을 길게 내뱉었다.

"너 정말 꼭 이게 필요해? 아버지가 그렇게 많이 아프셔? 네 맘대로 해."

금이는 차갑게 쏘아붙이고 휙 돌아섰다. 냉기가 흘렀다. 몇 발짝 떼지 않아 다시 내 앞으로 다가왔다.

"난 웬만하면 버려. 근데 네가 이런 건 첨 봐. 대신 다른 사람 눈에 안 띄게 해줘. 부탁이야."

금이의 마음이 바뀐 건 아마도 우정 때문이었을 것이다. 나는 그 마음이 진심으로 고마웠다.

아버지는 전등을 모두 켜고 밥상 앞에 앉아 있었다. 접착제와 깨진 다완 조각을 나란히 놓고, 조각을 하나씩 물수 건으로 닦았다. 입바람을 불어 습기를 말리고는 다시 조각 을 맞대어 보았다.

"이것 좀 보세요. 자— 어때요. 똑같죠? 특별한 흙을 섞 어서 만들었거든요."

나는 다완을 접착제 옆에 놓았다.

"필요 없다. 신경 끄고 네 일이나 해."

"쓰지도 못할 걸 무슨 고생이래요. 여기다 막걸리라도 한잔 따라올까요?"

"아, 시끄러워. 절로 가거라. 내 참."

아버지는 인상을 쓰며 접착제를 집었다.

"잘 보세요. 이게 색도 훨씬 곱잖아요. 이제 그만하세요. 붙여 봐야 쓰지도 못할 고물을. 왜 그러세요. 정말."

"이런 건 필요 없다. 치워라."

"그걸 대체 어떻게 쓴다고 자꾸 그러시냐고요. 갖다 버 릴래요."

아버지는 잠시 똑바로 나를 바라보았다. 입가와 미간에 주름골이 깊게 패었다. 기가 막힌다는 듯 벌떡 일어섰다. 순 식간에 다완을 낚아채 머리 위로 치켜들었다. 팔이 떨렸다.

"안 돼요. 산소 흙으로 만든 거예요."

나는 외치며 다완을 향해 팔을 뻗었다.

블랙

미라는 조회가 끝나자 혜진의 가게로 향했다. 옆 차선을 넘나들며 속도를 높였다. 오후엔 사우나 고객들과 약속이 있었지만, 더 신경 쓰인 건 며칠째 전화를 받지 않는 혜진 때문이었다. 가뜩이나 매출에 민감한 파트장의 시선도 마음에 걸렸다. 서툰 운전 탓에 급브레이크를 밟을 때마다 차가 쿨럭거리며 흔들렸다. 도심을 벗어나 국도의 좁은 길로 접어든 뒤에야 속도를 줄이고 공업사 쪽으로 핸들을 돌렸다. 기름에 얼룩진 정비소와 카센터에 늘어선 차량을 지나 좁은 골목으로 들어서자, 미향백반이 숨은 듯 모습을 드러냈다. 간판은 여전히 깨진 채였다. 드러난 아크릴 단면엔

기미가 낀 것처럼 거무스름한 그을음은 더 짙어 보였다.

문을 열자, 맵싸하고 짭조름한 냄새가 얼굴을 덮쳤다. 미라는 숨을 누르고 손부채를 하며 주방으로 성큼 다가갔다. 혜진은 좁은 바닥에 앉아 대파의 거친 뿌리를 잘라내고 있었다.

"뭐 하러 오셨어. 날도 안 좋은데."

일어나 허리를 펴고 손을 탁탁 털면서 입을 열었다.

"몰라서 물어요? 전화를 몇 번이나 한 줄 아세요?"

혜진은 시큰둥한 얼굴로 주방을 나와 젖은 이마를 훔쳤다. 흐트러진 머리칼을 묶고 곧장 벽에 걸린 거울 앞으로 갔다. 불룩한 파우치를 열고 아이섀도를 꺼내 바르고 립스틱과 립글로우스까지 발랐다. 미라는 그녀가 얄밉지만, 현재로선 고객 대우를 해야 할 상황이니 조급한 마음에도 그냥 그 모습을 지켜보았다. 화장을 마친 그녀의 눈과 입술은 전에 비해 더 짙었다. 변함없이 빨간 립스틱과 파란 섀도를 양껏 덧칠해 촌스럽고 값싸 보였다. 어디까지나 그녀의 취향이니 말릴 수는 없었다. 그래서 그 색조를 찾을 때마다 어김없이 챙겨다 주었다. 혜진은 입술을 꾹 다문 채, 손톱만 만지작거렸다.

"난 화장품 판 돈으로 다시 제품을 들여야 해요. 근데 자꾸 이러시면 곤란하죠. 오늘은 그냥 못 가요."

미라는 다부지게 말을 끊었다. 혜진은 말이 없고, 가스

레인지 위의 곰솥만 딸그락거렸다. 식탁 다섯 개가 전부인 내부에는 알싸한 냄새가 가득했다. 미라는 머플러를 풀고 의자를 끌어다 앉았다.

"무슨 차라도 한잔 마실래요? 뜨끈한 차 한잔하셔."

"차는 됐고요. 계산이나 해주세요. 요즘 세상에 외상 봐준 사람, 나 말고 또 있어요? 그니까 계산할 건 하고 쓰셔야죠."

미라는 그동안 회사의 방침을 어겨가며 혜진에게 외상은 물론 제품 할인까지 해주었다. 하지만, 그녀는 그런 것쯤 누구에게나 해주는 것 아니냐는 듯 무심히 받아넘겼다. 문자와 카톡은 확인을 하고도 답이 없었고 휴대폰은 번번이 꺼져 있었다. 생각할수록 미라는 속이 상했다. 혜진은 계산에 대해선 한마디 말도 없이 손톱만 만지작거렸다.

입사하고 팀장에게 처음으로 인계받은 고객은 혜진이었다. 수습 기간이 끝나자, 팀장은 미라가 여러 층의 고객을 감당할 만큼 성장했다고 믿었다. 그날 팀장은 신제품의 성분과 기능을 설명하고, 이어 판매 실적을 그룹별로 훑어보다 조회를 접고, 두꺼운 바인더를 열었다. 빽빽한 카드들 속에서 한 장을 뽑았다. 마치 수많은 사람 중 한 명을 임의로 지목하듯 선택한 카드를 미라의 수첩에 끼워 주었다. "이 고객은 제품을 많이 쓰니까 관리만 잘하면 실적에 한몫할 거야." 미라는 우연히 맡게 된 고객이 누구인지 궁금했다. 미향백반 안혜진 이름 아래 판매된 제품명이 줄줄이 적혀 있었다. 미라는 그 카드를 맨 앞으로 끼워 넣었다. "수금은 좀 신경 쓰세요." 팀장의 당부가 떠올랐다. 혜진이 다급하게 주방으로 가 찜솥의 뚜껑을 열어젖혔다. 뜨거운 김이 와락, 치솟았다.

"아이쿠야, 내 정신 좀 봐라. 다 졸아버렸네."

찜통에 물을 보태고 뚜껑을 닫았다. 챙-, 날카로운 쇳소리가 귀를 찔렀다.

"현금 안 되면 카드로 하세요. 앞으로도 제품은 똑같이 드릴게요."

미라는 뜸을 들이는 혜진이 답답했다. 카드 단말기를 꺼내며 짧게 한숨을 내쉬었다.

"카드 주세요."

"골치 아프게 카드 같은 거 왜 써. 인생이 덤핑 되는데. 빤히 눈 뜨고 있어도 사슬도 없는 게 사람을 옭아매. 자기 발로 감옥에 가는 거랑 똑같지. 난 애당초 카드 같은 건 없어요."

혜진의 이름이 블랙리스트에 올라 있다는 사실을 안 건, 카드를 받은 지 며칠 되지 않았을 때였다. 식당을 운영한다기에 이런 골치 아픈 일이 있을 거라고는 조금도 예상하지 못했다. 조회 시간에 마케팅 총괄 책임자는 바인더를 들여다보며 이마를 찡그렸다. 몇몇 고객 이름 옆에는 별표가 붙어 있었다. 그제야 미라는 모든 걸 알아차렸다. 팀장의 말에 자신이 너무 쉽게 현혹되었다는 사실을. 제품을 많이 쓴다는 이유로 덜컥 고객을 받을 일이 아니었다.

혜진은 어느새 커피잔을 내밀었다.

"장사 방해하지 말고 커피 드시고 가셔. 사흘만 참아요. 카드 진짜 없어요."

혜진은 주민등록증 외에는 비씨카드는 물론 포인트 카드 하나조차 가진 게 없다고 냉정하게 말을 끊었다. 블랙리스트 명단에 별표가 붙은 데에는 다 그만한 이유가 있을 터였다. 단순히 결제가 늦어서만은 아닐 것이다. 미라는 물러설 수 없었다.

"그동안 가져간 제품이 얼만데. 영업 방해를 누가 한 줄 모르시네."

미라는 서늘하게 쏘아붙였다.

"현찰로 주겠다는데 며칠을 못 참아요? 이왕 기다렸잖아요. 병원도 가야 하고, 내가 일부러 이러겠냐고요."

혜진은 화난 듯 목소리를 높이다가 슬쩍 말끝을 흐렸다. 그러곤 무심결에 옷소매를 걷어 올렸다. 보풀이 일어난 스웨터에서 실오라기 하나가 거뭇한 손톱에 걸려 주욱 늘어났다. 끊길 듯 늘어진 실을 혜진은 조심스레 떼어냈다.

"혜진 씨! 나 회사에서 잘리게 생겼어요."

커피잔이 미라의 손에서 쏟아질 듯 출렁였다. 화난 마음을 누르고 잔을 탁자에 내려놓았다. 그 순간 딱, 소리와 함께 커피잔이 반으로 갈라졌다. 뜨거운 커피가 바닥으로 주르륵 흘러내렸다. 미라는 놀라 뒤로 물러서다 바닥을 밟고 휘청거렸다.

"아니, 지금 행패 부리는 거야 뭐야?"

혜진이 눈살을 찌푸리며 소리쳤다.

"뭐요? 행패요? 내가 행패를 부렸다고요?"

"저기, 저거 안 보여요? 국물은 다 졸고… 아침 내내 뭘 할 수가 있나…"

혜진은 턱으로 주방을 가리켰다. 그러나 미라에게는 구석에 쌓인 화장품 상자들만 눈에 들어왔다.

"그래서요. 이대로 가란 말이에요?"

"아, 글쎄. 장사라도 해야 돈을 갚지. 그만 가세요. 안 가면 손해배상 할 거니까. 경찰 부를까요?"

"뭘 불러요? 경찰요? 내 남편이 경찰이에요. 어디 한번 불러 보시죠. 누가 손핸지 보게."

"돈이 먼저야, 사람이 먼저야?"

혜진이 바락 소리를 쳤다. 짜증과 울분이 뒤섞인 날카로운 음성이었다.

"남들 다 쓰는 카드 왜 안 써요. 혹시 신용불량?"

미라가 그녀를 위아래로 훑어보며 노골적으로 비아냥거렸다.

탁자를 닦으려던 혜진이 한심하다는 표정으로 돌아보았다.

"그거 명예훼손인 줄 알죠?"

그 말만 툭 던지고는 커피를 닦고, 싱크대에 행주를 내던졌다. 이어 온장고를 열었다. 투박한 문은 반동에 못 이겨 제자리로 돌아가 닫혔다. 혜진은 밥공기를 양손에 들고 손끝으로 다시 문을 열었다.

밥공기를 집으려 허리를 숙일 때마다 낡은 스웨터 사이로 허릿살이 드러났다.

"나도 빨리 털고 싶죠. 안 그러겠어요?"

일을 마친 혜진이 한풀 누그러진 목소리로 말했다. 조금 전의 독기라곤 없었다. 한숨을 길게 내뱉었다. 그녀는 챈, 챈 소리를 내며 반찬통 뚜껑을 열었다. 콩나물 무침, 어묵 볶음, 깍두기, 자반무침, 계란말이가 전부였다.

딸그락-, 소리와 함께 문이 열렸다. 작업복을 입은 남자 두 명이 눈을 털며 들어왔다. 그들은 출입문 앞 탁자에 앉으며 혜진을 향해 벙싯거렸다. 혜진은 "벌써 시간이 이렇게 됐네요."하고 따뜻한 물을 챙겨갔다.

"하이고 첫눈이네요. 오늘도 그걸로 잡수시게요? 춥지요?"

얼굴색이 진흙 빛에 가까운 남자가 "춥네요. 오늘 점심 약속한 사람들이 줄줄이 펑크네요. 우리끼리 술이나 한잔합

시다." 앞에 앉은 일행에게 말을 건넸다. "좋지 뭐, 조촐한 송년회 좋습니다." 그들은 코를 훌쩍이며 토시를 벗었다.

혜진은 벌써 수육 접시와 국밥과 소주를 냈다. 싱크대로 돌아와 빈 쟁반을 내려놓고 나무 기둥에 줄줄이 걸린 외상 장부 하나를 내렸다. 꼬질꼬질한 장부를 펴 몇 자 끄적인 다음 도로 그 자리에 걸었다. 반질반질한 나무 기둥과 땟물 절은 외상 장부에서 오랜 시간이 느껴졌다. 혜진은 "반찬 부족하면 말씀하세요." 부산을 떨었다. 어깃장 놓고 큰소리치던 사람이 이렇게 상냥하게 변하다니 미라는 어이없었다.

미라는 그 틈에 휴대폰을 열었다. 문자의 맨 마지막은 '왜 이렇게 연락이 안 돼.' 사우나 팀과 한 점심 약속을 까맣게 잊고 있었다. 혜진 일이 금방 끝날 거라는 계산은 완전히 빗나갔다. 미라는 미안한 마음에 가슴이 답답하고 입안이 탔다.

딸그락– 소리가 나고 또 한바탕 남자 손님들이 잇따라 들어섰다. 자리를 골라 앉는 그들 앞에서 미라는 문득 자신이 검은 머리카락 사이에 불쑥 돋은 새치 한 가닥처럼 느껴졌다. 고객 앞에서 마음이 흔들릴 때면 여전히 타인의 삶을 대신하는 기분이다. 더는 혜진 가게에 머물고 싶지 않았다. 출입문까지는 대여섯 걸음. 꼭 그만큼이면 충분했다.

"바쁜 것 다 똑같지. 화장을 안 할 수도 없고. 몸은 말을 안 들어 참…"

혼잣말치고는 꽤 큰 혜진의 말을 등 뒤에 남기고 가게를 나왔다. '이건 무슨 말일까. 너무 깊이 생각하지 말자. 그저 보이는 대로 보자. 멀쩡한 사람 엄살이지.' 미라는 혜진의 말을 흩날리는 눈발 속에 날려버렸다.

차에 올라 사우나 고객에게 먼저 문자를 보냈다. '정말 죄송해요. 고객 피부 상담하느라 시간을 놓쳤어요. 지금 운전은 누가 하세요?' 회신을 기다렸지만, 아무런 반응이 없었다. 그들은 이미 이동 중인 듯했다. 하늘은 더욱 거센 눈을 쏟아부을 듯 어둡게 변해갔다. 사방에서 세찬 바람이 쉴 새 없이 몰아쳤다. 미라는 영업소 앞 분식점에서 김밥으로 늦은 점심을 때웠다. 입맛은 없었고 두통은 아침보다 심했다. 헤어라인을 꾹꾹 눌러 보았으나 잠깐 시원한 느낌이 스칠 뿐이었다.

혜진을 처음 본 날이었다. 제품을 챙겨 영업장을 나서려다 미라는 팀장에게 혜진의 주문 내역을 말했다.

"화이팅이에요."

팀장은 속삭이듯 말했다. 고객이 없던 미라로선 팀장의 간단한 배려 덕분에 아무 수고 없이 얻은 첫 고객이었다. 입사하면서부터 친인척이나 친구는 절대 영업 대상으로 삼지 않겠다는 원칙을 세웠다. 생면부지의 사람들을 고객으로 만드는 일은 너무나 막연한 일이지만 그 원칙을 지키고 싫었다. "결제는 좀 느려도 실속 있는 사람이에요." 팀장은 끝까지 응원의 메시지를 던졌다. 은밀한 팀장의 눈길에 미라는 고개를 끄덕였다. 현장 경험이 필요하다며 출발선이라 생각하라고 팀장은 재차 격려했다. 그러고선 첫 방문이니 함께 가자며 앞장섰다.

팀장은 자리에 앉자마자 다음 달부터 전문가 양성 강사로 자리를 옮긴다고 털어놓으며, 아쉬움이 밴 눈빛으로 혜진을 바라보았다.

"앞으로 이분이 도와주실 거예요. 그리구 이거 써 보세요."

팀장은 미라를 소개하는 와중에도 최근 출시된 제품 샘플을 건넸다.

"아휴 택배로 보내시지."

혜진의 말투에는 어딘지 모르게 핀잔이 묻어나는 듯했다. 팀장은 그녀의 팔을 툭 치며 배시시 웃었다.

"잘 부탁드려요."

미라도 명함을 내밀며 의례적인 인사를 건넸다. 혜진은 익숙한 손길로 샘플을 집어 들고 미라를 향해 미소 지었다. 샘플 뚜껑을 열었다. 그 모습이 미라는 어쩐지 낯설고 기이하게 느껴졌다. 아마도 그녀의 손 때문이었을 것이다. 닳아 짧아진 흑갈색 손톱을 한 투박한 손가락으로 크림을 찍어냈다. 흐린 눈빛에는 언뜻 호기심이 스쳤다. 안색은 꽃무

닉 셔츠를 입은 탓인지 누렇고 칙칙했다. 제아무리 재생력이 뛰어난 제품을 쓸지라도 희고 탄력 있는 피부로 회복시킬 수는 없을 듯했다. 혜진은 제품을 코에 대고 "으음, 향도 좋네." 혼잣말을 한 뒤, 크림을 뺨에 듬뿍 발랐다. 진한 색조 화장을 한 얼굴에서 크림이 흘러내렸다. 피에로처럼 빨간 입술과 파란 눈꺼풀이 한층 도드라져 보였다. 팀장은 휴지와 샘플 뭉치를 혜진 앞으로 밀어주었다. 혜진은 크림을 펴 바르다 말고 주방으로 달려갔다. 그녀를 바라보다가 팀장은 미라에게 속삭였다.

"잘해 봐요. 생각보다 순한 사람이에요."

잠시 후, 혜진이 커피를 내왔다. 다시 자리에 앉은 그녀는 샘플을 하나씩 뜯어 보며 효능을 물었다. 혜진과 미라의 인연은 그렇게 시작되었다.

혜진은 자주 연락을 해왔다. 그녀의 가게까지는 차로 사십 분 남짓 달려야 도착할 수 있는 거리였다. 미라는 주문을 하면 정성껏 챙겨 직접 찾아갔다. 얼굴을 자주 마주해야 신뢰가 쌓인다고 믿었다. 혜진이 묻지 않아도 새 제품을 소개했고, 성분과 효능을 빠짐없이 설명하느라 나오는 순간까지 숨 돌릴 틈이 없었다. 어떤 제품은 소비자 만족도 1위에 올랐다며 은근히 강조했다. 열을 올리다 보면 어느새 회사의 기업 이념까지 홍보하고 있는 자신을 깨닫곤 했다.

어느 날 아침, 파트장이 미라의 매출 장부를 훑어보다가 눈살을 찌푸렸다.

"미라 씨, 미수금 회수가 급하지 지금 제품 깔 때가 아니 네요."

"저도 그러고 싶죠. 근데 고객이 카드를 안 써요. 현금 준다면서 시간만 끌고 있어서…"

미라는 파트장의 날 선 시선에 마땅히 변명할 이유를 찾지 못했다.

"마감이 낼모렌데 이러면 곤란해요. 자선사업도 아니고 벌써 몇 년째예요?"

파트장은 싸늘한 눈빛으로 쏘아붙이고 이내 조회를 마쳤다.

작년 이맘때도 그랬다. 그날도 역시 조회 시간에 파트장의 따가운 눈총을 받았다. 조회가 끝나자, 미라는 샘플을 가방에 꾸역꾸역 넣고 메모해 둔 고객들의 방문 순서를 확인한 다음 밖을 나섰다. 거리에서도 백색 미소를 지으며 잠재 고객이다 싶으면 주저 없이 다가가 명함과 샘플을 내밀었다. 하지만 걸음이 바쁜 그들 앞에서 샘플은 자주 미라의 손을 빠져나가 바닥에 떨어졌다. 허리를 굽힐 때마다 파트장의 눈빛이 어른거렸다. '왜 아직도 그 자리에 있어요?' 그런 시선이 따라붙는 듯해 가슴속 뜨거운 기운이 턱밑까지 차올랐다. 떨리는 손으로 샘플을 줍다 또 떨어뜨렸고, 손끝에 바락 힘을 주자 거친 노면에 쓸려 피부가 까였다. 아린 손으로 먼지 묻은 샘플을 바라보다 쓰레기통에 처박고 돌아섰다. 무턱대고 샘플을 뿌린 건 무모한 일 같았다. 무작정 차를 몰다 도착한 곳은 동네 사우나였다. 몸을 적신 채 냉탕 앞까지 걸어갔다가 다시 온탕 쪽으로 갔다. 미라는 사우나 안을 넋 나간 사람처럼 서성거렸다. 마치 파트장이 등을 떠미는 기분이었다. 걸음이 빨라질수록 미수금이 지갑에 척척 들어오는 듯한 착각이 들었다. 그때였다. 발목 안쪽 복사뼈에 누군가의 발이 스쳤다. 젖은 타일 위에 벌러덩 넘어졌다. 넘어지면서 건드린 샴푸와 비눗갑이 튀어 나가자 어떤 이가 집어다 주었다. 분홍색 비닐치마를 두른 또다른 여성도 미라를 바라보았다. 조금 전, 탈의실에서 얘기를 주고받았던 그이였다. 미라는 주저앉아 몸을 웅크렸다. 파트장의 눈빛, 밀린 미수금, 고객들의 무심한 얼굴들이 자신을 내려다보는 것 같았다. 얼굴이 화끈거리며 정수리가 뜨거웠다. 미라는 샴푸와 비눗갑을 움켜쥐고 천천히 일어났다. 사우나 출입문에는 희뿌연 김이 자욱했다.

분홍치마는 날마다 사우나를 찾는 사람이었다. 사우나 룸에서 지인들과 수다를 떨며 냉커피를 즐겼다. 그녀와 안면을 트고 난 다음, 미라도 특별한 일이 생기지 않은 한 으레 그곳에 갔다. 항상 홍보용 샘플을 넉넉하게 챙겼다. 바디클렌저나 샴푸를 비롯해 기초제품을 탈의실 선반에 비치해 두고 부담 없이 쓰도록 권했다. 처음엔 고맙게 샘플을 받아 쓰던 사람들은 차츰 미안한 마음이 찾아들었다. 하나 둘 기존 제품에서 미라네 제품으로 갈아탔다. 그들은 제품을 본격적으로 쓰면서부터 피부가 환해지고 윤기가 돈다고 마주칠 때마다 들떠 있었다. 처음엔 기본 라인에 만족하던 사람들이 차츰 레티놀이나 줄기세포의 고가 라인을 찾기에 이르렀다. 사우나 고객은 미라가 생개척으로 이루어낸 불모지의 성공적 모델이 되어주었다. 조회 때 파트장은 미라의 생생한 경험을 표본 삼아 교육했다. 혜진을 떠올리면 답답했지만, 사우나에서는 판매와 동시에 카드 결제가 이루어졌기에 그나마 회사에서 버틸 수 있었다. 미라의 판매 실적은 이제 매달 상위권을 벗어나지 않았다. 미라는 자신을 믿어 보기로 했다.

다시 처음처럼 마음을 다잡았다. 사우나에 가려다 마트로 차를 돌렸다. 일찍 귀가하고 싶은 마음이 간절했음에도 고객들에게 나눠줄 밑반찬 재료를 구입할 심산이었다. 캐럴이 흐르는 매장, 미라는 무뼈 닭발과 마른 콩과 자반 등을 골랐다. 식재료는 계산대 점원의 성급한 손길에 봉투 속에서 뒤죽박죽 섞여 버렸다. 미라는 봉투를 붙잡고 무거운 건 아래로 내려 정리했다. 그러다가 무에 손등을 얻어맞았다. 점원의 거침없는 손길이 불쾌했지만, 미라는 말 없이 카드를 건넸다. 점원은 카드를 낚아채 리더기에 꽂았다. 그때, 미라는 마음이 바뀌었다. 다른 카드를 쓰고 싶었다.

"잠깐만요 이걸로 해주세요." 검은색 카드를 내밀자, 점원은 멈칫했다. 경계하는 눈빛으로 미라를 위아래로 훑어보았다. 그 눈에는 묘한 경멸의 빛이 들어 있었다.

"왜요? 이건 안 되나요?"

"주세요. 이쪽으로 좀 비켜주시고요."

그녀는 카드를 휙 채갔다.

영업을 하다 보면 가끔 을의 자리를 벗어나 낯선 자신을 마주할 때가 있다. 미라는 문득 혜진에게 품었던 무시와 욕심, 그 감정에 휘말렸던 지난 순간이 떠올랐다.

묵직한 봉투를 끼고 서둘러 그곳을 벗어났다. 빙판길 위로 차량들이 길게 숨을 고르듯 늘어서 있었다. 눈은 쉼 없이 내려 쌓였고 먼지를 뒤집어쓴 거리와 건물들은 은빛 침묵에 덮여갔다.

평소보다 곱절의 시간이 걸려 집에 닿았다. 침묵에 잠긴 실내로 들어서 곧장 주방으로 향했다. 길었던 하루가 등 뒤에 진득하게 따라왔다. 온몸이 들보에 짓눌린 듯 무거웠다. '경찰을 부를까요?' 혜진의 당돌한 말에 '한번 불러보시죠. 누가 손핸지 보게.' 냉정하게 쏘아붙였지만, 말끝에 맴도는 건 불쾌함이 아니라 묵직한 쓸쓸함이었다. 옷장을 열어 보았다. 남편이 입었던 제복 하나 남아 있지 않다. 맥

없이 옷들을 뒤적이다가 신발장도 열어 보았다. 소지품 하나라도 남겨둘걸. 미라는 남편의 온기를 찾아 집안을 둘러보았다. 한 송이의 눈보다도 가볍게 그의 흔적은 사라졌다. 손끝 하나 닿을 수 없는 곳으로 사라진 그 부재 앞에서, 후회와 그리움은 속수무책 밀려왔다. 외출복을 입은 채 콩을 불리고 닭발을 찬물에 담갔다. 쪽파는 씻어 체에 받쳐 두었다. 가만히 있으면 무너져 내릴 것 같았다. 정말 경찰을 불렀다면 지금쯤 어땠을까. 미라는 주인을 잃은 의자에 앉아 눈을 감고 지나온 시간을 더듬었다. 쉬지 않고 몸을 움직였던 것 같은데, 정작 떠올릴 만한 장면은 없었다. 다만, 그 말 한마디, '경찰'이라는 단어가 그 회로를 타고 조용히 불을 밝혔다. 미라는 복잡한 생각을 털고 닭발을 매콤하게 볶고, 콩자반은 뭉근하게 조렸다. 늘 하던 대로, 사우나 팀들이 좋아하는 건과일을 곁들여 마무리했다. 완성한 음식들을 인원수대로 찬기에 나누어 담았다.

다음 날 아침, 미라는 일반 고객들을 만나 주문 제품을 전달하고, 무리 없이 수금했다. 모두 카드 결제였다. 사우나 고객들은 쑥향이 그득한 열탕에 발을 담근 채 냉커피를 홀짝이며 수다를 떨고 있었다. 여느 때와 마찬가지로 그들은 활기찼다. 금실 언니와 분홍 언니는 머리를 맞댄 채, 주얼리숍 위치를 주고받느라 고개를 끄덕이며 미라에게 손짓했다. "어제는 정말 미안해요, 언니." 미라는 그들에게 미안한 마음을 이해받고 싶었다. 그들은 "왔구나? 어 그래, 괜찮아."라며 넉넉하게 웃어주었다. "오늘은 언니들하고 놀고 싶어요." 정말이지 놀고 싶은 간절한 마음을 담아 말했다. 그들은 선약이 있다며 시큰둥 고개를 저었다. 송년 부부동반 모임과 자선단체 일정과 바자 준비까지의 일정을 늘어놓았다. 그럴 줄 알았다. 예상은 빗나가지 않았다.

"연말 분위기 나네요. 밥은 잘 챙겨 드시죠? 콩자반하고 닭발 볶음 좀 해 봤어요."

미라는 활짝 웃으며 고객들을 돌아보았다. 머리를 감거나 커피를 홀짝이는 고객이 끝내 자신을 쳐다볼 때까지 기다렸다. 명징한 눈빛으로 뚫어지게 바라보기만 하면 되었다. 미라가 마케팅에서 가장 강력한 비법으로 삼는 자신만의 방식이었다. 이 '비밀 작전'엔 설득도, 아부도, 과장된 권유도 없었다. 단지 눈빛 하나. 눈이 마주친 사람은 웃다가 멈칫했고 이내 민망한 듯 딴청을 피우며 실실 웃곤 했다.

"싱싱한 화장품도 좋지만 미라 씨가 해준 반찬 덕에 피부가 좋아진 것 같아."

분홍 언니는 미라가 가져온 제품을 두고 '싱싱하다'고 말해주었다. 공장에서 출고된 상품을 가장 먼저 받아 볼 수 있는 시스템이니 과장은 아니었다. 늘어가는 사망 세포엔 신선한 제품을 써야 한다는 것이 그녀의 지론이었다. 그동안 제품의 유통 경로를 세세히 듣더니 나름 그럴듯한 논리를 폈다. 신제품은 반찬과 곁들여 사우나 고객들에게 먹혀들었다.

"마사지하실 분요–"

미라는 열탕에서 먼저 빠져나왔다. 서넛이 뒤를 따라와 건식 사우나실 쪽의 낮은 샤워기 앞에 조르르 모여 앉았다. 그들은 스크럽젤로 얼굴 각질을 지우고, 이어서 요거트를 얼굴에 펴 발랐다.

"이렇게, 이렇게요."

미라는 리듬을 살려가며 눈 밑을 문지르고 인중과 턱선도 꾹꾹 눌러 보였다. 그들은 미라의 손놀림을 따라 각자 자신의 나이에 맞춰 속으로 하나, 둘, 셋, 넷⋯, 숫자를 세다가 다른 화젯거리로 조잘댔다. 송년회에 입고 나갈 옷, 최신 가전제품, 유행하는 보석, 집안에 소홀한 남편, 시댁 험담. 반복되는 이야기들이었지만, 그들은 그 속에서 잘도 웃었고 때론 꽤 진지했다. 미라는 할 말이 없었다.

툭–, 무언가 바닥을 때리는 거친 소리가 잡담을 끊었다. 미라는 반사적으로 고개를 돌렸다. 엉거주춤 몸을 숙인 채 바닥에 떨어진 물건을 줍는 사람. 어디선가 본 듯한 굵은 허리와 둥그런 어깨가 눈에 띄었다. 익숙한 듯 낯선 뒷모습이었다. 어디서 봤더라. 미라는 순간 머릿속을 더듬었다.

"언니, 어떻게요, 어떻게?"

미라는 턱과 인중을 건성으로 눌러 보이며 시선을 떼지 못했다. 바닥을 짚고 일어난 그녀가 머리카락을 쓸어 넘기며 욕실 안을 두리번거렸다. 미라는 단번에 그녀를 알아보았다. 투박한 손, 머리칼을 쥔 그녀의 손톱은 흑갈색이었다. 정확했다.

"여길 어떻게 하라고? 미라 씨, 어딜 그렇게 봐!"

금실 언니가 자리에서 일어나 미라의 시선을 따랐다.

"누군데? 저 양반도 몸매가 글렀네."

그녀가 미라의 동의를 구하듯 흘긋 쳐다보았다. 미라는 "글쎄요. 자 어디까지 하셨어?" 묻고는 뺨을 꼬집었다. 얼굴이 크다고 늘 불평하던 그녀도 따라 볼살을 꼬집어 당겼다.

"하나, 둘, 나이대로… 여섯… 아 아파! 열하나, 열둘…" 미라가 보기엔 늘어진 팔자주름은 탄력이 떨어진 게 문제로 보이는데 그녀는 한사코 지방이 빠져 그렇다고 우겼다. 연말 대목, 기본 서비스까지 했으니, 이제는 누굴 찾아가야 할지, 그럴 만한 고객을 떠올렸다.

"골치 아픈 일이 좀 생겼어요. 반찬은 카운터에 맡겨 뒀으니까 꼭 챙겨가세요."

그들은 "어서 가 봐, 맨날 이래서 어쩌냐." 입을 모았다.

"언니들이 부러워요. 놀고 싶어도 언니들 바쁘시고, 다른덴 불경기라 난린데 즐겁게 사니까요."

미라는 무심코 넋두리를 흘렸다.

"미라 씨, 힘내요. 연말 지나면 밥 한번 같이 먹어요."

분홍 언니는 해맑게 웃으며 손을 흔들었다.

"그래요. 미라 씨, 꼭 봐요."

금실 고객도 거들었다.

탕 안쪽에서 혜진이 몸을 일으켰다. 샤워부스 앞에 가 멍하니 앉아 길게 숨을 내쉬었다. 두툼한 어깨를 타고 물방울이 주르륵 흘러내렸다.

"어디 아픈 거 아냐?"

분홍 언니가 비닐 치마를 단단히 여미고 나서려 했다. 미라는 얼른 분홍 자락을 붙잡았다.

"아이, 무슨 오지랖이에요. 냅두고 마무리나 해요." 몇 마디 주고받는 사이 혜진은 머리를 감고 있었다. 금실 언니와 분홍 언니는 다시 주얼리 얘기에 빠져들었다. 미라는 자리를 떴다. 혜진의 뒤를 조용히 지나 사우나를 벗어났다. 혜진의 처진 어깨와 흑갈색 손톱이 운전하는 내내 지워지지 않았다. 그녀의 바구니를 채운 목욕제들은 결제가 된 것인지 문득 궁금했다.

지난가을, 구청을 방문한 날이었다. 비가 내린 탓에 민원실은 썰렁하고 한가로웠다. 미라는 기초 샘플과 명함을 여성 직원들의 PC 옆에 놓아주었다. "신제품이에요." 짧고 상냥하게 말했다. 그곳 여성들은 하나같이 경직된 표정으로 하던 일에만 집중했다. 옆에서 누가 뭐라 하든 말든, 오든 가든 거들떠보지 않았다. 미라도 그들이 무시하든 귀찮게 여기든 굴하지 않고 제품을 돌렸다. 1층과 2층을 돌고 난 뒤, 외부 벤치에 나가 잔여분을 정리했다. 점심 전까지는 충분해 보였다. 조금 전처럼 사람들의 반응이 없으면 미라는 위축되었고, 자기 모습마저 낯설게 느껴졌다. '생개척'이란 역시 무에서 유를 찾는 도전 정신이 아니라면 그저 무모하고 막막한 노동일 뿐이라고 생각했다. 미라는 힘을 내 4층 복지정책과로 향했다. 네 명의 여성이 조용히 업무를 보고 있었다. 그들을 향해 발을 떼자 마치 기다렸다는 듯 휴대폰이 울렸다. 눈이 마주친 젊은 여성이 인상을 찌푸렸다.

사무실을 나와 전화를 받아보니 혜진이었다. 스킨과 앰플 그리고 매니큐어를 주문한 혜진의 목소리가 겨울비 속으로 번져갔다. 당장 저녁에 쓸 것도 없다는 말끝에, "너무 바빠서 전화할 시간도 없었네." 하고 혼잣말을 덧붙였다. 미라가 "내일 드리면 안 되겠느냐."고 묻자, "피부가 칙칙하고 건조해서 안 돼요." 잘라 말했다. 평소 고객의 피부가 상한 자신의 책임이라 믿었기에, 미라의 마음은 이미 그곳으로 달려가고 있었다. "그러면 안 되죠. 늦더라도 꼭 가 보지요." 공손하게 말하면서 이미 주차장을 향해 걷고 있었다.

선임의 말은 틀리지 않았다. 쓸 사람은 굳이 홍보하지 않아도 먼저 주문했다. 그런 날들은 이후에도 반복되었다.

제품값은 그때그때 결제하지 않고 한 달에 한 번 정산하는 쪽으로 굳어졌다. 제대로 결제만 해준다면 나쁘지 않은 조건이었다. 어차피 매출은 월 단위로 잡히니까. 하지만 수금할 시기가 다가오면 어김없이 연락이 끊겼다.

미라는 지금도 피부 상태에 따른 관리법과 기초라인별 신제품의 성분과 효과를 매일 학습한다. 여기에 피부트러블 대처법과 상황별 메이크업 연출 그리고 유명 브랜드의 트렌드까지 탐색해왔다. 전략적인 영업을 위해『매출이 따라 오는 마케팅』과『기적의 대화』같은 책도 틈틈이 정독했다. 이따금 고객의 근무지나 가정 혹은 사업장을 돌다 보면 '시간을 낭비하는 건 아닐까' 하는 자괴감에 빠지곤 했다. 그럴 때면 커피숍에 들러, 애초에 큰 성과를 기대한 일이 아니었다는 사실을 되새기며 마음을 가라앉혔다.

파트장은 조회를 마칠 때마다 말했다. "현장을 두려워하지 마라, 발품을 팔수록, 공을 들일수록 성과는 따라온다, 개척 중 최고 값진 개척은 생개척이다." 귀가 쟁쟁하도록 열띤 목소리로 사원들의 사기를 북돋웠다. 미라는 그 열기에 한동안 사로잡혔다. 처음엔 '생개척'이라는 단어가 우리말사전에 존재한 말인 줄로만 알았다. 때론 무조건 판로를 독려하는 말을 듣다 보면 어딘가 공산주의 집단이나 사이비 종교집단을 연상케 하는 사원들의 강한 결집력에 압도

되곤 했다. 그들은 신규 고객이 일 년 이상 이탈하지 않으면 곧 고정 고객으로 여겼다. 그것이 바로 '생개척'의 초입이었다. 미라는 처음엔 그 낯선 단어가 불편하고 거슬렸지만, 시간이 지날수록 마음속 어딘가가 꿈틀거리기 시작했다. 조회가 끝나고 사원들이 흩어지면 그녀는 아무도 모르게 수첩의 깨끗한 면을 폈다. 그리고 '생개척' 대상으로 떠오르는 장소들을 하나씩 적어 내려갔다. 구청, 병원, 사우나, 음식점, 재래시장, 미용실, 어디든 아무 데나 좋았다.

미라는 혜진을 맡을 무렵, 신입 직원으로서 거쳐야 할 상담 과정을 끝낸 참이었다. 미라는 아침마다 수첩을 펼쳐 일정을 정리했고, 다녀온 곳엔 동그라미를, 새로 떠오른 곳은 맨 아래 줄에 적어 넣었다. 샴푸며 샤워젤, 클렌징과 바디스크럽, 오일과 기초제품 따위를 챙겨 매일 다른 곳을 찾아갔다. 어떤 날 아침, 선임 동료가 불룩한 가방을 눈짓으로 가리키며 속삭였다.

"너무 퍼주지 마. 쓸 사람은 명함만 줘도 써. 제품이 좋으니까. 돈이 없어 못 쓰지 품질이 떨어져서 안 쓰는 건 아니야. 그니까 이왕이면 쓸 만한 사람한테 뿌려. 너무 애쓰지 말고. 자기 돈 너무 쓰지 마. 내가 날린 돈이 한두 푼 아니야…"

파트장이 들었다면 눈총받을 말이었다. 그 열띤 '생개척을 두려워 말라.'는 목소리가 귓가에 맴돌았다. 곰곰 생각해 보면 선임의 조언도 현실적으로 다가왔다. '그렇다면 앞으로 어떻게 하지?' 미라는 혼란스러웠다. 그럼에도 무거운 가방을 메고 거리를 나섰다. 기분이 가라앉는 날엔 재래시장이나 병원을 돌고, 비나 눈이 내리면 사우나나 관공서를 찾았다. 햇살 좋은 날, 마음이 무거우면 영화관 주변을 배회했다. 사우나는 거의 매일 들렀다. 그 와중에도 혜진이 부르면 곧장 달려갔다. 그렇게 미라는 하루하루를 이어갔다.

시간이 흐를수록 혜진의 외상과 수금 사이의 간극은 더 깊어졌다. 그만큼 미라의 경제적 부담도 커졌다. 애써 이해하려 했던 시간은 지나버렸다. 미수금을 대신 메우는 일은 점점 더 버거웠고, 월말 목표액을 채운 사원만 포상받는 제도 또한 무기력하게 만들었다. 기획 패키지 상품은 회사의 꽃과 같아 당연히 사들여야 했지만, 다달이 포기하다 보니 정작 돌아오는 건 없었고, 허탈한 피로만 남았다. 어젠 사우나에서 돌아온 뒤 운동까지 하고 일찍 누웠다. 그러나 누적된 스트레스와 예민해진 신경 탓에 좀처럼 잠들 수 없었다. 방금 본 듯 두터운 파운데이션에 묻힌 혜진의 얼굴, 빨간 입술과 파란 눈매가 어른거렸다. 쉰 목소리로 주문을 재촉하던 순간, 장부에 빽빽이 적힌 품목들, 더는 대납하지 않아 불어난 미수금이 한꺼번에 밀려왔다. '이 많은 돈을 언제 다 받으려나.' 동료들 앞에서 듣던 파트장의 간접적인 질

책도 겹쳐 들렸다. 미라는 뻣뻣하게 굳은 몸을 뒤척이다, 귀찮음을 무릅쓰고 '4-7-8' 호흡에 매달렸다. 그 호흡마저도 번번이 깨졌다.

깨어 보면 사방은 짙은 어둠뿐, 시계 초침만 째깍거렸다. 삶을 갉아먹는 두통도 괴로웠으나, 더 힘든 건 혜진이 새빨간 입으로 "사흘만 기다려요, 사흘만 기다려주세요." 변함없는 말이었다. 그런데 사흘을 한두 번 기다렸던가. 휴대폰은 주문만 받으라고 쥔 물건인가. 자신의 삶이 혜진에게 저당 잡혀 있다는 생각은 어쩌면 치사하고 옹졸하게 보일지 모른다. 그렇다 해도 몰염치를 자각하지 못한 행태를 더는 두고 보지 않으리라. 불면의 늪을 헤매는 동안 새벽빛은 무심히 스며들었다.

잠을 설친 탓에 조회 시간 내내 머리가 멍했다. 파트장의 말은 새벽 도심의 빙판 위를 스쳐가는 바람처럼, 차갑고 날카로웠다. 계좌를 열어 보았으나 입금된 흔적은 없었다. 조회가 끝나자 미라는 곧장 밖으로 나섰다. 싸락눈이 세차게 얼굴과 몸을 스쳤다. 눈 덮인 도로의 경계선은 이미 자취를 감추고 있었다. 맞은편에서 달려오는 차와 부딪힐 듯한 긴장 속에서도 속도를 높였다. 상체를 운전대에 붙인 채 흐릿한 선을 더듬다 이따금 차선 밖으로 밀려났다. 그렇게 공업사 거리에 접어들었다. 눈더미를 피해 골목 끝 '미향백반' 앞에 차를 세웠다.

문을 잡아당기자, 방울이 딸그락하며 흐린 소리를 냈다. 혜진은 주방 앞 탁자에 홀로 앉아 있었다. 흘러내린 머리칼을 쓸어 넘기며 미라를 시큰둥한 얼굴로 쳐다보았다. 왈칵, 재채기를 토하며 온몸을 움찔거렸다. 손에서 마늘이 튀었다.

　"여기 좀 보세요. 화장독 같은데…"

　얼굴을 훔치고 그녀가 입을 열었다. 얼굴을 디밀고 인중에 난 뾰루지를 가리켰다. 거뭇한 손톱은 들떠 푸석했다. 미라는 순간 긴장했다. 혹시 트집을 잡아 제품을 반납하려는 건 아닐까. 미라는 혜진의 얼굴을 외면하고 의자를 당겨 앉았다.

　"얼굴까지 까매지는데 화장품 부작용 아니고 뭐겠어요?"

　"여태 잘 쓰시다가 부작용이라뇨? 저번보다 더 좋은데요. 돈은 준비하셨죠?"

　미라는 차갑게 받아쳤다.

　혜진은 병원비 아껴서 비싼 제품을 쓰는데 피부가 이러면 되겠냐고 불평을 늘어놓았다.

　"비싸도 왜 쓰는 줄 알아요? 향도 좋지만, 현금 거래가 맘에 들어서요. 손님이 다 돌아가고 나면 남는 건 향기랑 미수 장부뿐이에요. 저 시키면 기둥 좀 봐 봐요."

　검게 때 탄 나무 기둥에는 여전히 외상 장부가 여럿 걸려 있었다.

"앞으로도 잘 좀 봐줘요."

로션을 앞치마에 넣고 지폐를 꺼냈다. 두툼한 현금을 탁자 위에 놓고 미라 앞으로 밀었다. 그녀의 거친 손, 거뭇한 손톱이 잠잠한 불빛에 아득해 보였다.

"세어 봐요. 좀 부족할 거예요. 앞으로도 이렇게 해줘요. 하, 오늘은 다들 좋은 데로 송년회들 갔나 보네."

혜진은 중얼거리며 마늘 양푼을 끌어당겼다.

미라는 현금을 집었다. 왼손에 틀어쥐고 오른손으로 한 장씩 짚어 넘겼다. 풀죽은 만 원권이 손끝에 감겼다가 힘없이 떨어졌다. 혜진의 말대로였다. 잔금을 마저 정리해달라고 밀어붙일까 잠시 고민했다. 혜진은 젖은 마늘을 까느라 재게 손을 놀렸다. 주방 화구에서는 김이 쉭쉭 솟아 올랐다. 매운 내가 코끝을 타고 와 콧마루가 찡했다. 미라는 현금을 반으로 접어 가방에 넣었다.

"이건 크리스마스 한정판 크림인데, 향이 좋아서 챙겨왔어요."

미라는 양푼 옆으로 샘플 묶음을 밀어두었다.

"벌써 품절이라 주문해도 받을 수 있을지 몰라요. 한정판이니까요. 그래도 이 정도면 꽤 오래 쓸 거예요."

말을 뱉고서야 미라는 자신이 습관처럼 홍보하고 있음을 깨달았다.

열두 시가 가까워지자 손님들이 하나둘 들어섰다.

"어우, 추워."

"어서 오세요."

손님들의 인사와 혜진의 목소리가 어우러지며 식당 안에 온기가 번졌다. 그들은 따로따로 테이블에 앉아 같은 음식을 시켰다. 혜진은 뜨거운 물과 컵을 내주고 곧장 주방으로 향했다.

미라는 일어섰다. 남자 손님들의 다리가 통로를 막고 있었다. 반찬을 담는 혜진과 닫힌 출입문을 번갈아 쳐다보았다. "죄송합니다." 미라가 고개를 숙이자 손님들이 다리를 탁자 아래로 끌어당겼다. 미라는 출입구로 향했다. 늘어진 초승달 모양의 손잡이는 손때에 검게 번들거렸다. 그 위엔 바싹 마른 커피 자국이 굳어 있었다.

딸그락– 문이 또 열렸다. 흩날린 눈발과 함께 한기가 훅 밀려들었다. 미라는 옆으로 비켜섰다. 외투에 눈을 잔뜩 뒤집어쓴 남자가 주방으로 성큼 들어갔다.

"지금 왜 이러는 건데요, 예? 병원부터 가자니까 왜 이래요. 전화는 또 어디 두고…"

말투로 보아 혜진의 아들인 듯했다.

"아휴, 전화했어? 여봐라, 손님들 좀…"

미라는 돌아서 손잡이를 밀었다. 딸그락– 탁한 소리가 번졌다가 곧 뭉개졌다. 검은 손잡이는 유난히 따뜻하고 매끄러워 손끝에 오래 남았다. 남자의 목소리가 등 뒤로 멀어졌다.

밖은 그새 눈이 더 내려, 거리는 한층 희뿌옇게 잠겨 있었다. 미라는 어깨의 눈을 털고 차에 올랐다. 시동을 걸고, 잠시 그대로 앉아 있었다. 얼마 만에 쥔 현금인가. 혜진의 손때가 묻은 돈을 꽉 움켜쥐었다. 푸르죽죽한 지폐는 눅눅했다. 한 장씩 넘길 때마다 알싸한 마늘 냄새가 배어 나왔다. 미수금을 제하면 딱 맞았다. 꾀죄죄한 돈을 반으로 접어 가방에 넣었다.

굵은 눈이 쉼 없이 쏟아졌다. 윈도 브러시가 앞유리를 부지런히 쓸어냈다. 시야는 한순간 맑아졌다가 곧 하얗게 덮였다. 미라는 언 손으로 전조등을 켜고 기어를 낮췄다. 히터의 바람은 아직 차가웠고, 가로등 불빛은 눈보라 속에서 희미했다. 그러니까 천천히 가면 된다.

미끄러져도, 늦더라도…

그림자를 그리고 빚는 이들의 연대기

조형래_ 비평가, 동국대 국어국문문예창작학부 교수

1. (디)부타데스의 후예

고대 그리스의 철학자이자 박물학자였던 플리니우스 (Gaius Plinius Secundus)가 그의 저서 『박물지(Historia Naturalis)』에서 전하는 디부타데스에 관한 유서 깊은 이 야기는 예술의 기원이 현존의 찬미가 아니라 죽음에 대한 공포, 부재에 관한 두려움에서 비롯되었음을 일러주는 가 장 오래된 일화 중 하나다. 기원전 600년경 시키온 출신 도 공의 딸로 알려진 디부타데스, 혹은 코린트의 처녀는 먼 나 라로 떠나는 연인과의 이별을 앞두고 등불에 비친 그림자 를 벽에 그려냈다. 도공이었던 그녀의 아버지는 그 윤곽선 안에 흙을 채워 넣어 조형물로 만들고 가마에 구워내어 코

린트의 신전으로 옮겼다. 플라니우스의 설화에서 회화와 조각은 이렇게 시작되었다.(한의정, 「현전-부재의 흔적 : 그림자의 현대적 변용에 관하여」, 『현대미술사연구』, 37, 2015. 6., 231~232쪽.) 이 설화에서 예술이란 현재 눈앞에 있는 것을 재현하는 행위가 아니라 사라질 것을 붙들어 두려는 절박한 시도이며 텅 비어버릴 공간에 미리 질량을 부여하여 다가올 상실을 견디려는 제의적 행위에 다름 아니다. 그림자는 빛의 차단으로 생겨나는 부재의 형상이며 그것을 따라 그린 윤곽선은 실체가 사라진 후에도 남을 유일한 증거다. 디부타데스는 연인의 육체가 아니라 그림자를, 즉 부재의 예감을 그렸던 것이며 그녀의 아버지는 그 텅 빈 윤곽선 안에 흙을 채워 넣음으로써 부재에 실재성을 부여했던 것이다. 예술은 그렇게 사랑하는 대상이 떠난 자리에 남겨진 텅 빈 윤곽선을 견디지 못하는 자들이 만들어 낸 대체물이자 위안이며 동시에 망각에 대한 저항이다.

송은유의 소설집 『빛과 결』에 등장하는 인물들은 하나같이 누군가의 부재 앞에서 무력하게 서 있는 자들이며, 떠나버린 이의 그림자를 부여잡고 그 빈자리를 자신만의 방식으로 메우려 발버둥 치는 존재들이다. 아버지는 무능하여 도망쳤거나 침묵 속에 죽어갔거나 벼락처럼 사라진 존재들이고, 어머니는 억척스러운 노동으로 자신을 소진하다가 병들어 눕거나 빗자루를 휘두르며 자식을 억압하는 흉

포한 그늘로 남아 있다. 이들은 한국 근대소설의 가족 서사가 그려온 전형적인 부모상과 겹쳐지면서도 미묘하게 다른 질감을 지니고 있다. 송은유의 부모들은 단순히 가난하거나 무지하거나 폭력적인 것이 아니라 그들 자신이 이미 상실의 피해자이며 결핍의 화신이다. 아버지들은 꿈을 가졌지만 그 꿈을 실현할 능력이 없었고, 어머니들은 자식을 사랑했지만 그 사랑을 표현할 언어를 갖지 못했다. 그들이 떠나거나 죽거나 침묵하는 것은 어쩌면 필연이었을지도 모른다. 그리고 남겨진 자식들은 그 부재의 자리에서 춤을, 놀이를, 그림을, 먹을, 향기를 빚어낸다. 이것은 단순한 애도의 행위에 불과한 것이 아니다. 『빛과 결』의 인물들은 상실에 대해 슬퍼하는 데 그치지 않고 그 상실을 어떻게 재구성하고 변형시키며 나아가 어떻게든 승화(sublimation)시킬 수 있을까에 관한 문제에 붙들려 있다. 그들은 사물에 집착하고 기억을 왜곡하며 때로는 환상 속으로 도피하고 때로는 의식과 제의를 수행한다.

『빛과 결』에서 전경화되고 있는 이 과정은 외부에서 볼 때 기괴하고 병적으로 보일 수 있다. 그러나 바로 그 기이함과 병적임 속에서 우리는 결핍이야말로 인간을 인간답게 만드는 가장 근본적인 조건이며 상실이야말로 생성의 가장 강력한 원동력인지도 모른다는 진실과 마주하게 된다. 송은유는 이 결핍의 자리에서 소설을 쓰고 있는 작가이며, 그녀가 구축한 세계는 그림자와 흙으로 이루어진 세계다. 그림자는 빛의 차단으로 생겨나는 부재의 형상이며, 흙은 그 부재에 질량을 부여하여 실재로 만드는 물질이다. 소설 속 인물들은 하나같이 그림자를 응시하거나 흙을 만지작거리는 자들이며, 그들의 손끝에서 탄생하는 것들은 죽은 자의 대체물이자 산 자의 위안이다. 독자들은 이 텅 빈, 공백과 결핍의 무게를 함께 견디게 될 터다.

2. 부재와 제의

「은하」는 죽어가는 어머니와 한사코 그 어머니를 마주하지 않으려 드는 딸의 이야기지만 전형적인 모녀 화해나 용서의 서사로 수렴되지 아니한다. 은하의 어린 시절은 일찍이 진폐증으로 사망한 아버지의 부재 및 생계를 위해 건강음료 외판원으로 일하며 불안을 감추지 못했던 어머니의 냉담함이 짙은 그림자를 드리우고 있었다. 은하에게 있어서 어머니는 노란 방에서 젖을 물리는 존재였지만 그것은 어디까지나 자신을 홀로 재워둔 채 방을 나서기 위한 것이었다. 햇살이 가득하고 포근한 솜이불로 감싸진 노란 방의 구강기적 낙원은 어머니가 문을 닫고 나가는 순간 토해낸 젖의 한기(寒氣)와 뜨끈하게 젖어버린 기저귀로 촉감되는 공간으로 변모했던 것이다. 프로이트적 관점에서 볼 때 이는 유아기 은하에게 각인된 어머니의 이마고(imago)가 이미 분열되어 있음을 드러낸다. 곧 욕구를 충족시켜 주는 '좋은 젖가슴'과 자신을 좌절시키는 '나쁜 젖가슴'이 동시에 공존하고 있으며, 이러한 이미지의 분열이 성인이 된 은하를 근본적으로 규정하고 있다고 할 수 있다. 이 이율배반적 감각 기억, 즉 소여와 박탈이 동시에 일어나는 경험은 성인이 된 은하로 하여금 어머니의 임종이라는 결정적 순간 앞에서도 재즈바에서 문워크를 추게 만드는 근본 원인이 된다. 문워크는 앞으로 나아가는 듯 보이지만 실제로는 뒤로 미끄러지는 역설적인 춤 동작이며, 이는 은하가 물리적으로는 현재에 머물러 있으나 심리적으로는 끊임없이 과거로 퇴행하려는 무의식적 욕망을 형상화한 것이라고 해도 틀리지 않다. 그녀는 어머니의 죽음이라는 미래를 거부하고 노란 방의 그 순간으로 회귀하고 싶어한다. 그러나 문워크가 실제로는 제자리에 머무는 동작인 것처럼 은하 역시 과거로 갈 수도 미래로 나아갈 수도 없는 정체의 상태에 머물러 있을 수밖에 없다. 이는 직장에서 연구비 지출요구서를 검토하며 연구원들의 폭언과 동료들의 외면 속에 고립되어 있으나 그렇다고 그만둘 수도 없는 그녀의 현실적 처지와 조응한다. 어머니가 춤추던 은하에게 빗자루를 휘두르며 "호랑이가 물어갈 년"이라고 저주했던 기억은 성인이 된 은하에게 내면화되어 그녀가 어떤 선택도 제대로 하지 못하게 만드는 무력감과 자조의 원천이 된다.

은하가 어머니의 세계, 즉 노동과 억압과 빗자루로 상징되는 현실 원칙의 세계를 거부하고 옆집 언니의 세계, 즉 달빛과 슬립과 화장과 춤으로 상징되는 쾌락 원칙의 세계로 도피하려 할 때, 어머니는 창틀에 대못을 박아 그 세계로 통하는 창문을 물리적으로 차단했다. 그 대못은 딸을 지키려는 모성적 보호의 행위인 동시에 딸의 자유와 욕망을 억압하는 폭력의 상징이기도 하다. 어머니는 딸이 자신의 궤도, 즉 노동하고 인내하며 고통을 견디는 삶의 방식을 벗어나는 것을 공포스러워했을 터다. 옆집 언니로 상징되는 쾌락과 자유의 세계가 결국 파멸로 이어질 것임을 알았거나 혹은 직관적으로 느꼈을 것이다. 은하에게 춤, 특히 문워크는 단순한 취미나 표현 행위가 아니라 어머니의 억압적 세계로부터 탈주하기 위한 제의이며, 동시에 어머니와의 관계를 재조정하려는 무의식적 시도이다. 이 소설의 백미는 은하가 어머니의 시신을 덮었던 흰 면포를 뒤집어쓰고 병실에서 문워크를 추는 마지막 장면이다. 어머니가 죽고 운구차가 장례식장을 향해 떠난 후, 홀로 남은 은하는 병실을 정리하다 침대의 면포를 걷는다. 박쥐 형상으로 얼룩진 피를 가리기 위해 면포를 한 번, 두 번, 세 번 접는 순간 생리혈이 불시에 터져 나오며, 화장실에서 "백두산 호랭이가 물어갈 년"이라는 어머니의 목소리가 환청처럼 울려온다. 도망치듯 병실로 나온 은하는 면포를 머리 위로 올려 쓰고 문워크를 춘다. 시큼하고 퀴퀴한 냄새가 코를 찌르지만 멈출 수 없으며, 춤은 점점 광적으로 변해간다. 방은 붉게 물들고 몸은 리듬에 결박되며, 노란 방의 잔상과 함께 흰옷 입은 사내가 솟을대문을 연이어 열어젖히는 환영이 나타난다. 은하는 그 문턱을 하나씩 넘으며 성실하게 문워크를 이어간다. 이 장면에서 죽음의 의식을 상징하는 면포와 생명의 의식을 상징하는 춤이 기묘하게 결합되지만, 이는 화해나 애도라기보다는 광기에 가까운 강박적 반복이다. 딸은 어머니의 죽음 앞에서도 여전히 어머니의 저주("호랭이가 물어갈 년")에 사로잡혀 있으며, 어머니로부터 최종적으로 분리되기는커녕 피로 얼룩진 면포를 뒤집어쓴 채 끝없이 문을 넘고 또 넘는다. 그녀는 뒤로 걷지만 그 걸음은 어머니가 떠난 저세상의 문을 향하는 것도, 유년의 노란 방으로 회귀하는 것도 아니라, 어쩌면 출구 없는 순환 속에 영원히 갇혀버린 정체 그 자체일지도 모른다.

「마주 앉아」에서 교사였던 보라의 아버지는 직장에 사표를 내고 당구장을 차리겠다는 일견 황당해 보이는 꿈을 꾸다가 가족의 반대에 부딪친 후 어느 날 갑자기 가출한 인물이다. 그가 꿈꾸던 당구장의 유일한 흔적으로 남은 것은 당구대 위에 깔리는 푸른 라사지 천 한 장이다. 이 푸른 천은 아버지의 유토피아이자 그가 현실에 남긴 유일한 영토이며 동시에 그의 무능과 낭만이 응축된 사물이다. 「은하」의 '노란 방'이 원초적이고 본능적인 색채의 공간이라면, 이 '푸른 천'은 우울과 이상이 혼재된 색채의 표면이다. 아버지가 떠난 후 어머니 동심은 이 푸른 천을 거실 마루에 깔고 그 위에서 화투, 특히 삼봉이라는 게임을 치며 시간을 보낸다. 이는 단순한 도박 중독이나 무료함을 달래는 행위가 아니다. 어머니는 아버지가 꿈꾸었던 '놀이의 공간'을 집 안에 직접 구현함으로써 사라진 아버지를 소환하려는 제의적 행위를 수행하고 있으며, 동시에 아버지를 쫓아낸 죄책감과 아버지를 기다리는 간절함을 놀이라는 반복적 행위를 통해 처리하고 있는 것이다. 어머니는 밥도 먹지 않고 씻지도 않은 채 딸에게 화투를 치자고 조르며, 치매 예방에 좋다는 이유를 대지만 실제로는 삼봉을 치는 동안 만큼은 아버지가 돌아올 것 같은 환상에 빠져들 수 있기 때문일 것이다.

삼봉이라는 게임 자체가 지닌 상징성도 흥미롭다. 카드를 섞고 패를 돌리고 짝을 맞추는 반복적이고 리듬감 있는 행위는 흐르지 않는 시간, 즉 아버지를 기다리는 정체된 시간을 견디게 해주는 일종의 만트라가 된다. 어머니가 흑싸리와 홍싸리는 마술에 걸린 것처럼 자신의 손에서만 나온다고 믿는 것이나 아버지의 이름이 적힌 문패를 달아서 패가 좋아졌다고 믿는 것은 주술적 사고방식이지만 동시에 무력한 자가 세계를 통제하려는 필사적 시도이기도 하다. 딸 보라는 이런 어머니를 한심해하고 답답해하면서도 결국 그 놀이에 동참하게 되며 이는 그녀 역시 아버지의 부재를 나름의 방식으로 견디고 있음을 의미한다. 보라가 고모에게 받은 용돈을 쓰지 않고 서랍 속에 차곡차곡 모아두는 행위나 아버지가 가져왔던 푸른 천에 얼굴을 묻고 아버지 냄새를 맡으려는 행위는 모두 사라진 아버지와의 연결 고리를 유지하려는 시도다. 소설의 대단원에서 달빛이 가득한 마루에 모녀가 마주 앉아 끝없이 화투를 치는 이미지는 서글프지만 동시에 아름답다. 그것은 아버지가 없는 자리를 놀이라는 허구적 질서로 메우려는 슬픈 건축술이며 실패할 것이 뻔한 줄 알면서도 포기할 수 없는 의식이다. 푸른 천 위에서 펼쳐지는 화투판은 아버지의 꿈이었던 당구장의 초라한 복제품이지만, 그것이 이 모녀가 함께 만들어낸 유일한 공통의 공간이며 아버지를 기억하는 유일한 방법인 듯하다. 이들이 언제까지 이 놀이를 지속할 수 있을지, 혹은 지속해야 하는지는 알 수 없다.

「빛의 무게」에서 빛은 더 이상 계몽이나 희망이나 진실의 상징이 아니라 감당할 수 없는 트라우마의 무게와 공포로 작용한다. 제목 자체가 역설적이다. 빛은 물리적으로 무게가 없지만, 이 소설에서 빛은 인물들을 짓누르는 가장 무거운 것이 된다. 번개에 맞아 죽은 아버지를 목격한 자매 영영과 지지에게 그 순간의 섬광은 망막에 각인된 트라우마 자체다. 이로 인해 언니 영영은 실내에서조차 선글라스를 벗지 못하는 증상에 사로잡혀 있다. 선글라스는 단순한 패션 아이템이나 눈부심을 막는 도구가 아니라 세상의 빛으로부터, 더 정확히는 빛이 불러일으키는 트라우마의 재현으로부터 자신을 보호하는 차단막이며 제2의 피부이자 심리적 갑옷이다. 직장 센터장이 "눈은 제대로 보이나?"라고 비아냥거리며 그녀의 선글라스를 문제 삼아도 영영이 그것을 고수할 수밖에 없는 이유는 선글라스 없이는 세상의 빛이 너무나 날카롭고 위협적이며 무겁게 다가오기 때문이다. 그녀에게 빛은 죽음과 상실을 상기시키는 폭력이 되어버렸다. 반면 동생 지지는 시각이 아니라 촉각적 사물, 즉 노란 이불에 집착한다. 지지는 잠을 잘 때는 물론 밥을 먹는 동안에도, 심지어 외출할 때조차 노란 이불을 손에서 놓지 못하며 성인이 되어서도 이 이불 없이는 불안해한다. 이 노란 이불은 원래 병원에 입원한 엄마를 대신하는 사물이었으나 아버지가 번개를 맞아 죽을 때 그것을 껴안고 있었기 때문에 이불은 죽음의 수의이자 아버지의 마지막 온기가 남은 성물로 의미가 변모했다. 지지에게 이 이불은 엄마와 아빠, 생명과 죽음, 위안과 공포가 모두 응축된 복합적 사물이며 그녀가 성인이 되어서도 이불을 놓지 못하는 것은 트라우마의 순간에 시간이 정지해버렸음을 의미한다.

지지가 반복해서 그리는 그림들 역시 모두 비 내리는 풍경이며 이는 아버지가 죽던 날의 날씨를 강박적으로 재현하는 행위이다. 두 자매는 같은 트라우마를 경험했지만 서로 다른 방식으로 그것을 처리하고 있다. 언니는 시각을 차단하고 동생은 촉각적 대상에 집착하면서 각자 트라우마를 견디는 것이다.

소설의 결말부에서 영영이 직장에서 재계약 불가 통보를 받고 눈 내리는 센터 뜰에 홀로 서 있는 장면은 의미심장하다. 센터장의 차가운 목소리('그냥 좀 확 벗지, 뭐가 제대로 보이나?…, 더는 안 되겠네.')가 눈발을 타고 스며들 때 영영은 마음을 다잡고 선글라스를 살그머니 벗어 내린다. 얼굴을 젖히고 눈을 감은 채 한참을 움직이지 않는 그녀의 눈꺼풀 위로 은은한 빛이 스며든다. 이 장면에서 눈[雪]은 차가운 물성을 지녔지만 동시에 세상을 부드럽게 덮어주는 막이기도 하다. 영영이 선글라스를 벗었지만 눈을 감은 채 빛을 느끼는 행위는 트라우마와의 정면 대결이라기보다는 감각을 통한 우회적이고 조심스러운 접촉의 시도로 읽힌다. 그러나 집으로 돌아온 영영이 그림을 보며 선글라스를 벗었을 때 "어김없이 찌릿한 감각"이 치고 들어도로 선글라스를 쓰게 되는 장면은 변화가 결코 쉽지 않을 것임을 암시한다. 밤에 지지와 나누는 대화 역시 의미심장하다. 옆집처럼 싸우더라도 부모가 곁에 있는 편이 나을지도 모른다는 영영의 말에 대해 지지 역시 동감한다. 이들은 트라우마로부터 완전히 자유로워질 수 없으며 어쩌면 영원히 자유로워지지 못할지도 모른다는 사실을 자인하고 있는 것일지도 모른다. 그들이 더 이상 세상을 완전히 차단하지는 않으려 하지만 그것이 곧 극복을 의미하는 것은 아니다. 영영이 내일은 "빛이 밝을수록 더 어두워지는 안경"을 찾아봐야겠다고 생각하는 대목은 그녀가 선글라스를 완전히 벗는 것이 아니라 자신에게 맞는 새로운 차단막을 모색하고 있음을 보여주며 이는 적응의 방식일 뿐이다. 고통스럽더라도 빛을 조금씩 받아들이려는 시도는 계속되지만 그 시도가 어디로 향하는지는 여전히 불확실하다.

3. 먹을 갈고 흙을 빚다

2018년 〈광주일보〉 신춘문예 당선작인 「먹을 잇다」는 '아버지의 부재'와 '아버지에 대한 이해'가 교차하는 지점을 형상화한다. 앞선 작품들이 떠난 아버지나 죽은 아버지를 다뤘다면 이 작품은 '존재하지만 부재하는 듯한' 아버지 즉 침묵하는 아버지의 내면을 탐구한다. 주인공 선우의 아버지는 장마철이 되면 하염없이 먹을 갈지만 결코 글씨를 쓰지 않는 기이한 행위를 반복한다. 비가 내리는 내내 아버지는 아랑곳하지 않고 먹을 갈 뿐이며 맑은 물이 검고 걸쭉하게 변해도 붓을 들지 않는다. 이 행위는 실용적 목적이 거세된 제의이며 아버지는 글씨를 쓰기 위해서가 아니라 오직 갈기 위해서 먹을 가는 것이다. 아버지는 자신의 부모를 화재로 잃었고 아내마저 그 자신을 견디지 못하고 가출해버린 상실의 존재 자체다. 그에게 있어서 먹을 가는 행위는 자신의 내면에 고인 어둠과 슬픔을 액체화하는 과정이자 흐르지 않는 시간을 견디는 수행이다. 벼루와 먹이 마찰하며 내는 소리는 규칙적이고 반복적이며 이는 아버지의 내면에서 일어나는 고통의 신음이자 애도의 리듬일지도 모른다. 하지만 선우는 이런 아버지를 이해하지 못하고 답답해하며 아버지가 고수하는 재래식 묘지 관리 방식도 비효율적이라고 생각한다. 그는 시멘트로 묘지를 발라 잡초가 자라지 못하게 하여 관리하기 쉽게 만들려 한다. 이러한 견고한 물성과 유동의 액체의 대립적 형상은 바로 현대적 합리성과 아버지의 전근대적 정서의 충돌이며 효율성과 영성 간 갈등으로 읽을 수 있다.

그러나 묘지를 파헤치던 선우는 충격적인 진실을 마주한다. 조심스레 흙을 걷어내자 하나둘 검은 돌이 모습을 드러냈고 그중 하나를 흔들어 뺐을 때, 그것은 오늘 아침에도 보았던 먹이었다. 아버지는 갈다 남은 먹을 조상들의 묘소에 몰래 묻어왔던 것이다. 이는 먹을 단순한 필기구나 예술 도구가 아니라 조상의 뼈를 대신하는 검은 사리 즉 성스러운 유골로 여겼음을 의미한다. 먹은 나무를 태운 그을음으로 만든다. 화재로 부모를 잃은 아버지에게 불에 탄 그을음으로 만든 먹은 부모의 시신 그 자체였을 것이며 더 정확히는 불에 타서 재가 되어버린 부모의 육신을 상징하는 것이다. 아버지가 장마철마다 먹을 가는 행위는 화재로 사라져버린 부모의 육신을 다시 빚어내는 과정이었고 그렇게 갈아낸 먹을 땅에 묻는 행위는 그들을 다시 땅으로 돌려보내는 아버지 나름의 처절하고도 은밀한 장례 절차였던 것이다. 이 깨달음은 선우에게 충격으로 다가오며 그는 비로소 아버지의 침묵과 반복적 행위가 지닌 의미를 이해하게 된다. 아버지는 말로 슬픔을 표현할 줄 몰랐고 눈물로 애도할 줄도 몰랐으며 다만 먹을 갈고 그것을 묻는 신체적이고 제의적인 행위를 통해서만 자신의 슬픔을 처리할 수 있었던 것이다. 제목 "먹을 잇다"는 중의적이다. 먹물을 잇다(continue), 먹을 잊다(forget), 그리고 대를 잇다(connect)는 의미가 모두 겹쳐져 있다.

선우는 아버지의 비밀을 알게 된 후 필방에 들러 먹을 산다. 이 순간 시멘트로 봉합하려 했던 세대 간의 단절은 아버지가 땅속에 묻어둔 검은 먹을 통해 다시 연결되며 아버지의 침묵 속에 거대한 슬픔의 역사가 흐르고 있었음이 뒤늦게 밝혀진다. 이 소설은 무능하고 침묵하는 아버지가 실은 가장 깊은 슬픔을 안고 있는 존재일 수 있으며 그 슬픔을 이해하는 것이야말로 진정한 계승임을 역설한다. 선우가 먹을 산다는 것은 단순한 선물의 의미를 넘어선다. 아버지의 제의를 물려받겠다는 의지의 표현이자 정신적 계승이다. 이것이 조상을 기리는 것인지 아버지를 기리는 것인지 혹은 자신의 슬픔을 처리하는 것인지는 구분할 수 없을지도 모른다. 중요한 것은 그 검은 선이 과거와 현재를, 죽은 자와 산 자를, 아버지와 아들을 이어준다는 것이다.

「다완」은 「먹을 잇다」와 짝을 이루는 단편으로 어머니의 죽음과 남겨진 아버지 그리고 아버지를 이해하려는 딸의 이야기를 다룬다. 아버지는 아내와 함께 사용하던 싸구려 다완 즉 차 사발에 병적으로 집착하며 그 다완이 깨졌을 때 마치 세상이 무너진 듯 절망한다. 딸인 화자는 이를 이해하지 못하고 오히려 "속이 시원하다"고 느끼며 이는 딸이 아버지의 슬픔에 공감하지 못하거나 혹은 아버지의 집착에 짜증을 느끼고 있음을 보여준다. 그러나 아버지에게 그 다완은 단순한 그릇이나 도구가 아니라 죽은 아내와 함께했던 시간의 물증이자 그녀의 손때가 묻은 유일한 유품이다. 깨진 조각을 접착제로 엉성하게 붙여 막걸리를 따르면 줄줄 새는데도 아버지가 그 그릇을 고집하는 이유는 그 새는 틈이야말로 아내의 부재를 증명하는 상처이기 때문이며 그 불완전함이 오히려 아내를 기억하게 해주기 때문이다. 완전한 그릇은 아내의 죽음을 망각하게 만들지만 깨진 그릇은 매번 술을 따를 때마다 아내의 부재를 상기시켜준다. 딸은 아버지를 위로하기 위해 혹은 아버지의 집착을 끊어주기 위해 도예를 배우기 시작하고 급기야 어머니 무덤의 흙을 몰래 퍼와서 다완을 빚는다. 엄마 무덤의 흙을 섞었으니 다완은 분명 더 깊고 아름다울 것이라는 그녀의 생각은 일종의 주술적 사고방식이다. 어머니의 육신이 분해되어 섞인 흙으로 그릇을 만들면 어머니가 돌아올 것이라는, 혹은 적어도 어머니의 존재가 그릇 속에 깃들 것이라는 무의식적 믿음이 작동하고 있다.

딸은 주저 없이 그 다완을 아버지 앞에 내밀지만 아버지의 반응은 예상과 전혀 다르다. 아버지는 쓰지도 못할 걸 뭣하러 고생이냐며 그것을 머리 위로 번쩍 들어올려 내던지려 한다. 아버지에게 중요한 것은 그릇의 기능, 즉 막걸리를 잘 담을 수 있느냐도 아니고 그릇의 미학, 즉 얼마나 아름답게 빚어졌느냐도 아니다. 아버지에게 중요한 것은 오직 기억, 즉 아내와 함께 사용했던 바로 그 그릇이라는 역사성과 고유성이다. 어머니의 흙으로 빚은 새 다완은 어머니가 만졌던 그 다완이 아니며 오히려 어머니의 죽음을 확증하는 물건일 뿐이다. 어머니의 육신은 흙이 되었고 그 흙으로 그릇을 만들었다는 것은 어머니가 영원히 돌아오지 않을 것임을 물질적으로 증명하는 것이기 때문이다. 이 소설이 보여주는 것은 상실은 결코 대체될 수 없으며 우리는 깨진 틈을 그대로 끌어안고 살아갈 수밖에 없다는 잔혹하지만 진실한 교훈이다. 딸의 선의와 노력은 실패로 끝나지만 그 실패를 통해 그녀는 비로소 아버지의 슬픔이 얼마나 깊고 특별한 것인지 그리고 그것이 결코 위로되거나 해결될 수 없는 것임을 깨닫게 될 것이다. 완벽한 새 그릇보다 깨진 옛 그릇을 선택하는 아버지의 태도는 비합리적으로 보이지만 이는 인간의 슬픔과 기억이 논리를 얼마나 초월하는 것인지를 보여준다.

「블렌딩」과 「블랙」은 앞선 작품들의 주제를 현대적이고 도시적인 배경으로 확장하며 동시에 사물과 신체의 관계를 새로운 방식으로 탐구한다. 「블렌딩」에서 주인공 미은이 고착된 대상은 장애를 가진 오빠 주호가 타던 낡은 SM5 승용차 '엣셈'이다. 이 차는 단순한 교통수단이 아니라 오빠의 건강했던 신체의 연장이자 가족을 지탱해주던 기계적 가장이며 오빠의 정체성과 자존감이 투사된 사물이다. 장애를 가진 오빠에게 운전은 자신이 여전히 유용하고 능력 있는 존재임을 증명하는 행위였을 것이며 차는 그의 불완전한 육체를 보완해주는 제2의 신체였을 것이다. 차가 사고로 심하게 망가져 폐차 위기에 처하자 미은은 오빠를 위해 혹은 차를 위해 향수를 조향하기로 결심한다. 미은은 주호에게 향수병을 건네고 그는 찌그러진 보닛과 엔진, 바퀴 하나

하나에 조심스레 향을 입힌다. 마지막 단장을 하듯 정성을 다하는 손길은 장례식을 치르는 사람의 손길과 닮아 있다. 이는 기계에 대한 장례식이며 「먹을 잇다」의 아버지가 묘소에 먹을 묻듯이 미은과 주호는 폐차될 차에 향기를 입힘으로써 그 존재를 애도하고 기억하려 한다. 향기는 가장 덧없고 붙잡을 수 없는 감각이지만 동시에 가장 강렬하게 기억을 소환하는 매체이며 보이지 않지만 공간을 점유하는 기억의 속성을 완벽하게 대변한다. 차는 폐차되어 사라질 것이지만 그 향기는 미은과 주호의 후각 기억 속에 영원히 남을 것이며 그들은 그 향기를 통해 차가 존재했던 시간과 오빠가 건강했던 시절을 떠올릴 수 있을 것이다.

「블랙」은 화장품 외판원 미라와 식당 주인 혜진의 이야기로 두 여성은 외상값을 둘러싼 채무 관계 즉 전형적인 갑과 을의 관계로 얽혀 있다. 혜진은 '블랙리스트' 고객, 즉 돈을 제때 갚지 못하는 신용불량 고객이지만 고가의 화장품을 바르는 것을 멈추지 않으며 오히려 더 진한 색조 화장을 고집한다. 혜진이 검지로 크림을 북 찍어 양 볼에 잔뜩 얹는 장면, 진한 색조 화장을 한 얼굴에서 크림이 흘러내려 피에로처럼 붉은 볼과 입술이 도드라지는 장면은 희극적이면서도 비극적이다. 혜진에게 화장은 사치나 허영이 아니라 비루한 현실, 즉 식당 노동과 아들의 빚과 자신의 병으로 얼룩진 삶을 가리는 가면이자 생존의 도구이다. 화장을 하는 동안 만큼은 자신이 여전히 여자로서 인간으로서 존엄을 지니고 있다고 느낄 수 있는 것이다. 미라 역시 남편을 잃고 생계를 위해 영업 전선에 뛰어든 인물이며 그녀 또한 화장과 미소로 자신의 슬픔과 고단함을 감추고 있다. 두여자는 표면적으로는 채무 관계의 갑과 을이지만 실제로는 서로의 현실을 누구보다 잘 이해하는 동지다. 혜진이 미라에게 건네는 꼬깃꼬깃한 지폐는 단순한 돈이 아니라 자존심의 표현이며 미라가 혜진의 거친 손톱을 보며 느끼는 연민은 계급적 동정이 아니라 같은 처지에 있는 여성으로서의 공감이다. 이 소설은 자본주의의 비정한 세태 속에서도 피어나는 씁쓸하지만 따뜻한 연대감을 보여주며 화장이라는 일상적 행위가 지닌 복합적 의미를 탐구한다. 화장은 억압의 도구인 동시에 저항의 도구이며 가면인 동시에 진실이고 거짓인 동시에 생존이다.

4. 결의 연금술

송은유의 소설집 『빛과 결』은 처음부터 끝까지 결핍으로 가득 차 있으며 등장인물들은 부모의 부재, 신체의 훼손, 경제적 빈곤, 정서적 고갈에 시달린다. 그러나 작가는 이 결핍을 단순히 비극으로 전시하거나 독자의 동정을 유도하는 데 그치지 않는다. 대신 작가는 인물들이 이 결핍을 어떻게 다루고 변형시키며 나아가 예술적으로 승화시키는지를 세밀하게 추적하며 그 과정에서 예기치 않은 아름다움과 존엄을 발견해낸다. 은하는 문워크라는 춤으로 현재를 지우고 과거로 퇴행하며 동심은 화투라는 놀이로 남편이 없는 시간을 견디고 영영은 선글라스로 트라우마의 빛을 차단한다. 아들은 먹을 갈아 땅에 묻으며 세대를 잇고 딸은 무덤의 흙을 빚어 그릇을 만들지만 실패를 통해 진정한 이해에 도달하며, 미은은 향기를 조합해 기계를 애도하고 혜진은 화장으로 현실을 가린다. 이 모든 행위는 근본적으로 그림자 윤곽에 흙을 채워 넣었던 디부타데스의 행위와 유사한 것이다. 그것은 부재하는 대상을 현존하게 만들려는 처절하고도 아름다운 창조 행위이며 상실을 예술로, 고통을 의식으로, 결핍을 의미로 전환시키는 연금술이다. 물론이 시도들이 모두 성공하는 것은 아니다. 은하의 춤은 어머니를 되살리지 못하고 동심의 화투는 남편을 불러오지 못하며 딸의 다완은 아버지에게 거부당한다. 때로는 실패하고 때로는 기괴하게 일그러지며 때로는 비극적 결말을 맞는다.

그러나 중요한 것은 결과가 아니라 그 시도 자체이며 포기하지 않고 빚어내려는 인간의 의지일 터다. 일본의 전통 공예 기법인 킨츠기(金継ぎ)는 깨진 도자기를 버리지 않

고 금이나 은으로 그 금을 메워 수리하는 방법으로, 흉터를 감추는 것이 아니라 오히려 그것을 강조하고 빛나게 만들어 깨진 역사를 예술로 승화시킨다. 저자는 인물들의 깨어진 삶의 틈새를 기억과 제의와 감각적인 문장으로 메워나가며 그 과정에서 상처 자체가 아름다움이 될 수 있음을, 깨진 것이야말로 가장 완전한 것일 수 있음을 보여준다. 아버지는 무능했고 어머니는 억척스러웠으며 가족은 해체되었지만 그들이 남긴 그림자 속에 웅크린 자식들은 그 어둠을 재료 삼아 자신만의 삶을 빚어낸다. 노란 방의 햇살은 따뜻했지만 어머니는 곧 부재했고 푸른 라사지 천은 아름다웠지만 아버지는 끝내 돌아오지 않았으며 먹은 검게 갈렸지만 글씨는 한 줄도 쓰이지 않았고 새로운 다완이 빚어졌지만 아버지는 그것을 거부했으며 향기는 조향되었지만 차는 폐차되었고 화장은 진하게 발랐지만 현실은 변하지 않았다. 이 모든 실패와 결핍과 좌절 속에서 송은유는 역설적으로 인간 존재의 가장 의미심장한 순간을 포착해낸다. 그것은 바로 상실을 껴안는 순간이며 부재를 인정하면서도 포기하지 않는 순간이고 깨진 것을 버리지 않고 끌어안는 순간이다.

『빛과 결』이라는 소설집 제목에서의 '결'은 나무의 나이테처럼 시간이 새겨놓은 질감(texture)이자 동시에 채워지지 않는 결핍을 뜻한다고도 할 수 있다. 이 소설집에 수록된 단편들은 따뜻한 노랑보다는 멍든 푸른색이나 그을린 검은색에 가까운 색조를 띤다. 노란 방은 곧 차가움으로 변했고 푸른 천은 우울을 상징했으며 먹물은 칠흑같이 어두웠고 빛은 무거웠으며 눈은 차가웠다. 심지어 「빛의 무게」에서 확인했던 것처럼 빛조차도 선글라스의 어둠을 필요로 하는, 트라우마의 원천이자 고통의 무게 그 자체로 둔갑한다. 그러나 바로 그 어둠 속에서 그 결핍의 결을 따라 글씨가 태어나고 그림이 그려지며 춤이 추어진다. 『빛과 결』에 수록된 단편들의 서사는 삶의 순간과 상실이 맞닿는 지점을 탐구한다. 이 소설들은 결핍이 인간을 규정하는 조건이며 상실이 생성의 동력이 될 수 있다는 주제를 다룬다. 완전함보다는 불완전함 속에서 생성이 발생한다는 명제가 작품 전반을 관통한다. 비어 있는 자리, 깨진 틈, 메워지지 않는 공백이 예술이 시작되는 지점이자 인간이 자신의 존재를 확인하는 순간으로 제시되는 것이다. 『빛과 결』의 인물들은 불완전하고 상처 입었으며 때로는 병적인 증상에 시달린다. 그들의 행동은 이해하기 어렵고 때로는 불합리해 보이며 그들이 집착하는 사물들은 하찮거나 무의미해 보인다. 그들이 더듬는 것은 사물의 결이자 자신의 삶에 패인 결핍의 골이다. 그 불완전함과 비합리성과 집착 속에서 인간 존재의 한 단면이 드러난다. 빛은 결을 드러내고 결은 빛을 받아 그림자를 만들어낸다.

　『빛과 결』은 결핍의 그림자를 긍정하거나 낭만화하고 있지 않다. 그 그림자의 자국을 응시하면서 동시에 인간이 그 것을 어떻게 견디고 변형시키는지를 세밀하게 기록하고 있 다. 그것은 쉬운 위안이나 해피엔딩으로 귀결되지 않는다. 인간이 결핍과 고통을 견디는 방식을 보여줄 따름이다. 하 지만 그 과정에서 결핍은 저주가 아니라 축복일 수 있으며 상실은 끝이 아니라 시작일 수 있고 그림자는 어둠이 아니 라 빛의 다른 형태일 수 있다는 진실이 역설적으로 부조된 다. 그것은 우리 모두가 사라진 것들의 윤곽을 따라 그리 고 그 안에 흙을 채워 넣는 작업을 평생 계속할 수밖에 없는 (디)부타데스의 후예라는 것을 증명한다. 이 소설집은 그렇 게 그림자를 그리고 빚는 자들의 연대기이자 부재를 현존 으로 바꾸는 문학적 연금술의 기록이며 결핍이야말로 가장 풍요로운 것임을 증명하는 슬프고도 아름다운 증언이다.

어느 날 문득, 차오르는 것들이 있다.

오래전 밀려났다고 여겼던 기억의 몇 조각들 혹은 한 계절을 건너온 마음의 여린 결들이다.

그것들은 의식의 수면 아래에서 오래 흔들리며 남아 있었다. 짙은 물결 속에서 숨을 고르고 밀려오는 파도를 묵묵히 받아냈다. 물결은 어떤 날은 고요히 빛났고 또 어떤 날은 거칠게 솟구쳐 흩어졌다.

그런 날들은 잊었다고 믿었던 감정들을 되돌려 놓았다. 말하려다 멈춘 문장들, 어쩌다 뒤로 밀려난 장면들이 어느 맑은 날 언어의 가장자리로 돌아왔다. 이 단편들은 그렇게 되살아난 조각들을 바라보며 남긴 기록이다. 한동안 내 몸짓과 목소리 깊은 곳에 붙어 있던 무늬들을 쓰는 동안에서야 비로소 알아차렸다.

사람은 누구나 자기만의 결을 지니고 산다. 어떤 결은 단단하고 어떤 결은 쉽게 일어난다. 그 위로 시간과 빛이 스쳐 서로 다른 무늬를 남긴다. 빛은 늘 밝기만 한 것이 아니어서, 때로는 가장 어두운 자리에서 더 또렷해지기도 한다.

쓰는 동안 나는 살아 있음에 대해 생각했다. 흔들리면서도 자신의 결을 더듬어가는 일, 서로 다른 온도가 스쳐 지나며 불균질한 시간들이 서서히 하나의 무늬를 이루어 가는 일. 그 사이에서 사람은 아주 천천히 어떤 모양에 가까워진다는 것을.

작품 속 인물들 역시 각자의 무늬를 지닌 채 살아간다. 그들의 삶에는 반짝이는 날도 있고 조용히 가라앉는 날도 있다. 나는 그 미세한 움직임들을 바라보며 내 안의 결도 더듬었다. 좀처럼 이해되지 않던 마음들은 시간이 흐르며 모습을 드러냈고, 그걸 오래 들여다보는 일이 내 글을 이끄는 힘이 되었다.

소설은 내게 빛을 받는 얇은 거울에 가깝다. 나는 그 앞에 멈추어 흔들리는 몸짓과 표정, 목소리를 옮겨 적었다. 이 일은 앞으로도 계속 이어질 것이다.

오늘도 작은 빛 속에서 살아가는 인물들의 삶이 조금이라도 더 나아지기를.

2025년 겨울

송은유

빛과 결 송은유 소설집

초판1쇄 찍은 날 | 2025년 12월 10일
초판1쇄 펴낸 날 | 2025년 12월 15일

지은이 | 송은유
펴낸이 | 송광룡
펴낸곳 | 문학들
등록 | 2005년 8월 24일 제 2005 1-2호
주소 | 61489 광주광역시 동구 천변우로 487(학동) 2층
전화 | 062-651-6968
팩스 | 062-651-9690
전자우편 | munhakdle@daum.net
블로그 | blog.naver.com/munhakdlesimmian
값 16,000원

ISBN 979-11-94544-23-4   03810